唐宋词的审美特性

孙立 著

江苏人民出版社

图书在版编目（CIP）数据

唐宋词的审美特性 / 孙立著. -- 南京 ： 江苏人民
出版社，2024. 8. -- ISBN 978-7-214-29313-8

Ⅰ. I207.23

中国国家版本馆 CIP 数据核字第 20247KP676 号

书　　　名	唐宋词的审美特性
著　　　者	孙　立
责 任 编 辑	张惠玲
装 帧 设 计	许文菲
责 任 监 制	王　娟
出 版 发 行	江苏人民出版社
地　　　址	南京市湖南路 1 号 A 楼，邮编：210009
照　　　排	南京紫藤制版印务中心
印　　　刷	江苏凤凰通达印刷有限公司
开　　　本	652 毫米×960 毫米　1/16
印　　　张	17.25
字　　　数	198 千字
版　　　次	2025 年 1 月第 1 版
印　　　次	2025 年 1 月第 1 次印刷
标 准 书 号	ISBN 978-7-214-29313-8
定　　　价	88.00 元

（江苏人民出版社图书凡印装错误可向承印厂调换）

作者简介

　　1955 年出生于上海。1969 年随父母下放溧阳沙河公社，当过农民、电影放映员、船工。1979 年考入南京师范学院中文系，1983 年任职江苏省溧阳中学。1985 年考取华中师范大学硕士研究生，1988 年任职南京粮食经济学院。1989 年考取南京师范大学博士研究生，1992 年任职江苏人民出版社。出版学术著作《词的审美特性》、长篇小说《远方的落日》《追梦》，发表论文二十余篇。

序言一^①

郁贤皓^②

　　己巳年初秋，孙立君负笈投于唐圭璋先生门下，攻读唐宋诗词博士学位。是时圭璋先生养疴有年，故嘱余及钟振振君代为指导。次年，圭璋先生仙逝，孙君遂正式转为余之弟子。孙君资质聪慧，兼之勤奋钻研，所修课程并成绩优异，深感欣慰。

　　吹火照书，披览群籍，冥思苦索，潜心研讨；积三载功夫，孙君撰就学位论文《词的审美特性》。壬申年夏，此文寄送同行专家评议，并由著名学者组成答辩委员会举行答辩，一致给予高度评价。又经学位委员会严格审议，孙君即于是年获得博士学位。

　　词之特性，前人曾从多种角度探讨，然从美学角度切入词之本体特性研究，前人并未曾涉及，故孙君论文具有填补空白之意义。论文选题立意高远，视野广阔，思维观念有新开拓，乃于更高理论层次上对词之特性作深入探究及全面总结。全文凡

---

① 本文原为《词的审美特性》（台湾文津出版社 1996 年版）序，代为本书序。

② 南京师范大学文学院教授、博士生导师。

十一章，各章既可独立成篇，又有内在逻辑联系，构成完整框架，几乎涵盖词学所有要题，使论文全面而深入，具有理论广度和深度，整个框架设计足见作者匠心，显示出孙君对论题宏观把握之能力。

论文不仅对题材、情景关系、风格流派等传统论题展开审美沉思与论述，且又提出审美意识、时空艺术等词学新题予以考察探讨，得出富有启示性之结论。文中对"媚"之审美旨趣与词体特定表现对象及独到艺术处理之密切关系，"感伤"情调在宋词创作中形成高潮之原因等之论述，尤为深刻。论文于唐宋两代士人之风貌与社会思潮之异，以及文体发展衍变等诸方面之分析，亦多创见。如谓词侧重心灵表现，写实成份薄弱，社会现实之反映尤少；又如谓词表现之情调非某一人物之意志，乃泛指人之共性的典型情调；等等，皆为孙君精辟之心得体会。孙君又善于透过字面深入探究词体内蕴，使论文兼具研究与赏析之长。上述种种，足以洞见孙君之学术功力。

论文以宏观研究与微观研究结合，理论探索与作品分析结合，点面结合，资料翔实，论证周详。又运用美学、心理学以及文化诸方面众多知识，借鉴汲取西方文艺理论合理观点与方法，而又立足于传统方法，予以现代观照，中外结合，古今结合，融会贯通，运用自如。如论述审美感知、情感、理性三层皆以传统方法清晰梳理各自在词史中之发展轨迹；又重视运用当代科学技术，恰当借助电脑从事统计研究，如以"老""酒""醉""风""花"等词汇之数量统计，证明词之特性，从而加强论证之说服力。凡此种种，足见孙君于中外古今之治学方法皆能正确掌握与运用。

　　总而言之，孙君之博士学位论文学术价值甚高，于词学研究有拓宽道路之作用。值此论文于台湾付梓之际，余乐于向海内外学人略陈己见，聊以为序。

　　　　　　　　　　　　　　　　　癸酉年季冬于金陵陶谷新村

序言二

阮　忠①

　　孙立好词及词论而潜心研究，在与他读硕士研究生时，我就印象很深。研究生毕业后，他回了南京，我留在武汉；不久，他成了词学"唐门"弟子，即南京师大唐圭璋先生的学生，更专注于词与词论，以《词的审美特性》一文获得博士学位。这一说都是三十多年前的事，往事犹如目前，在琐碎的岁月里我们熬没了青春，如今彼此两鬓斑白，不再年轻。

　　孙立《词的审美特性》我早就知道，其书当初是在台湾出版的，大陆学人很难读到。我很希望这部书在大陆再版，以便有更多的学者分享。这事最近终于提上了议事日程，列入江苏人民出版社的出版计划，可喜可贺！

　　孙立作词的本体研究，与我对宋词的文学研究相近，但我们还是有很大的差异。他偏于词的理论，我偏于词的文学；他侧重词的审美论，我侧重词的风格论。词的审美论着眼于词体本身，学界少

① 海南师范大学文学院教授。

有人专门探究，正如孙立论文导师郁贤皓教授所言，"从美学角度切入词之本体特性研究，前人未曾涉及，故孙君论文具有填补空白之意义"①。如今词学研究已经进入数字人文领域，但词的审美论及相关的词论研究，也没有热络起来。

我很在意孙立这一研究的具体方法，他表示要做的不是对词的审美特性作概论式介绍、局部的审美观照或者是缺少个性的、思维单一的研究，这决定了他要把词的本体研究放在词的创作系统中考察。这一方法有三个指向：理论研究与文学研究相融，理论不再枯燥，文学不再孤立；词的创作较为分明的统系，带动词理论统系的形成；宏观与微观并在，理论探讨与文学分析同行。这种研究方法关注了词与词作内部的运行和关联，可以说，善弈的孙立研究词的审美特性，也像在下一盘大棋。他要从词的表象入手，深入到词的本质，以见词作为独立文体的价值和意义。在这一过程中，好理论的他少不了会把创作主体、作品本体及接受主体相系，在融通上下功夫。而这"融通"在我看来是孙立这本书最重要的特点。

词自隋唐之际萌芽、中唐确立以后，历代不衰。孙立的《唐宋词的审美特性》主要就晚唐五代及宋词论，前者几为词之源头，唐词在晚唐凭借温庭筠之力，才有了气象与声势，开了艳词的先河；后者是词之主体，一代有一代的文学，宋代诗文皆盛，但代表宋代文学的却是词，这是很耐人寻味的。这样的

---

① 《词的审美特性·序》，台湾文津出版社1996年版。

研究对象仿佛限定了孙立的眼界或说探讨词体审美特征的视域，然而他对词论的关注远远超出宋代。五代欧阳炯的《花间词序》为花间词的品质定位，可谓最早的词论，其后词论渐起于北宋，经南宋而盛于明清，从而延伸了孙立论词体审美特性的历史纵深感，他涉及的许多词论，都出自明清。

孙立说词是"近情"的艺术，确实如此。然较词更为悠久的诗言志缘情，诗也是近情的。于是词与诗有了纠结。况且，词叙事，诗亦叙事；词状景，诗也状景；词倚声而歌，最初的诗，后来的汉乐府，何尝不倚声而歌，只是词的倚声与诗的倚声不一。这让孙立论词体的审美特性首先有"本色"之争。苏轼在填了《江城子·密州出猎》后，给朋友鲜于子骏写信，将自己这首词与柳永词相较，说己词"别是一家"，这是词的风格论而非词体论。而晁补之责同为"苏门四学士"的黄庭坚，说他的词不是当家语，而是拿着腔子唱诗。黄庭坚则说晁家乐府可管弦，调侃他可惜无美女弹唱，二者不约而同说词是唱的。其后从北宋入了南宋的李清照以《词论》发声，她讲了李八郎唱词的故事，并说晏殊、欧阳修、苏轼学际天人，但所作词，不过是句读不葺之诗，不协音律，并用教训的口吻说，诗文分平仄，而歌词分五音、五声、六律、清浊轻重。李清照雄视北宋词坛，她父亲李格非是"后苏门四学"之一，但她对苏轼也不客气。

李清照对北宋词坛的批评再次表明词与诗在文体上有本质区别，以前《诗三百》及乐府郊庙曲和民歌的唱，不是文人词重声律的唱，晁补之说黄庭坚的词是唱的诗，原因也在这里。何况诗大体人皆可唱，而唱词的多是二八佳人，檀口、皓齿、冰肤，语娇声颤，字如贯珠，唱的情调自然不一。故词又称为"倚声"。还有词的长短句不同于五七言诗的律绝，词花间、尊前、月下的生成环境，娱情怡性的社会功能，绮丽、多情、敏感、细腻、婉约的风格，导致词有了"艳科"的标签，其太强太专的指向性影响了词境的狭隘，不及诗境的宏阔。而它重表现"自我"与诗在表现自我时有广泛的社会关怀也不一样。

从词的近情，孙立说到"诗庄词媚"，这是清人李东琪提出的。"庄"是诗的本色，"媚"是词的本色，其媚的滋生，是女性的仪态和柔情。粉残、香尽、泣泪、别愁，女性在情爱中的痛苦构成词别有韵味的美感。孙立说其中有晚唐词人两性爱恋的理想，词的情调不属具体人物而是人类的共性，这话很有深意，而词正是在这一点上彰显了深厚而永远的魅力。而"诗庄词媚"看似风格论，其实与词的本体论相关联，在审美特性上，将词的"本色论"升华了。在不太会唱曲的苏轼对词的改造之后，词在题材上发生很大的变化，无事不可入词的结果，词亦言志而非一味娱情。至于词的声律问题后经北宋末周邦彦、南宋姜夔在词的格律上下的功夫，类似唱诗的词归于当行本色也为自然。所以清人田同之说词："婉约自是本色，豪放亦未尝非本色也。"（《西辅词说》）

孙立以此为基点讨论宋词的基调、情爱主题、生命意识和时空艺术，他所用的研究方法，在这一部分表现得最为充分。

对于基调，孙立说是文学作品表现出来的艺术精神，其内涵是词人或词中人的感伤。这一基调导致了宋词的哀婉凄绝，为此他说了三点：乐极生悲、失志落魄、虚无人生，然而因为宋词的创作主体的不同人生、创作环境的南北变易，使这个问题稍有一点复杂。孙立注意到它的复杂性，他说到李清照、晏几道等人词的乐与悲，柳永、周邦彦等人的人生失意，张升、何梦桂等人的虚无人生，这些在宋词中容易见到。难得的是，他从豪放词看到人生无适意的寄托，从抗战词中看到生不逢时的嗟叹，从积极的人生中看到消极颓丧。他从中看到人性的纯真，这是很难能可贵的。

宋词的情爱主题，可谓是宋词的常调，尽管宋代的经学发达，还有一些吓人的非人性口号，但文学表现情爱没有谁挡得住。相对诗文、小说，词表现情爱最为凸显，这是词的传统自带的，既然词为艳科，其艳在语言形式上是绮丽，在题材上是情爱，在格调上则是忧愁缠绵，因此宋词中的情爱俯拾皆是。孙立说，两宋词人"精心"叙说、描写两性关系，这"精心"是花间词人先造就的，他们将生活的趣味凝聚于斯，其后二晏、欧阳修、张先等人继之不懈，连为人称作"穷塞主"的范仲淹都有令人销魂的《苏幕遮·碧云天》。词人相思说相思，"才下眉头，却上心头"（李清照《一剪梅·红藕香残玉簟秋》）；以别情写相思，"离愁渐远渐无穷，迢迢不断如春水"（欧阳修《踏莎行·候馆梅残》），即使旷达如"但愿人长久，千里共婵娟"（《水调歌头·明月几时有》）的苏轼，也在杨花词里说别恨，点点杨花哪是花，是离人泪。孙立用了唐圭璋先生的"遗貌取神"说，从审美看，这正是情爱主题在宋词中的灵魂。

　　孙立说宋词的生命意识，集中为忧患意识、反思意识和超脱意识。忧患自不待言，北宋的文官政治带来了文化的繁荣，苏轼说的"胸中万卷，致君尧舜"（《沁园春·孤馆灯青》）是许多士人的梦想，与盛唐杜甫表白的"致君尧舜上，再使风俗淳"（《奉赠韦左丞丈二十二韵》）没有二致。但这是一条艰难的路，少有人能够实现自己的抱负，说这话的杜甫和苏轼都没有做到，家国忧患总少不了。像杜甫逢"安史之乱"写下的《春望》，感叹"国破山河在，城春草木深"；苏轼身在密州想到安边，在《江城子·密州出猎》里写道"会挽雕弓如满月，西北望，射天狼"。其后南宋词人肩负北宋灭亡、江山沦陷、君臣屈辱、生灵涂炭，李纲、张元干、辛弃疾、陈亮、姜夔等，同样将生命忧患上升为家国忧患，自我叩问人生的价值在哪里。反思是怀旧、叹老时对人生的再认知，反思是理性与情感交织。孙立解读了一些词，如晏殊《浣溪沙·一曲新词酒一杯》、黄庭坚《南乡子·诸将说封侯》、王安石《南乡子·自古帝王州》等，以简洁的文辞说这些词的要点所在，不作全面的铺展，却不妨以之构成微观的视角，与理论上的宏观相融为一。至于超脱世俗，孙立看到的"酒"与"隐"的作用，正是超脱者或自诩为超脱者惯常的道路。至于他随后谈宋词的时空艺术，则以全新的视角、解析词的艺术表现手法及其美学意蕴，且从时光的诗化尤其是词人的感春悲秋中，说词的感伤与忧戚；从空间的诗化说词人的胸中块垒与行为超旷，这还是回到宋词的基调上了，与宋词的生命意识不可分割。

《词的审美特性》的后五章，回到词体审美的总体审视上，说词体的审美感知，词人通过自己的感知，外化为视觉、听觉、嗅觉、触觉等审美接受器官的知觉形式，借助词有了再现。不仅如此，还有词的色彩、线条、音响、形态等亦然。这番话说得很理性，词人有所感形于词，因景而生，随感而发，身体的感觉或说生活的经验，形诸词，使词灵动鲜活。他提到牛希济《临江仙·洞庭波浪飐晴天》里的"万里平湖秋色冷"的"冷"，张泌《南歌子·柳色遮楼暗》"桐花落砌香"的"香"，还可以举出许多这样的例子，关键是词人的敏感、知识的储备运用以及词语的适当表达，这表达孙立称之为"修辞功能"。

词的审美情感，孙立说了词的情感艺术表现贯穿词体生成、发展的完整过程。这是词因情而生的必然。词人情感固然受制于词，但世易时移及词人代代相传，尽管有词体特质的惯性，词人变了，词风也会变。孙立梳理了词情感艺术的历史流程，从唐五代到宋，流程虽短，却经历过唐五代先后灭亡的惨痛。从温庭筠、韦庄、南唐二主李璟、李煜和冯延巳，再到北宋的晏、欧词人群，苏轼及苏门词人群，孙立说词人情感从注重"传达"走向注重"表现"。"传达"与词人"代言"相关，"表现"与词人"自我"相关，不仅柳永的慢词如此，晏几道的小令也如此。孙立特别提到主情致的秦观，说他淡化了花间词刻意追求形貌感官的创作习性，他虽然没有苏轼词的疏宕旷达，但在苏轼开拓了词的表现疆域之后，新题材大量涌入词，也成就了词新的风格。从李煜有亡国之悲后的"词着我色"，到欧阳修、苏轼、秦观、周邦彦等人的"词着我色"，词无论采用怎样的情感表现方式，直接与间接、局部与整体，词人的情感都是词体最重要的元素，也是词的审美特性得以凸显的根本。

说到词的审美理性，孙立说："审美理性实质是将个体生命与外在现实的相互关系作为审视的对象，具体解悟人与社会、生命与存在、自然与宇宙的矛盾统一。与审美情感相比较，审美理性似乎居于更高的层次，与外在相隔一段距离，而不是如审美情感更偏重于主体对现实更直接的感发。"从审美感知进入审美情感，再进入审美理性，如此的逻辑推演也体现了审美理性确在最高层次。这一层次体现出来的人生观念、宇宙意识、人格精神，彼此不可分。前二者赋予后者的思考空间，很多是以词的意象或意境实现的，也就是词人情感的寄托。如南宋蒋捷的《虞美人·少年听雨歌楼上》先说了少年听雨，再说壮年听雨，最后是说老年听雨的下阕："而今听雨僧庐。鬓已星星也。悲欢离合总无情。一任阶前、点滴到天明。"这里雨的意象表现的是不绝如缕的离别愁思，词因之深婉、缠绵。孙立说，词的审美理性在苏轼手上达到极致，这与苏轼一变前人好以情为词，而以学问为词，苏词的辉煌在流贬黄州时期，"大江东去，浪淘尽、千古风流人物"（《念奴娇·大江东去》），"一蓑烟雨任平生"（《定风波·莫听穿林打叶声》），"拣尽寒枝不肯栖，寂寞沙洲冷"（《卜算子·缺月挂疏桐》）的理性思考也是在意象或意境中的。

也许是因为说到词的意象或意境，孙立用专章讨论唐宋词的物象，把社会生活中难以穷尽的物象分成艳丽型、清淡型、雄浑型、阴冷型，这固然是物象的类型，其实也是意象的类型，词人笔下所有的物象无一不蕴有词人的情意而不再是客观之物，这是需要读者品味的。最后，孙立以唐宋词风的审美特征收束，对于传统婉约、豪放词风的辨析，他说应放在美学与历史的观照系统中审定，依然希望从词及词人的相互关联中去看，这也是很有意义的。

话说回来，孙立让我在该书再版时写几句放在前面的话。我在读这本书时，顺手写下了上面的文字。我想为这本书作一个简明的导读，让读者知道这是一部怎样的书。除此，还有四点需要说说：

一是全书的问题意识。孙立用 11 个问题构建了全书，用问题统摄相关的材料，这让我想起苏轼居儋时教诲葛延之作文，说的当以"意"统摄材料，"从文学样式的整体上把握词的特征"①。故这些问题既独立又相互关联，形成自身的理论体系。这也是孙立想努力达到的。

二是毛宣国说的：这部书"总体上以理性思辨和大气的宏观审视见长，但有些论题的分析是很细致的"②。全书充满了理性思辨，而这些思辨往往是在比较与实证中实现的。而大气的

---

① 姜小青：《词体与词心》，《江海学刊》1996 年第 3 期。
② 《词的本体研究的新收获》，《湛江师范学院学报》1996 年第 9 期。

宏观审视则与他对问题的拿捏相关，大处着眼，小处落笔。

三是孙立读大学时好美学，读硕时好西方文艺理论，故书中常用西文理论对词的审美特性作阐发，如黑格尔说的艺术把每一个形象的外表化成作家眼睛或灵魂的住所，从而显现人的心灵；如雪莱说的任何作家难免有不取决于他们主观意愿的近似之处等，如是广泛涉猎下的中西融通，也是需要读者关注的。

四是语言表达的简洁明快。孙立为文不好拖泥带水，对词审美特性每一个问题的研究都点到即止。他完全可以通过理论研究上的关联，微观研究上的铺陈，让这本书的部头更大，但他没有，行于所当行，止于不可不止，故全书拟论问题多，涉猎广博，语言简明。

孙立是有抱负的，他在重版后记中引用了司马迁著《史记》自道的"成一家之言"，他也怀有这样的追求。虽说这需要很长的时间检验，但从已经走过的三十多年来说，这部书仍然好读、耐读，从这里来看，他的抱负也许可以实现。对此，我同样怀有信心。

2023 年 12 月 15 日于海口板桥居

目　录

绪　论

　　文学作为整一而有序的结构系统，可分为创作主体、作品本体、接受主体三个方面。作品既是创作者的生产产品，又是接受者的消费对象。对作品本体审美结构体系的分析、研究，是沟通作家创作与审美接受者交流渠道的基本条件。所以，加强词学的本体研究，这在当今无疑是十分必要的。

一　对于当今词学本体研究的回顾与思考

　　近年来，词学研究有了醒目的长足发展。研究视界大大拓宽，研究方法多有改进，审美价值观念也作了一定的调整。典籍整理、词史、作家、词律等研究皆获得了令人瞩目的成就。相较而言，作为词学研究分支之一的文体研究，却显得极为冷落，似乎仍是不为人们所注意的"灰姑娘"。我们认为，词学研究既然为词体艺术形式的研究，如果对词这一文体的艺术构成、审美特性缺乏必要、充分的认识，那么此一认识思想也很难深入地发展。而且，今人对词作的审美观照，也就缺乏应有的评判尺度，艺术鉴赏是帮助人提高审美能力，还是引人入迷津？这不能不令人深思。中国古代文体研究历来十分兴盛，如陆机的《文赋》、挚虞的《文章流派论》、刘勰的《文心雕龙》，以及唐宋以后诸多文体研究专著，皆对文体的名称、性质、源流、代表作

家的风格，作了比较精到的述说。西方 20 世纪流行的"新批评派"、
文学结构主义等，也是将文体结构的语言形态作为研究的主要对象。
尽管人们对西方"新批评派"等学说"各执一隅之解，欲拟万端之
变"的学风，可以多方指责，然而文学的本体研究，可以不夸张地
说，乃是文学研究的核心部分。在此，我们有必要简略回顾前人在词
的文体研究方面所做出的努力，且找出存在的不足，提出一些并不十
分成熟的看法。

其一，概论式的介绍较多，缺少审美创造内在规律及表现形态的
理论认识与归纳。

有关词学常识的介绍，论著甚多。虽然各书之间的体例、内容有
一定区别，但总令人有"千人一面"的感觉。研究者所涉及的范围，
大都为词的体式、音韵、结构、句式等表现格式。这其中不乏有具体
的考证、精确的分析。一般性的知识介绍，当然不失为词学研究的入
门途径。但如果再作进一步的考察，即试图体味艺术形态的具体构成
及审美意蕴，则概论式的分析显然不能提供有力的"武器"。美国学
者韦勒克认为，对文学本体的认识，必须对"其审美的功能与意义方
面加以描述。只有当这些审美兴趣成为中心议题时，文体学才能成为
文学研究的一部分：而且它将成为文学研究的一个主要部分，因为只
有文体学的方法才能界定一件文学作品的特质"①。的确，任何一种文
体研究，都必须思考研究对象自身所具有的审美属性，也就是说，须从
文体层结构形态特征去探究其内在所隐含的审美韵味。只注意到形式的
构成而忽略其审美属性的存在价值，这不能算是完整的文学研究。

---

① 雷·韦勒克、奥·沃伦：《文学理论》，三联书店 1984 年版，第 193 页。

其二，文学研究较为注重局部的审美观照，而未能对"文本"作整体、深入的分析与把握。

中国古代词论卷帙浩繁，立论甚多。论者常常分别从词的语言、声韵、结构、词境等方面解说与评价作家创作、作品风格，其中不乏精辟的分析、准确的概括。但这些评点式的研究，本身有一定的局限性，即多侧重解悟式的感发，对词之要义阐发不够明确、充分，缺乏系统的理论体系建构。文学研究肯定离不开局部形式的审美认识，文本某一方面的突出表现确为作家创作或作品给人以美感的主要因素。但文学作品作为统一的结构形体，各个部分实际上是不可分割、相互联系的。这就犹如一座完好的建筑，其中色彩、造型、质地，皆对整体的审美构成起着重要的作用。局部的结构尽管有时也能起到"传神写照"的作用，但仍须通过整体的映衬方能显现出审美特征。如词体的语言形态，前人也曾意识到"婉媚"是其重要的表现特征之一。然而"婉媚"的构成方式、审美特性，就不仅是文学语言形式所能解释清楚的。词的表现对象、词体的格调韵致、结构形式等，对词"媚"的形成皆起着重要的作用。英美新批评派的代表人物马克·肖莱尔认为，"现代批评已经证明，只谈内容，就根本不是谈艺术，而是谈经验；只有当我们谈完成了内容，即形式，即作用艺术品的艺术时，我们才是作为批评家在说话。内容即经验，与完成了的内容即艺术之间的差别，就在技巧"①。马克·肖莱尔将内容与艺术（即"完成了的内容"）之间的差别归纳为技巧，所论有失偏颇。然而，他明确地意识到文学作品中所表现出来的内容，一旦被纳入审美结构系统中去加以

① 《作为发现的技巧》，转引自张隆溪《二十世纪西方文论述评》三联书店 1986 年版，第 43 页。

观照，"内容"本身不是孤立的存在物，它必然与"文本"结构形式有着密不可分的联系。同样，"形式"本身也不是绝对无"意味"的表现。比如，上面所言词的"媚"态，就不能单从内容或单从形式上来分析与界定，而应从词体的内质构成、表现形式作综合的审察。

其三，局限于一般的现象描述，缺少必要的审美价值的评判。

文学创作是创造性的思维活动，在具体的创作实践中，作家主体的创造性思维必然要在作品上打上烙印。成功的艺术创造，总是能形成完整、具体的艺术结构形式，较为独特的艺术风格。同样的表现方法，如不能有效地运用，则也会损害作品的艺术表现。所以，对"文本"的任何一种表现形式，都不能随意地予以肯定，而必须根据作品的结构体系，进行切实有效地考察。在相当长的一段时间内，词学研究对豪放词风极为推崇，因而人们的审美思维定势似乎倾向于：凡是反映国事、格调高亢、情感强烈的词作，皆可谓之豪放词；凡不合此标准，则其历史地位起码要降一等。实则，专崇一派的偏狭性已无须赘言。即便同是豪放派，苏轼与辛弃疾的词风也不一致；同样是抒发爱国豪情，刘克庄、刘过等人词作的审美价值也必须公正对待。粗豪叫嚣，不能谓之好词。因而判定作品的优劣，有赖于充分的审美分析。

其四，偏重共性研究，即依据文学创作的一般规律对文学样式进行分析，缺少个性化的比较研究。

词与诗文尽管同是语言艺术，但在具体的创作实践过程中，由创作目的、表现形式、审美旨趣的不同所决定，"文本"的内在结构与审美品格也会呈现出差异性。词与散文、小说的相异自无须说，即便与同为韵文的诗和曲，在文体表现形式、格调神韵方面，如细细地体会与琢磨，我们仍能感受到它们之间微妙而有区别的审美意味。"诗庄词媚"，虽然概括得并不十分全面，但从诗词文体所表现出的大致风貌而言，此一定义还是有相当针对性的。另外，词体豪放、沉郁的风格与诗歌中类似的表现也有不尽相同之处，给人的审美感受并不完全一致。然而，过去的词学研究者在分析词人创作与作品时，常将一般性、普遍的文学要素作为评判的准则，而不甚注意词体形式所特有的审美旨趣。如语言优美、结构完整、情景交融等，常被作为评定一篇作品艺术标准的主要依据。殊不知，这种评判模式，诗歌批评中也同样适用。当然我们不是一概否定诗词艺术表现的共性。确实，在表现对象、表现手法方面，诗词确有相同或相近之处。但我们更应关注的是，词作为一种特殊文体它自身所具有的审美品性。词的文学地位，不取决于它与诗歌的相同表现，而是它与诗歌相异的审美创造。而且词体所特有的艺术风貌，也不仅仅表现在句式、韵律、语言等外观形式，其内在的格调神韵同样给人以极为微妙、可以意会而难以言传的美感。这就提示我们，作用于外在形式的词体深层构造，也同样有着"别是一家"的审美规范。的确，要能准确、具体地把握词体内外结构的审美特性也非易事。然而审美分析如能深入艺术堂奥，则"文本"的内在情趣仍能为我们所逐步领略。

其五，研究思维趋于单一化，未能做多方面的拓进与发展。词学研究在前一历史时期，常常将作品内容的解释与某一社会现象机械比附，文学的反映为历史文献式的记录。这样的研究如果走向极端，就成为缺乏文学性的历史研究，势必忽略或取消对艺术本质属性的认识。文学创作，带有浓厚的个性色彩。创作主体由于性格、气质、兴趣、生活经验与艺术素养等方面的差异，在选择题材、塑造形象、表达思想感情时，必然有主观的偏好与专长，从而于作品中表现出独特的艺术个性。同时，"文本"的构成也是多种成分的复合与融会，"一部文学作品不是一件简单的东西，而是交织着多层意义和关系的一个极其复杂的组合体"①。研究对象的复杂性，规定了研究方法不能限于一端。按照系统学的观点，"任何时候都有现象的多质性和多维性，并为各个时期的认识程度不同地确定下来"②。要确定艺术作品的审美价值，就必须凭借认识的"观察棱镜"，从各种关系质的交叉点上去掌握其多方面的测度特征。

以上所论只是一些现象的总结。笔者无意抹杀前人的研究成果，只是试图发现其中的不足，以引起"疗救"的注意，进而推动词学研究的发展。恩格斯说过，应以"美学和历史的观点"③ 去评价作家作品。词学研究如果对研究对象——"文本"不能有"美"的认识与感受，则研究的根基就很难坚实，研究所具有的历史意义也必然受到影响。因此，笔者认为，文学本体研究是词学乃至整个古代文学研究领域必须予以关注的重大课题。

二　词学本体研究的美学意义

我们知道，文学创作不是单一的实践活动，现实社会、创作主体、文学本体、审美接受者等等，在文学样式的生成与发展过程中都起着重要的调节与制约作用。文学研究的任何一个分支，都不是对孤

① 雷·韦勒克、奥·沃伦：《文学理论》，三联书店 1984 年版，第 163 页。
② 苏·B·π·库兹明：《系统知识的认识论问题》，《哲学译丛》1986 年第 6 期。
③ 《马克思恩格斯选集》，人民文学出版社 1972 年版，第四卷第 347 页。

立存在现象的考察，其意义不仅取决于研究本身的审美价值，同时也构成了文学研究系统的主要环节。词的主体研究同样有着双重作用，一是研究自身的审美需要，二是这一研究与其他研究的相互作用。

首先，词的本体研究，有助于我们加深对词体审美属性的认识。任何一篇文学作品，都是一个独立、完整的结构形体。它的社会作用、历史地位必须通过对其审美属性的感受与领悟方能确立。韦勒克指出，文体学"将成为文学研究的一个主要部分，因为只有文体学的方法才能界立一件文学作品的特质"①。词的文体研究，要考察的是词体审美属性的诸种表现形式，如表情方式、语言形式、物象构成、句法结构、韵律格调等等。通过这些综合而具体的审美考察，熟悉与掌握词的基本构成因素及美感功能，对我们正确评价某一作品是十分重要的先决条件。词的创作有其内在的规律性，这一规律既有对传统的沿袭，同时也因各个作家的独特创造而不断发展。但是任何一种文学样式即使处于持续性的运动状态，毕竟还有某些相对稳定的审美形态表现。这种构成词体本质属性的艺术形式，就是词学本体研究的重要内容。西方"新批评派"重视文学本体研究，他们认为，"为了说明诗如何重要，首先必须多少弄清它究竟是什么，迄今为止，这个最初的任务做得极不完全"②。"新批评派"视文学艺术为孤立的现象，完全割裂艺术形式与创作主体、与审美接受者的关系，这自然是极为偏颇的。但这一批评流派对艺术本体审美特性的高度重视，却给了我们深刻的启迪。词学研究，如不首先弄清楚研究对象本身的艺术构成和

① 雷·韦勒克、奥·沃伦：《文学理论》，三联书店 1984 年版，第 193 页。
② 瑞恰慈语，《新批评——一种独特的形式主义文论》（赵毅衡著），中国社会科学出版社 1986
　年版，第 3 页。

审美规范，那么对作品的艺术魅力就很难有准确的把握。所以，词学本体这一专题研究，对于揭示词的文学价值、历史作用，具有重要的意义。

其次，词的本体研究也是评价各种文学现象、作家流派的先决条件。过去的词学研究者在进行文体分析时，也注意到结合作品的表现形式予以论述。但由于他们对作品的分析较多地偏重于意蕴的指向，因而对文学现象、作家流派不可能感受出较为丰厚的文学"意味"，其艺术观照也只能浅尝辄止，流于表层释义。文学的本体研究，实际上是赋予文学现象、作家作品的研究以血肉之躯。由此不仅可以了解到文学创作的成就所在，把握住文学历史发展演变的基本线索，而且为分析作品、评价作家提供了可靠的审美价值标准。尽管其中具体的审美标准会有诸多内容，但这一批评模式可以作为一个参照系统，有助于解决各种文学现象的实质性问题。如豪放、婉约等词风的表现，自然与作家的生活实践、文化素养、精神气质有关。但要认识这些词风的实质，则必须从词文本的语态、格调、意蕴等诸方面作综合的审视。不仅要有质的求索，而且也必须有量的测算；不仅要有"共时性"的横向分析，而且必须有"历时性"的纵向探究。总之，要借助于文学本体研究，衡定文学现象的审美价值，就比仅对作家个性、作品现实意义进行分析与评价更为深刻。

再次，文学本体研究能有效地沟通创作者与欣赏者间相互关系。如前所述，文学艺术作为完整的审美系统，创作与审美接受之间的关系实质上是生产与消费的关系。而作为维系两者关系、处于中介环节的文学作品，其内在的表现功能，则是连接作家与读者的媒介因素。创作主体本质力量对象化的实现，必然最终落实到作品本身而且通过作品表现出来，审美接受者的感受与认识，自然也受制于作品美感形式的触发。所以对"文本"的审美认识，不仅能沟通欣赏者与作家之间的内在联系，而且还能有效地调动审美接受者的想象思维，更充分地探求出作者创造性思维的艺术价值。词这一传统的文学样式，由于时代、文化背景的历史差异，欲使作家与读者的思维活动达到默契的相通自有相当大的难度。词的"文本"作为联结不同时代审美思维的纽带，其内在规律性的研究就尤为重要。词虽然也能给今日的读者以心灵的感应触动，但欣赏者一般还仅仅局限于词情的感受，而对词作本身的审美含义还难以有更充分的领悟。这势必影响到文学样式审美价值的有效实现。因为文学作品不仅有教育作用，同时美的感召也是它特有的社会功能。

总之，一种文体作为历史文化现象，是人类智慧的结晶。要知道梨子的滋味，必须亲口去尝，细细品味。同时，文学研究也必须对"文本"作近距离的审美观照，不局限于表层的机械分割，而是沿着人类文化的历史发展轨迹，在审美的大系统中，去具体审定"文本"的艺术表现特征。

三　词学本体研究方法概说

文学研究方法的确立，其意义不仅仅在方法本身，而且也意味着文学观念的更新与改造。词学研究常出现单一化的思维倾向，这种历史的局限也是造成研究未能有较大发展的根本原因。因而，词本体研究的首要条件，即是必须树立正确的指导思想。

词学本体研究，首先应注意理论探讨与作品分析的结合。本体研究实质是理论研究，积极地吸收与发展前人词学理论的精髓，是研究者必须予以关注的。中国古代词论专著及散见于典籍的论词言语，内容丰富，材料丰赡。由于古人学词用心较专，特殊文化氛围的熏陶也强于今人，且大都有创作心得，故论词颇多精到、抉微处。参照前人的经验总结，这对于我们今日词学研究理论的建树不无借鉴意义。同时，本体研究也离不开对作品的欣赏与分析。"观文者披文以入情，沿波讨源，虽幽必显"①。"将'研究'与鉴赏分割开来的两分法，对于既是'文学性'的，又是'系统性'的真正文学研究来说，是毫无助益的。"② 过去词学理论与作家作品的研究，基本上是属于相互分离的两大部分。词论研究缺少具体作品的例证，而作品分析也很少理论的概括。因而前者常流于空泛而不切实际，后者则满足于表层描述缺乏一定的深度。词的本体研究惟有将理论抽象与艺术形态的描述两者相为结合，审美意识方能进一步提高，理论的表述也更具有说服力。

　　其次，本体研究必须放置在文学创作这一大系统中去考察，而不能孤立地研究。本体研究尽管主要是文学样式的分析，然在具体的研究过程中，也不能放弃对其他学科知识的借鉴。对"文本"的解剖，犹如人类对"人"自身的认识一样，也存有多角度、多层次的不同审视点，单从一个侧面是很难观照全体，而获致充分的审美认识的。词的本体研究要合理地进行理论建树，既要拓开视野，吸收古代及现、当代人们的审美经验，又要在重视"文本"历史特征分析的同时，注意从新的角度，拓宽研究的知识层面。词可以说是历史的产物，要体认其中丰富的意趣神韵，这显然不能脱离当时人们的审美眼光，不能

---

① 《文心雕龙·知音》。
② 雷·韦勒克、奥·沃伦：《文学理论》，三联书店1984年版，第2页。

以今人的审美要求任意地褒贬此一时代艺术的具体表现形式。从历史的角度去认识文体，这有助于我们的审美思维更为明确文学体式历史存在的必然性。但是，当代人研究古代文化，其思维格局不可能不携有"主观"的审美意识倾向。在审美观念方面，研究者受主观的文化素质、审美情趣所限定，就决定了文学研究难以逾越时间的间隔，完全与古人达到默契的相通。而且就历史发展而言，当代人的思维方式也不应局限于古人意识的框架之中。适当的审美距离，反倒使我们能感悟出前代人自身对作品还未能充分意识到的美感意味。比如今人宋词研究所体味出的忧患意识、感伤基调，是从宋人文化心理、社会事变等种种历史现象归纳出来的总体印象。此类词学研究，正是对宋人词作进行了客观具体的分析以后，参照、吸收了现代人的审美观念，从一个更高层次予以审视、抽象的结果。除此之外，文学心理学、文学社会学、人类文化学、修辞学、比较文学等多种学科皆给我们的本体研究提供了可资借鉴、运用的方法。杜甫曾经说过，"转益多师是汝师"①，他所论侧重的是从求学、创作的角度。而实际上文学本体研究也须有此种"转益多师"的思维格局、豁达气度，具备从善如流、博采众长的自觉意识。惟有思维观念的革新，词学本体研究的发展才会有新的突破。

　　再次，必须注意宏观审视与微观分析的完美统一。文学本体研究不是个别作品的诠释，而是通过文学样式整体考察而认识个体，使个体的具体表现形式显现出更深刻的含义。因而，词的本体研究必须要注意宏观的总体把握，即不仅对作家作品有局部的分析、比较，也要

———————

① 《戏为六绝句》。

有文学现象的总体鸟瞰，且注意总结出某些具有规律性的本质属性。尤其是对词艺术特征的认识，如果缺乏宏观意义上的思维格局、审美观照，则审美认识就不可能有新的发现。当然，宏观研究也不可脱离微观研究的基础。对作家的创作个性、作品的构成方式，如果不能确切地认识，宏观研究也就如建造在沙砾上的建筑，必然因无坚固的基础最终坍塌。微观研究在过去较有成就，相比较宏观则要贫弱得多，这也是古代文学研究的通病。人们对宏观研究常持歧视态度，认为大的选题易流于空泛。实际上，宏观研究不仅有助于文学现象本质的揭示，而且对作家、作品研究也不无指导意义。

最后，词的本体研究，还需要确定正确的审美价值观念。词的本体研究，不只是或仅仅是形式的解释、常识的介绍。无论是判断词的文学特质，抑或是具体分析某一文学现象，在研究过程中必然要融合进研究者的审美价值观念。文学研究有赖于研究者主体的思维识见，而主体思维格局建构的重要表现之一，就是客体价值的发现与主体审美观念的确立。从传播学的角度来看，文学艺术实为信息的传送体，而且这一信息内蕴又因精神化的创造而有着极其复杂的表现形态。"艺术作品为一个多样统一的整体，一个符号结构，但却是一个有含义和价值，并且需要用意义和价值去充实的结构。"[1] 读者是以一种感受的方式去接受、认识审美对象。这种感受依朱光潜先生所言，也具有一定的"心合作用"[2]。所谓的"心灵综合作用"，包含了接受者的价值判断与识解能力，这也是文学本体研究者所应具备的文化素质。

---

① 韦勒克：《比较文学的危机》，见《比较文学论文集》（张隆溪编），北京大学出版社 1982 年版，第 31 页。
② 《朱光潜美学文集》，上海文艺出版社 1982 年版，第二卷第 56 页。

价值观念的形成，首先必须建立在艺术分析的基础上。古人论词，尤重作品艺术韵味的感知。如王士禛论曰："前辈谓史梅溪之句法，吴梦窗之字面，固是确论，尤须雕组而不失天然，如'绿肥红瘦''宠柳娇花'，人工天巧，可称绝唱。若'柳腴花瘦''蝶凄蜂惨'，即工，亦巧匠琢山骨矣。"① 王又华从词作语言的质调论曰："词虽小道，第一要辨雅俗，结构天成，而中有艳语、隽语、奇语、豪语、苦语、痴语、没要紧语，如巧匠运斤，毫无痕迹，方为妙手。"② 以下作者又列举众多词句来例证艳语、隽语等多种语态。有关此类论述，词论中可谓比比皆是。虽然古人所论一般较为简略，但此种借助于艺术分析而确立美学价值批评的方法还是值得今人所效法的。其次，文学的比较研究，也是形成正确审美价值观的批评方法。有比较才能有鉴别。文学研究如仅仅择取某一孤立的文学现象予以分析，则常常难以确切地判定其优劣，而惟有比较研究才能更准确地概括出作品的成功之处。比如，晏殊《浣溪沙》词的"无可奈何花落去，似曾相识燕归来"，在他的《示张寺丞王校勘》诗中也曾出现，为什么词中两句尤为人所称道呢？《词林纪事》作者张宗橚云："细玩'无可奈何'一联，情致缠绵，音调谐婉，的是倚声家语。若作七律，未免软弱矣。"这是从情调来比较诗词艺术表现上的差异，从而得出相应的审美评判标准。另外，我们还尤其要重视词论中审美范畴的内在分析，如清空、骚雅、婉媚、寄托、沉郁、浑成等等，这些审美范畴实际上犹如一串珍珠，贯穿于词学研究的各个环节。因而要了解词体形式的审美内涵，自觉地审定、分析审美范畴就尤为重要。

---

① 《花草蒙拾》。
② 《古今词论》。

总之，词的本体研究是一项极复杂而又切须重视的工作。任何一项研究活动，如果对事物的本质缺乏深入研究，而只是在外部罗列现象，则研究对象始终如"隔雾观花"，与研究者保持着相当大的距离。词的本体研究，力求探测出词体艺术世界的无限奥秘，以之提高观赏者的鉴赏能力，使古代文化瑰宝迸射出更为夺目的光彩。

第一章 "近情"的艺术

以"情"动人，乃为文学艺术区别于其他社会意识形态的本质属性。无论是小说、戏剧、散文、诗歌，皆要藉自身的情感表现形式，凝合成具有感召力的艺术生命。但尽管如此，在进行文体研究时也必须意识到，一门学科的建立，必须正确、深刻、完善地按照各门学科的特殊性（即特殊规律）去从事研究，而不是以普遍性原则来取消甚至是代替它们。这也是马克思主义倡导的科学方法论。诗与词同属韵体文学，注意情感的表现为两者共同的审美特性。但诗与词各自的艺术个性，并不是仅仅从结构形体方面（即音律、句式、语言）方能予以规定。即使在具体的表现过程中，文学情感的构成因素与表现形态，各种文体之间仍有着质、量的程度分别。文学研究要给予作品以审美判断，就必须"把注意力都投到组成本质的那些个别标志上去。因为正是这些标志，组成那个事物的特征"[①]。因而，要接受与认识一种文学样式，首先也可以说是最重要的，就是必须准确把握情感的"传达"方式以及表现特征，从而确切地体味出文本内在的审美情调。惟有如此，对文体审美特性的研讨才有深入、具体的可能性。

---

① 黑格尔：《美学》，商务印书馆 1979 年版，第一卷第 22 页。

一 "本色"之争

关于词艺术表现的审美规范，早在宋代就引起了人们的高度注意。这其中，尤以"本色"之辩最为引人注目。"本色"的探讨，起因于对苏轼、黄庭坚诸人词创作的评价，而这实际上也关系到宋词创作的发展前途问题。词在中、晚唐渐兴，文人创作偶尔染指，虽"伶工之词"气味甚浓，尚未形成强盛的创作势头，但诸人创作的基本格调却大体接近。"类不出乎绮怨"①，概括的是温庭筠词的创作情调。而温庭筠作为"花间鼻祖"②，其艺术创作的影响力，自是可想而知的。实际情况也确实如此。晚唐五代词风在后世遭到了人们褒贬不一的历史评价，然它自觉不自觉所表现出的高度一致性的艺术创作风貌，却在中国词学史占据了重要的位置，且对词的发展也产生了深远的影响。北宋以降，人们在大致沿袭晚唐词风的同时，也融合进个体对人生、社会的自我认识与评价。但此时的创作，仍一般不出男女情爱生活的表现范围，而且以女性为主人公的"代言体"形式仍很盛行。这显然与一些怀有经世之才、勤于探究人生的士大夫生活情趣、理想追求并不完全投合。苏轼、黄庭坚等人词的创作，正是以拓宽词境、改革词风、"无意不可入，无事不可言"③的审美旨趣起步的。对此宋人汤衡曾精辟地指出："夫镂玉雕琼，裁花剪叶，唐末词人非不美也。然粉泽之工，反累正气，东坡虑其不幸而溺乎彼，故援而止

---

① 刘熙载：《艺概·词曲概》。
② 王士禛：《花草蒙拾》。
③ 同①。

之，惟恐不及。其后元祐诸公，嬉弄乐府，寓以诗人句法，无一毫浮靡之气，实自东坡发之也。"[1]"镂玉雕琼，裁花剪叶"，是对花间词纤弱格调、华艳形式的形象化概括。"寓以诗人句法"，虽无明说，实指士文化历来所倡导的"清壮顿挫"的风格特色。然而，此种以诗歌传统风格来纠正宋词创作习气的尝试是否成功，在当时即为人们所疑虑。晁无咎谓黄山谷词，"不是当家语，自是着腔子唱好诗。"[2]"着腔子唱好诗"，实是不客气地指责黄氏不是在作词，只是习词之"腔调"，从根本上未得作词之真谛。苏轼的弟子陈师道则直截了当地对自己老师的创作进行了严厉的批评，"虽极天下之工，要非本色"[3]。这也是说，苏轼词虽然在词境的创建方面颇具功力，但终不能显示出词所独有的艺术品性，也就是说苏词创作偏离了词这一文体形式的艺术创作规律。陈师道的"本色"论是否公允尚俟考证，不过这一审美观念的提出，足以证明人们已经认识到词自成一体，不能与他种文体随意混淆的重要性。自陈师道揭橥"本色"说之后，诗词的艺术畛域即成为人们所关注的命题。李清照的《词论》，进一步将此一论争推向高潮。李清照更为明确地强调了词文体形式的独特创造性，同时也严格规定了作词的审美准则。她的词"别是一家"之说，虽未从正面予以展开，所涉及到的主要是音律方面，但从她对苏轼、秦观、晏几道、黄庭坚、贺铸等人词批评的言语中，也能见出她的审美旨趣，并不仅仅限定在结构形式，而且也关系到声情。重要的倒不是李清照的论词主张是否完美，而是这一理论本身的历史价值。在陈师道倡导

---

① 《张紫微雅词序》。
② 《苕溪渔隐丛话》。
③ 《后山诗话》。

"本色"之后，李清照再次对词的艺术本质给予更为具体、深入的揭示，这对发展与完善宋词创作有着重要意义。

当然对陈师道、李清照论词主张唱反调的也大有人在。如陆游就为苏轼词创作极力辩解："世言东坡不能歌，故所作乐府多不协律。晁以道谓：'绍圣初，与东坡别于汴上，东坡酒酣，自歌阳关曲。'则公非不能歌，但豪放不喜剪裁以就声律耳。"① 王灼、胡寅更是大力推崇苏轼改革词风之功："东坡先生非心醉于音律者，偶尔作歌，指出向上一路，新天下耳目，弄笔者始知自振。"② "及眉山苏氏，一洗绮罗香泽之态，摆脱绸缪宛转之度，使人登高望远，举首高歌，而逸怀浩气，超然乎尘垢之外，于是《花间》为皂隶，而柳氏为舆台矣"③。以上诸人之说，主要是从气格方面肯定苏轼词创作的贡献，而不是根本上抹杀诗词之别。金代王若虚也较为重视诗词的艺术特性，但他对两者相别的必要性则基本上持否定态度。他认为："盖文之大体固有不同，而其理则一。殆后山妄为分别，正犹评东坡以诗为词也。"④ 不难见出，王氏强调诗词情调同一，文体的不同只是结构形式而已，并不足以划定两者为相异的文体。我们认为，以上两种思潮各有所长，陈、李之论，重视艺术形式自身审美属性的认识，而对文体之间的相互影响、相互关系则重视不够。王若虚之说，肯定了诗词的艺术共性，但实际上也取消了词的个性特征，将词置于依附于诗的地位，故王称"自世之末作习为纤艳柔脆，以投流俗之好"。即便是"高人胜士""亦或以是相胜，而日趋于柔靡，遂谓其体当然。而不知流弊之

① 《老学庵笔记》。
② 《碧鸡漫志》卷二。
③ 《〈酒边词〉序》。
④ 《滹南遗老集》卷三十五。

至此也"。惟有习得"诗人句法"的东坡,"天资不凡,辞气超迈,故落笔绝尘耳"①。在后世,此两种观点也未能进一步地予以是非辩解,然而人们在具体品评词人词作,探讨词学渊源,体察词风递变时,也常对诗与词在情感表现上的具体特征提出各自观点。

二 "自抒其性情"

的确,和小说、戏剧偏重现实的反映不同,诗歌重视的是人的心灵感发,大场面的人物、事件的铺展极为少见。早在先秦之际《尚书·尧典》就提出了"诗言志"之说,极为明确地确立了诗歌艺术的表现对象及其内容特质。以后《乐记》《诗大序》,则更自觉地实现了由"言志"到"表情"的转变,充分肯定"情志"在文学创作中的审美功能。在刘勰、钟嵘时代,情感的艺术创作已作为专门课题进行研讨。理论往往是实践的总结,美学思想的形成是和艺术创作实践分不开的。从中国早期的《诗经》《楚辞》,到汉代的《古诗十九首》、建安诗歌,皆能感受到艺术情感的动人力量。可以说,整部中国诗歌史就是人类情感艺术创作的发展历程。

词这一艺术形式,是流行于宋代"倚声而歌"的新兴文体。尽管它不定是由诗歌脱胎而来,但与诗歌的渊源关系也是较为明显的。因而,诗歌抒情言志这一艺术表现形式,进入到词中也同样有较强的适应性。清人田同之说:"诗与词体格不同,其为摅写性情,标举景物一也。"② 是论明白无误地从文体艺术结构形式判别诗词之差异,而在

---

① 《潭南遗老集》卷三十九。
② 《西圃词说》。

表现对象方面则将两者划为等一。此一观点，在清代也较易为人们所接受。如谢章铤说："诗词异其体调，不异其性情。"① 因而从总体上说，"言情"可谓诗词艺术共有的特征。那么在文体的表现形式、艺术格调上，诗与词是否存有某种差异呢？过去人们对此点认识不足，较随意地将两者划为等一，略而勿论。我们认为，每一种文体之别，尽管往往主要体现在体式结构、语言风格上，但形式的差异也必然对文情的表现有一定的限定作用，内容与形式的有机统一才能构成艺术整体，机械的割裂是不符合艺术本身的审美规定的。所以，体现出文体艺术特色的句式、语言、风格，其自身负载着的情感形式也必然会呈现出相异格调。如汉代的大赋，以"铺采摛文"描写宫殿林苑为能事，注重气势的烘染，"劝百讽一"，情感的艺术创造显得较弱。秦汉的楚辞，以较为整齐的句式，较长的篇幅，且借助于比喻、夸张、排比等手法抒写胸怀，语意委婉，文情给人以散漫、深幽之感。唐代诗歌的审美视点较为开阔，主体内在世界以完美的艺术创造而获致丰富展现。此时社会为文人踏入仕途敞开了门户，强烈的参与意识也促使人们面对现实，投身社会。诗人们尽情地吮吸着现实生活外界事物所提供的创作情愫，而极少退避到个体心灵世界吟唱自我的生活情调。人们主张诗歌创作"为事"而作，要有"风雅""兴寄"的艺术精神，反对"拘限声病，喜尚形似"②。这一文学思潮与相应的文学创作，就汇聚成"骨气端翔"、豪迈奔放的"盛唐气象"。那么对创作大盛于宋代的词，人们又是怎样认识其艺术特性的呢？对此，宋人所论在前节已略见端倪，再进一步看后人怎样解说。清人李佳论词，尤重诗、词

---

① 《赌棋山庄集·词话》。
② 元结：《箧中集序》。

之别。他认为，"不解倚声者，强欲作词，亦不过乱拈诗文中字，填作长短句……文有体裁，诗词亦有体裁，不容少紊，而笔致固自不同"①。他强调词为倚声之文，必须重视词的声韵节奏，故各类文体自有擅长体制，不能稍加紊乱，"笔致"应分清楚。所谓"笔致"，也即句法、文情。李佳所论，还只是略陈大概。江顺诒则进而分析道："诗与文不同，不外情境二字，而词家之情境尤有所宜。"② 虽然江氏也未详析在情境表现上诗与词差异的具体内容，但肯定了词这一文体的情境构成较之诗文更加突出，文体自身更为适宜情感的抒发，这也些微透露出词的表情特征。王士祯则从词体之流变、词体所持的情态来考证词的审美形态及与诗歌的关系："《花间》以小语致巧，世说靡也；《草堂》以丽字取妍，六朝喻也。即词号称诗余。然而诗人不为也。何者？其婉娈而近情也，足以移情而夺嗜。其柔靡而近俗也，诗缓而就之，而不知其下也。之诗而词，非词也；之词而诗，非诗也。"③ 王氏之语突出了诗词之别。他明确地指出词"婉娈近情"，充分肯定了"词心"更贴近人情（尤其是男女之情），有着较强的艺术感染力（"移情"）。此种表现特征，诗如涉及便等而下之。因而以词作诗则非诗也，反之非词也。对诗与词在情感表现方面的差异，实则早在宋代张炎的《词源》中就已提及，"簸弄风月，陶写性情，词婉于诗。盖声出莺吭燕舌之间，稍近乎情可也"。同为"写情"，词则显得更为婉转，这取因于词与声乐关系较之诗歌更为密切，"词心"稍接近"情"也无碍。

---

① 《左庵词话》卷下。
② 《词学集成》卷七。
③ 《艺苑卮言》。

那么，"近情"的具体表现又是如何？宋人沈义父有一段论述似乎作了较好的说明。沈说："作词与诗不同，从是花卉之类，亦须略用情意，或要入闺房意。然多流淫艳之语，当自斟酌。如只直咏花卉，而不着些艳语，又不似词家体例，所以为难。"① 尽管沈氏与上面张炎所论之"情"，主要是指狭义的"恋情"，但所论能从物与情的关系中见出人"情"表现的主导性，肯定了词的表现更为侧重人物心灵的感发，还是较有识见的。的确，情感作为创作主体的内省对象，不是在诗中，而是在词中有了精心的审察，深刻的表露。宋代文人将人与社会联系的表现区域划给了诗歌，而将个体的生命形式及与自然、宇宙的关系视之为词体艺术形式的创作范围。这样，诗歌也抒情，但注重自我对客体的直接感发，即"应物斯感""感物吟志"。而词固然从根本上讲也有"应物斯感"的成分，但更多的时候，则表现为作者痴情地沉溺于个体心灵自身，细细地品味、研习自我情感的韵味、格调，因而，词更鲜明地表现出主体心灵对客体的投射力量。宋词不是像唐诗更多地关注社会中的自我存在价值，而是更多地表现出对个体习性的充分领悟与吟味。因而，唐诗不时透露出社会、伦理的意识成分，表现出对社会的依附与参与；而词则较少社会责任感，个体生活情趣较浓。尽管在南宋辛派词人作品中那种感愤时局的胸怀表现得也极为激切，但此种失落感内涵成分更多的为自我心灵的苦痛，外在现实的揭示并不是作品的表现中心。在词的艺术世界，个体的自我追求，忧喜困惑，皆给词作著上浓重的情感色彩。陈廷焯有言："情有所感，不能无所寄；意有所郁，不能无所泄。古之为词者，自抒其性

---

① 《乐府指迷》。

情，所以悦己也。"① 陈氏视词仅为"悦己"之情感需要，实是没有认清个体与群体意识的相互联系。但他明确地认识到，词主要是以自我内在情感作为主要的创作成分，这也精确地揭示了词之言情的个性特征。黑格尔曾认为，诗歌要"摆脱散文性现实情况，凭主体的独立想象去创造出一种内心情感和思想的特性的世界"②。词也正是以强化主体意志，去造就艺术本体独特的"情感世界"。

三 淡化纪实成分

正因为词的审美情趣更偏重于情感的体验，艺术思维更着重于人物心灵世界的探究，因而相对而言，词的纪实成分较之诗歌要显得更为薄弱。诗歌也重视写情言志，许多作者如陈子昂、李白、李贺的作品，正是以主体色彩甚为分明的浪漫风格而称誉后世的。然诗歌创作在《诗经》言事诗、南朝山水诗创作风气的影响之下，在"为时""为事"创作理论的鼓动、引导下，记事、咏物往往专注于外在表现。虽然这其中很难说不包蕴着作者的情性，但作品给人感受较深的，乃为纪事的明朗，写景状物的精巧、完美。如《诗经》中的《氓》《七月》、汉魏王粲的《七哀诗》、曹植的《送应氏》等。而《孔雀东南飞》，则更纯然是一部纪事诗。到了唐代，在陈子昂、杜甫、白居易、元结等人笔下，文学创作指陈时事、针砭弊政的社会作用更为醒目。像杜甫的《三吏》《三别》、白居易的新乐府诗等，都基本是纪事体的诗歌。当然在纪事过程中，作者的是非之感、憎爱之情也浑

---

① 《白雨斋词话》。
② 《美学》，商务印书馆1981年版，第三卷（下）第206页。

融其中。词中纪实成分已不很突出，客观物象的描述，社会事件的写照，皆受制于主体心灵的抉择，服从于人"情"的艺术创造。正是这种纪事的淡化，心灵的凸现，使人感到词中更多地表现了人的主体世界的复杂变化，追求的是一种抽象的生活旨趣。如柳永的《雨霖铃》（寒蝉凄切）写的是恋人相别的场面，然而人物的身份、离别事由等纪事写实成分并未有详尽而明白的交代，所有的地点（长亭）、时间（傍晚），皆旨在点化萧瑟、凄凉的场景，以之显现出情人无限惆怅之愁绪。故黄蓼园称之为"送别词清和朗畅，语不求奇，而意致缠绵，自尔稳惬"①。欧阳修结伴相游于颍州西湖，身感"清风明月""美景良辰"，便"翻阅之辞，写以新声之调"②，得以《采桑子》十首。词中所记，虽多写景状物，但从中生发出人世美景难得、欢乐恨少的生活情怀。南宋的辛弃疾，词集中常有感叹身世流离、社会浮沉之作，如《鹧鸪天》（壮岁旌旗拥万夫）就写出了"历史的必然要求与这个要求的实际上不可能实现之间的悲剧性冲突"③，历史背景较为显豁。但作品中并无确切的事件指陈，场面的勾勒只是铺垫，词给人感受更深的仍是作者磊落的胸怀、失志的郁闷。所以，此词固然有一定的纪实成分，然而也在作者那强烈的主观情感色彩的调和中而大大淡化了。

词的"近情"艺术，也使词人心态极为敏感而多情，从而导致审美感官的观察力常常显得极为贴切、细腻。外界事物某些现象，在词体的结构系统中有时也因"移情"而产生出别致的韵味。中国人的思

---

① 《蓼园词选》。
② 《采桑子》序。
③ 《恩格斯致斐·拉萨尔》，《马克思恩格斯选集》人民出版社1972年版，第四卷第346页。

维方式注重直观式的领悟，审美直觉常与心灵感应相互交会，而不像西方人那样感知一般还须发展到理性地抽绎、推理。如陆机说："遵四时以叹逝，瞻万物而思纷，悲落叶于劲秋，喜柔条于芳春。"① 强调心灵对外界的发现与感发。刘勰也说："春秋代序，阴阳惨舒，物色之动，心亦摇焉。盖阳气萌而玄驹步，阴律凝而丹鸟羞，微虫犹或入感，四时之动物深矣……是以献岁发春，悦豫之情畅；滔滔孟夏，郁陶之心凝；天高气清，阴沉之志远；霰雪无垠，矜肃之虑深；岁有其物，物有其容；情以物迁，辞以情发。一叶且或迎意，虫声有足引心。""是以诗人感物，联类不穷。流连万象之际，沉吟视听之区。写气图貌，既随物以宛转；属采附声，亦与心而徘徊。"② 刘氏之语，既肯定了感知活动在诗歌创作中的作用，同时又揭示出物态的表现与心灵的寄托相为统一的艺术规律。宋代文人常常喜爱或是登高远望，遥视辽阔无垠的山川草木，毫无阻隔地游心于渺远深广的境地；或是闲居亭阁，苦思冥想，捕捉细微官能的感受，沉醉于内在心灵的自我感化。因而，词人对于自然景物的观察与发现也尤为深邃、细腻。一草、一木、一山、一水，诸种色彩、形态、运动、变化的客体属性，在词中往往也以直观性地呈现，作用于人们的审美感知。此类外象性的表现，借助于艺术形式的加工，往往能更好地融合进人物的"心情"。苏珊·朗格认为，语言只能"大致地粗糙地描绘想象的状态，而在传达永恒运动着的模式，内在经验的矛盾心理和错综复杂的情感、思想和印象、记忆和再记忆，先验的感觉……的相互作用上面，

① 《文赋》。
② 《文心雕龙·物色》。

则可悲地失败了……语言对于描绘这种感受，实在太贫乏了"①。因而对于以言情为主的词来说，如只是一味地写情，既缺少美感，又难以"尽情"。这主要是因为"情感"本身也是极为微妙的，很难"言以尽意"。而如果借助于感官的艺术化处理，常常反倒能使人物意绪曲折而含蓄地表现出来。清人宋征璧曰："善述情者，多寓诸景，梨花榆火、金井玉钩，一经染翰，使人百思，哀乐移神，不在歌恸也。"② 田同之也说："情景不可太分，深于言情者，正在善于写景。"③ 这即强调了"景"对于"情"的调节、强化作用。被人"叹其工绝"④ 的张先《玉楼春》词：

> 龙头舴艋吴儿竞，笋柱秋千游女并。芳州拾翠暮忘归，秀野踏青来不定。　　行云去后遥山暝，已放笙歌池院静。中庭月色正清明，无数杨花过无影。

写春色之景，出现了舟船、秋千、芳草、绿野、浮云、山峦、院宇、月色、杨花等，这些物象的各种表现或为形态（龙头）、或为运动（秋千）、或为色彩（月色、绿原）、或为声响（笙歌），密集的意象群体所具有的审美效果，并不只是停留在外在物象的表面形态上，场面的勾画正坦露出词人特殊的心境。此词作时，作者已居八十高龄，心境的变动已较为平和。但通过外观物象的精美写照，以及事物运动的

---

① 《哲学新解》，见《情感与形式》前言，中国社会科学出版社 1986 年版，第 6 页。
② 沈雄：《古今词话·词品》。
③ 《西圃词说》。
④ 朱彝尊：《静志居诗话》。

变化形态，也些微透露出"老人"心态的迷惘与失落。西方现代象征派诗歌的艺术表现特征也是以表象的排列而作用于人的感觉，但此种审美感知形式，往往是舍弃了情感这一中介过程，而与理性、概念直接相通。词中审美感官艺术表现始终负载着情感成分，尽管有时也和理性相关，但情感的因素更为突出。

　　从心理学角度看，人的眼睛往往也是心灵的窗口，人物内在的活动皆可以通过这一窗口投射出去。黑格尔曾经把艺术的表现功能作了极为形象的表述，"艺术也可以说是要把每一个形象的看得见的外表上的每一点都化成眼睛或灵魂的住所，使它把心灵显现出来"。"不但是身体的形状、面容、姿态和姿势，就是行动和事迹、语言和声音以及它们在不同生活情况中的千变万化，全都由艺术化成眼睛，人们从这眼睛里就可以认识到内在的无限的自由的心灵。"[①] 的确，艺术的感觉处理，往往也与主体心灵相融交会，从而使文本的局部与整体皆能产生出丰富的审美意蕴。诗歌的景物表现，较为侧重客观的描写，注重整体画面的和谐。如王维的《鹿柴》："空山不见人，但闻人语声。返景入深林，复照青苔上。"诗中再现出一幅静谧、安闲的山景图画，画面清淡幽静，情趣也甚为高远，客观物象的艺术表现，有相对独立的审美价值。词如是脱离了主体心灵，执着于外观表现，往往并不很成功。词是以部分的表象形态给感官接受以触动，通过场景、气氛的情态化渲染，而使物象契合心态变化，避免心灵与感知层的表现出现背离。因而，词外象性表现所产生的审美效果，并不重在以形、声、色调动审美接受者的想象活动，而是将表象作为"载体"，给情感的

---

① 　黑格尔：《美学》，商务印书馆 1979 年版，第一卷第 198 页。

表抒提供较为充分的空间。沈际飞评张先的《青门引》（乍暖还轻冷）："怀则自触，触则愈怀，未有触之至此极者。"①"触"，即感官发现；"怀"，为心灵感动。"触"与"怀"相关，"怀"调动起"触"，两者是密不可分、相互沟通的。如秦观始终是以多情的心性看待人生，自觉地将整个自然界纳入主体心态的辐射区域。"物著我色"，在秦观词中表现得尤为突出。如"自在飞花轻似梦，无边丝雨细如愁"（《浣溪沙》）。"飞花似梦""丝雨如愁"，这与其说是描写物体"花""雨"，倒不如说物象为人物心灵的感情载体。在《淮海集》中，诸如"寒鸦万点，流水绕孤村"（《满庭芳》），"杳霭昏鸦，点点云边树"（《蝶恋花》），以暮云、寒鸦作一点缀，托出"的是凄凉地"（《蝶恋花》），形成为少游词创作的基本格式。词人总是根据主观情绪的变化，建造起词体结构的空间形式，且将客观物体予以情态化的创造，借以传达出自我心声。在其词中，某一物象常常能构成相对独立、有情性负载的"性灵"之物，以象喻化的符号形式，隐蕴着词人难以言传的意绪。如"流水落花无问处，只有飞云，冉冉来还去"（《蝶恋花》）；"杨花终日空飞舞"（《一落索》）。此处的"落花""飞云"，本身已存某种象征意义，并不仅是自然事物的客观写照。词人似乎以此类常见的自然现象，暗指岁月时光无可挽回地流逝，且从中包含有惜时伤春的复杂心绪。再如南宋末期大量吟咏明月、落草、蟋蟀、燕、蝉等词作，与其说是刻画物态，不如说物象为主体意识的象征符号。外在的描写，似乎只是情感、思绪的外壳。外壳很薄，而内中之情却充溢不尽。如王沂孙的《眉妩·新月》，词中所写虽也不离"新

---

① 《草堂诗余正集》。

月"形貌,然细味"团圆意""相逢""离恨""休问""凄凉"等情感色彩较为鲜明的词语,再考虑到作者所处家破国亡的历史背景,则也不难揣测词中所寄托之意。陈廷焯评曰:"一片热肠,无穷哀怨。"①意即指此。

此类"专注情致"的艺术表现特色,使词作给人的美感更偏重于心灵的触动。与纪事成分突出的作品相比,词给人的美感就较为直接而强烈,代与代之间的情感沟通也较为贴近。这主要是因为情感的交流,较之时代的纪实、历史的隔阂要小得多,容易产生较为一致的共鸣。谭献认为,词"其感人也尤捷,无有远近幽深,风之使来。是故比兴之义,升降之故,视诗较著"②。无论是表现风云气象,还是幽深渺远的词境,词常给人以较为直接的艺术感染力。词借比兴而言情,表现人世递转的命运纠葛,与诗歌相比较显得更为明显。原因即为词多内敛于人的心灵世界作集中表现。因而,"诗有赋比兴,词则比兴多于赋"③。在诗中,赋、比、兴兼用;在词中,则"比兴多于赋",客观而直接地写物纪事不为多数,外在场景的铺写,总是和人物心灵表现有密切联系。故在表层物象的背后,总是能体味出人物心态曲折幽渺的丰富情韵。客观的物体实则已失却独立存在的价值,而为创作主体情感表现的中介形式。蒋兆兰也说:"至词与诗之不同,虽匪一端,而大较诗则有赋比兴三义,词则以比兴为高,才入赋体,便非超诣矣。"④ 词重视比兴寄托,专用赋体,则势必削弱词作情感表现的强度,致使艺术情趣"非超诣"而影响美感。

---

① 《白雨斋词话》。
② 《复堂词话序》。
③ 沈祥龙:《论词随笔》。
④ 《词说》。

四　"极情尽态"

过去提到词，人们总认为"词为艳科"，即如刘熙载所言："儿女情多，风云气少。"[1] 确实，在词中反映恋人相思、爱恋此类题材是较多的，而且其中也不乏一些绮靡、纤柔之作。但如果要将词的创作范围划定于此，这也是不符合事实的。词之初起在一些文人手中，确如欧阳炯所言："不无清艳之辞，用助娇娆之态。"[2] 文采绮丽、情调柔靡。然而，如果我们的审美思维再深入一步则不难发现，在词的深层意识区域，情调并不是呈单一的走向，而是多元化投射，这其中更多的是对社会人生、宇宙自然的深刻解剖与反思。宋代张炎就说过："燕酣之乐，别离之愁，回文、题叶之思，岘首西州之泪，一寓于词。"[3] 对词的表现能力有着较宽泛的规定。先著也说："词之初起，事不出于闺帷，时序。其后有赠送，有写怀，有咏物，其途遂宽。即宋人亦各竞所长，不主一辙。"[4] 的确，从宋代甚而在晚唐五代即始，人们在深情绵邈的言情感事之中，已浑融了对人生、对理想、对生存的思考与迷惘等多种思想感情。词作者既有达官贵人、落魄文士，也有少妇闺秀、抗战将领，他们或是在亭院、宫廷，或是在山野、边塞，各自从内心深处弹奏起一曲跌宕不平的人生之歌。明人孟称舜对宋词的文学现象作了比较精辟的描述："词与诗曲，体格虽异，而本于作者之情。古来才人豪客，淑姝名媛，悲者喜者，怨者慕者，怀者

---

① 刘熙载：《艺概·词曲概》。
② 《花间集序》。
③ 《词源卷下》。
④ 《词洁》。

想者，寄兴不一：或言之低回焉，宛变焉；或言之而缠绵焉，凄怆
焉；又或言之而嘲笑焉，愤怅焉，淋漓痛快焉。作者极情尽态，而听
者洞心耸耳。如是者皆为当行，皆为本色。宁必姝姝媛媛学女儿语而
后为词哉！"[1] 词"寄兴不一"，重要的是要能"极情尽态"。是论既肯
定了词注重情性的表现特色，同时又对"情态"本身也不作片面的限
定。在宋代，时序的变化能触发起人们对好景难驻、欢乐恨少的哀
怨："念过眼光阴难再得，想前欢，尽成陈迹"（曹组《忆少年》）；
"怕洛中春色，匆匆又入杜鹃声里"（王沂孙《水龙吟》）。从今与昔
的对比中也能感受到人世无常，从而叹息今世难以伸展抱负："世路
无穷，劳生有限，似此区区长鲜欢"（苏轼《沁园春》）；"回首西风
犹未忘，追得丧，人间万事成惆怅"（秦观《渔家傲》）。也有怀念旧
日情事的："忆旧游，邃馆朱扉，小园香径，尚想桃花人面"（蔡伸
《苏武慢》）。对一些人生伤痛、爱情失意也自有真情流露："独行独
坐，独唱独酬还独卧。伫立伤神，无奈轻寒著摸人"（朱淑真《减字
木兰花》）。对国事民情的关注与担忧，在南宋辛派词人与格律派词
人中有程度不一、各具特色的表现。相较而言，辛派词情调则显得高
亢、激昂一些，格律派词情调则显得深沉、忧切。以上只是略举一
二，后文再详述。总之，词的艺术世界极擅长从不同角度、不同层次
充分展现人们心灵世界丰富多彩的生活情趣与人生欢怨，诱引观赏者
沉浸于内在感官的体会之中，更深刻地反思人生，从而实现精神世界
高层次的"净化"。词此种对内在心灵作纵向深究、细微掂量的感情
体验，比一些有感而发，或庄重写就、思理较深的诗歌，要深情、挚

———————————

[1] 《古今词统序》。

诚得多。前人曾提出"诗境阔，词境狭"①的论断，人们对此褒贬不一。我们认为，每一种文体自有其擅长的表现区域以及自身独特的艺术风格。不同的艺术表现形式，皆具有一定的艺术魅力，也能适应各个层次、不同情趣爱好者的审美需要。"诗境阔"，主要体现在社会、人生、自然的背景上；"词境狭"，则多表现在心灵的精细刻画上。虽然此类划分也体现出群体与个体不同的审美理想，然在人类文化契合点上则有着内在联系。同时我们也必须注意到，此种"阔""狭"的划分只是从大体上作概览式的归纳，并不是说诗与词就绝然不存在相互交叉的艺术表现。实则在苏、辛派词人及后代相沿此风的词人作品中，境阔气盛之作也并不少见。"重、拙、大"②理论的倡导，在一定程度上也是对偏于豪放词风的高度概括。因而观赏词作，自然"不能以一时一境尽之"③。

---

① 《词说》。
② 况周颐：《蕙风词话》。
③ 刘熙载：《艺概·词曲概》。

第二章　词的媚态

　　"诗庄词媚"[①]，是清人李东琪对诗与词两种文体艺术风貌差异的高度概括。对此一说法，后人一般予以首肯，至多作一些修正。以"媚"界定词风，依今人的审美定势，似乎总带有某些贬斥、轻蔑的含义。然而，尽管词"媚"这一审美观念的提出已有漫长岁月，但人们对"媚"的内涵及其创作意义的认识仍处于模糊或简单化的层次，还未能充分体认与领会词"媚"这一文体形式的丰富神韵，尽管往往也对词之形态（当然也有"媚"的成分）激赏不已。"名者，实之宾也"。用准确的概念予客观对象以定义，这显示出人们认识思维的进步。然如果对概念的内涵与外延缺乏具体、深入的分析，则人们的审美判定也必然流于空泛。本章拟以词体形成期，即唐五代、尤其是花间词的创作为重点分析对象，从语义及文化心理的角度，探讨词"媚"的结构形式及表现特征，以求对词的艺术表现形式有更为确切的审美认识。

一　构成因素

　　"媚"这一语词早在中国上古即已有之。《说文》曰："媚，说也，

---

① 王又华：《古今词论》。

从女眉声。"段玉裁注曰："说，今悦字也。""从女眉声"，则与女性形貌又有一定关系。故从语词释义，"媚"主要指女性的体态风貌所给人的感官与心灵契合为一的审美愉悦。"媚"之本义在后来又有多种引申。《楚辞·惜颂》曰："志儇媚以背众兮。"王逸注曰："媚，爱也。"《文选·张衡传》有语："竞媚取容。"此处"媚"，指"美"意。另外，由"媚"所连缀的词语，如"媚惑"（以美色惑人）、"媚行"（缓步而行），可以说皆体现出女子的柔性之美。概言之，"媚"为中国古代人们审美意识的重要范畴，而这审美形式又主要是对女性美的观照与感发。

定词为"媚"，这与将词视为女性文学有一定关联。《西圃词说》引曹学士曰："词之为体如美人，而诗则壮士也。"这种相比固然令人较易产生误解，然也多少能提示人们去追思词何以为"媚"，何以"如美人"的本质属性。词之为"媚"，主要取因于词的表现对象。词之初起，即以反映男女情爱生活为主要内容。"儿女情多，风云气少"[①]，形成为晚唐五代词的创作风尚。在此一时期，大量的情爱词，以迷人的风韵、沉挚的情调、绮丽的文辞体现出个体的强烈追求与审美享受。晚唐五代词大多为代言体形式，此也即是后人所讥之为的"雌声学语"[②]。然而正是这一替换身份的写作方式，使作者在表现女性美时，便于自觉地将人物形象本身作为审美对象，从形貌、气质、言行等方面予以精细刻画，而不是像女性作家一般较偏重心态与环境的描写。女性服饰外观美，与人物内在的审美心理情趣有密切关系。《离骚》曾曰："扈江离与辟芷兮，纫秋兰以为佩。"即将服饰装束与

---

① 刘熙载：《艺概·词曲概》。
② 刘辰翁：《辛稼轩词序》，《须溪集》卷六。

人物的品格相为联系，表里互照。花间词中的人物服装多为丝绸衣裙，绣以斑斓的图案。如"罗襦绣袂香红，画堂中"（薛昭蕴《相见欢》）；"偏带花冠白玉簪，睡容新起意沉吟，翠钿金镂镇眉心"（张泌《浣溪沙》）；"罗裙风惹轻尘"（牛希济《临江仙》）。词中的"罗襦""绣袂""花冠""玉簪""翠钿""罗裙"等，皆给人以质地华贵、色彩艳丽的观感。此类特征性的描写，很易使人想见词中人物身份或为贵家妇人，或为富家歌女。然而，花间词虽多于歌筵酒席间观舞赏乐而作，但就词中所出现的场景、环境以及人物的心态而言，大都非仅为娱宾遣兴的取乐需要，重点表现的乃为女性空闺独守所特有的孤独、冷寂的愁绪。故外观之华美与人物心灵苦痛所形成的色调反差，更易令人产生一种怜香惜玉式的审美感受。与服饰的"绮罗香泽之态"相为映衬的则是人物的外在形貌。花间词写人物外貌也趋向于较明显的一致性，笔触一般多写柳腰、鬓云、香腮、娥眉等，以表现出女性之娇美，女性之媚态。如韦庄的《天仙子》："金似衣裳玉似身，眼如秋水鬓如云。"以比喻化的笔法，写出了绝代佳人的丽质美貌。这种偏重人工修饰之美的艺术表现，确与前代人们较为注重人物的自然写照，即以本色美作为观赏对象有一定差异。人物外观美的艺术创造，既取决于特定的表现对象，但同时也反映出词人的审美趣尚，即当时身处酒楼歌肆、沉湎于审美感官、淡化理性思考的文人心态。

　　人物形象的塑造，不仅体现在外貌、服饰方面，而且人物举手投足、回眸顾盼的行为方式，也能反映出主人公的风貌、气质、幽微曲折的心理状态。如"日高犹自凭朱栏，含颦不语恨春残"（韦庄《浣溪沙》）。"犹自凭栏""含颦不语"，以静态化的写照，折射出极为纤细的心灵变化。牛峤的《望江怨》：

　　东风急，惜别花时手频执，罗帷愁独入。马嘶残雨春芜湿。
倚门立，寄语薄情郎，粉香和泪泣。

　　词中"手频执""倚门立""寄语薄情郎""粉香和泪泣"，生动描绘出
女性依依惜别的种种举止，令人确切地感受到人物那种缠绵悱恻的胸
怀。况周颐称此词"间有劲气暗转，愈转愈深"①。即是说词体内蕴神
韵，灵气充溢，审美思维由外而内地得以层层深入。总体上说，由词
中主人公身份（女性）所制约，人物行为举止一般表现得较为轻柔，
仪态娴静。因而，尽管词所包蕴的情调常是极其哀伤、凄怨，但悲凉
的气息并不浓烈，仍给人以优雅的审美感觉。

　　词"媚"的艺术形态，虽然外观给人以较为直接、鲜明的审美观
照，然毕竟心灵的感发主要取决于词体的情感表现形式。文学作品以
情动人，情感的审美化创造乃为艺术形式的生命力量。《毛诗序》曾
说文学作品为"情动于中而形于言"。钟嵘也说："气之动物，物之感
人，故摇荡性情，形诸舞咏。"② 对词，人们也认为，"词有三要：曰
情、曰韵、曰气"③；"情不深而为词，虽雅不韵，何足感人？"④ 词中
对女性形象的刻画，服饰、相貌等外观形态的确给人以较为鲜明的直
接观感，而且也构成了词体的基本色调。但词给人感受更为强烈的仍
然还是人物要眇柔婉的心灵变化。女性那种常有的白嫩肌肤、细柔纤
指、樱桃小嘴、丰润面颊、洁白稚齿等审美特征细节表现，在词中并

---

① 《餐樱庑词话》。
② 《诗品序》。
③ 沈祥龙：《论词随笔》。
④ 陈廷焯：《白雨斋词话》卷七。

未作过于详尽的描写。词人常常运用委婉曲折的笔致，较为精细地描述出人物心态的发展脉络。词中较多言"愁"，然又不是一味地刻画"以泪洗面"、怨极悲甚，而常是惆怅之中夹带着希望，失望中流露出依恋。如韦庄的《女冠子》：

> 昨夜夜半，枕上分别梦见，语多时。依旧桃花面，频低柳叶眉。　　半羞还半喜，欲去又依依。觉来知是梦，不胜悲！

枕上梦遇，卿卿相语多时，柳眉、花容，羞喜交加，欲离却又依依。虽然词结以"觉来知是梦，不胜悲"的失望之感，然主人公对理想生活的渴望、憧憬之情，还是给人留下了深刻的印象。在花间词中，人物不论是相对话别，还是空闺相思，温柔多情构成了词这一文体人物心态的表现特征。如温庭筠《女冠子》上片："含娇含笑，宿翠残红窈窕，鬓如蝉。寒玉簪秋水，轻纱卷碧烟。"词虽未直接写人物心境，然通过神态的生动表现，也可透见出人物的审美情趣、理想企求。汤显祖评云："'宿翠残红窈窕'，新妆初试，当更妩媚撩人。"[1]

　　总之，在晚唐五代文人词的创作中，女性形象的表现并不重在具体的指称，而主要是通过这一完美的化身，反映与寄托着时人对某一生活理想的倾心向往。此一类型化的艺术表现倾向，便使词作个性化色彩相对弱化，而泛化的"人情趣味"则具有超越时空的艺术力量。

---

[1]　汤显祖评《花间集》。

二 形式特征

由于词作特征风貌多趋于"媚"，故在具体的表现材料、形式构成方面，词体结构的各部分因素也相应有着特定的审美规范。物象对人物的情感表现起着重要的媒介作用，人们常常或是睹物生情，或情寓于物，客观物体常能因人情之变化而染著上不同的色调。由于词中女性形象大多处身于院宇亭阁，故物象的出现也有一定的时空限定性。诸如柳丝、春雨、香雾、绣帘、花烛、红粉、鸳鸯、彩蝶、飞云、双燕、芳草等，皆是生活场景中较为常见的事物。而且，物象形体较小，色彩感强烈，散发着一定的脂香粉气，颇贴合空闺女性心理活动的需要。如薛昭蕴的《小重山》起首三句："春到长门春草青，玉阶华露滴，月胧明。"春草、玉阶、华露、明月，物象所构成的场景极为典雅、幽静。再如张泌的《南歌子》："柳色遮楼暗，桐花落砌香。画堂开处远风凉，高卷水精帘额，衬斜阳。"词中柳色、桐花、画堂、绣帘、斜阳等物象、场景的罗列，既有味觉感（"香"）、视觉感（柳色、水精帘、斜阳），又有触觉感（"凉"），外景给人的整体感极为清丽。在一首词中，有时常常是众多的物象出现，一句一换，甚或一句中数种物象重叠排列，这既反映出女性那敏感而多情的心理活动，同时物象的纷呈而至，也起到渲染、加强词作情调的美感作用。如温庭筠《菩萨蛮》：

> 玉楼明月长相忆，柳丝袅娜春无力。门外草萋萋，送君闻马嘶。画罗金翡翠，香烛销成泪。花落子规啼，绿窗残梦迷。

词中玉楼、明月、柳丝、芳草、画罗、翡翠、香烛、落花、绿窗等，众多精美物象，以极突出的具态化特征，强烈地不间断地作用审美感官，同时也凝合成词作柔婉流转的艺术情调。

文学是语言的艺术，语言的表现形态直接关系到作品风格的形成。晚唐五代词人尤重语言的修饰，以求精确地描绘出物体的形貌，传达出人物的气质、情趣。近人李冰若云："飞卿惯用'金鹧鸪''金鸂鶒''金凤凰''金翡翠'诸字以表富丽，其实无非绣金耳。"① 的确，温词较多用"金"字修饰物体，而且不只是"金"字，即便如"玉""红""绿"等色彩感较为醒目的词语也常用。此也可谓是花间词的创作习气，其目的即是以"清绝之辞，用助娇娆之态"②，重点表现出女性的娇娆，场景的雅丽。韦庄词笔调虽较为明快，给人以"淡妆"的美感，然也常常运用艳丽文辞摹写物体对象，渲染出香软的词体气氛。如他写人之神情，"泪界莲腮两线红"（《天仙子》）；写人之动作，"缓揭绣衾袖皓腕"（《江城子》）；写场景，"细雨霏霏梨花白，燕拂画帘金额"（《清平乐》）；写物象，"一枝春雪冻梅花，满身香雾簇朝霞"（《浣溪沙》），皆极尽修饰之语，只是韦庄的刻意雕饰，"其妙处如芙蓉出水，自然秀艳"③。

词"媚"也体现在词作格调方面。词为韵体文学，且为长短句句式，故由音节所构成的韵律节奏，常能产生出特殊的韵味。李东琪在考证词体之"媚"的缘由时认为，"论古词而由其腔，则音节柔缓，无驰骋之法，故体裁宜妩媚，不宜壮激"④。词情格调的"柔婉"

---

① 《栩庄漫记》。
② 欧阳炯：《花间集序》。
③ 同①。
④ 王又华：《古今词论》。

"媚"，首先是由其腔调、音节所决定的。词早期为弹唱的艺术，主要是由文人"写一时杯酒间闻见所同游意中事"①，使歌女"倚丝竹而歌之，所以娱宾遣兴"②。故王灼认为，"今人独重女音，不复问能否，而士大夫所作歌词，亦尚婉媚"③。其次，词侧重人物心态的描述，且表现内容以写恋情见长，这对词格调的"柔媚"起着更为直接的作用。词至晚唐五代，虽然"倚声填词"的创作程式还较流行，然而实际上此时歌词也已呈独立的发展趋向，已出现由"伶工之词"向"士大夫之词"的转换势头。这样，词的创作虽然还受到"合乐"形式的一定限制，然其自身的创作规律，也为文人自觉不自觉地遵守。人物心灵本来就不是单纯的世界，其内在的变化常是极其微妙幽隐的，尤其是涉及到男女情爱生活，更是委婉曲折，情意盎然。词人表现主人公对情爱的渴望，通常不是追求直接痛快式的畅露方式，而是百般迂回，以物象、人心的交替变化，互为映衬，使情调的表现欲吐又咽，时隐时露，从而与人物神情之"媚"态相为吻合。如孙光宪的《浣溪沙》，汤显祖评为"乐府遗音，词坛丽藻"④。其词：

　　　　半踏长裙宛约行，晚帘疏外见分明，此时堪恨昧平生。
　　　　早是销魂残烛影，更愁闻着品弦声，杳无消息若为情。

孙词在花间集中属清丽、疏放一派，此词不似温庭筠词那般秾丽。然从词情、语态来看，却较充分体现出情调之柔、神态之媚的美学特

① 晏几道：《小山词序》。
② 陈世修：《阳春集序》。
③ 《碧鸡漫志》。
④ 汤显祖评《花间集》。

征。词中人物那宛约行步、凝眸疏帘的举止、形貌，销魂残烛而堪恨
生平，愁闻弦声而伤情无信的心境，人物心态极有变化，词情格调的
转化极富韵致。韦庄的《诉衷情》：

> 烛尽香残帘未卷，梦初惊。花欲谢，深夜，月胧明。　何
> 处按歌声？轻轻，舞衣尘暗生，负春情。

句式错落有致，"音节极谐婉"①，从词柔缓、低沉的节奏中，真切地
传达出人物惆怅、哀怨的心情。

三 历史评价

词代诗兴，以其"媚"领骚文坛，充分展现了特定时代人们的审
美风尚。韦勒克曾言："一个时期的文学史通过对当时语言背景所作
的分析，至少可以像通过政治的、社会的和宗教的倾向或者国土环
境、气候状况所作的分析一样获得同样多的结论。"② 从人类文化的历
史发展来看，某一文学样式具有一定的时代性，隶属于特定的社会文
化气氛。因而文学样式的表现特征，也能反映出创作主体自身的审美
素质及时代文化的发展态势。词的发展固然与社会商业的兴盛、宫廷
市井音乐的发达有相应联系，然如依据歌者的身份（歌女）、歌唱的
地点（花前月下）、歌唱的内容（男女情爱），即以为词只是调笑取
乐、"用佐清欢"之作，此一分析虽有一定的合理性，然并不全面。

---

① 《栩庄漫记》。
② 雷·韦勒克、奥·沃伦：《文学原理》，三联书店 1984 年 11 月版，第 186 页。

词的表现趋向女性之"媚"，更为直接的原因乃为人们审美心理结构即"词心"的转变。诗歌自上古发展到唐代，经历了上千年历史，出现过数次高潮。由于诗歌在形成的早期阶段即被纳入儒家"六经"的典籍范围（指《诗经》），故其社会化、伦理化的倾向较为突出。"经夫妇，成孝敬，厚人伦，美教化"① 这一带有规范化的理论倡导，在曹丕、刘勰、钟嵘、陈子昂、白居易的文学思想中，皆能见到自觉的响应。当然在诗歌中，人们由外在现实所惹生起的各种生活情绪，也得到丰富多彩的审美创造。然而，由于士文化的极度发展，人与社会的联系仍为诗歌创作的主要倾向。相比较而言，诗歌创作对个体自身生活情趣尤其是两性生活的精神需求还未给予充分的关注。虽然诗歌中情爱生活也曾有过零星反映，或出现于民间乐府诗中，或为文人闪烁其词地偶尔旁及。然而别说成一时代习气，对情爱生活即便为直接表现、具体描述的作品也不多见。正是长期为这一创作氛围所困囿，词于晚唐出现，且一开始即以女性文学为其创作主流，自然便受到人们格外的重视。晚唐时期，社会动荡，人心散乱，具有统治地位的统治思想，在一定程度上削弱了影响力。人们可以在不受约束的情况下自行安排理想的生活方式，畅发自身的情感、意志。当时代的审美旨趣由社会转向个体时，体现人类生存本能的两性生活，便很易成为人们所关注的精神内容。从总体上说，晚唐人表现男女恋情，实则也有某些理想化色彩。词中人物往往并非实指，而是一风姿绰约、缠绵多情的美人偶像；词所表现的情调也不是某一具体人物的意志，而为泛指的人类共性化的类型情调。人们似乎深深沉溺于情爱生活的陶醉之

---

① 《毛诗序》。

中，以极大热情精心妆饰这一人间生活，赋予其醇厚的生活情蕴，从而释解由社会现实的磨难所招致的心灵负重。因而，词之外观给人以"妩媚"的美感，具有动人的艺术魅力，这"大约是因为虽然表面上看起来始终是优雅艳丽的，然而却托寓着超乎传统的'闺怨'这一概念的，对于人生和对于时代的深切的绝望感与孤独感的缘故"①。

对词之"媚""艳"，后人也曾多加指责，斥之为开一时代绮靡文风，甚至以此作为社会没落的佐证，似乎人们精神的颓靡、消沉也是由这一创作风气所致。宋代陆游曾不无感慨地说过："《花间》皆唐末五代时人作。方斯时，天下岌岌，生民救死不暇，士大夫乃流宕如此，可叹也哉！或者出于无聊故耶？"② 陆游评语即表露出不屑、责怨之意。以后人们则更多加贬斥。冯班曰："长短句肇于唐季，脂粉轻薄，端人雅士盖所不尚。"又曰："鲁公作相，有曲子相公之言，一时以为耻。坡公谓秦太虚乃学柳七作曲子，秦愕然以为不至是，是艳词非宋人所尚也。"③ 冯班竭力为士大夫作词辩解，以排斥词"媚"的审美价值。欧阳修词，宋人对其作品出入颇有争议。清人陆莹曰："欧阳公，宋代大儒，诗文外，喜为长短调。凡小词多同时人作，公手辑以存者，与公无涉。一时忌公者，藉口以兴大狱。司马温公，儿童走卒，咸共尊仰。轻薄子捏造艳词，以为公作，转相传颂，小人之无忌惮如此。"④ 此语即是以为词之为"媚"不符合士大夫身份，故也不合文学正道。实则这种审美意识受制于传统文化观念的影响，以道德化的习惯成见评价词人创作，并不符合词的实际情况，也不利于对特殊

① （日本）村上哲见：《唐五代北宋词研究》，陕西人民出版社1987年版，第106页。
② 《花间集跋》，《渭南文集》卷三十。
③ 《钝吟文稿》。
④ 《问花楼词话》。

的文学现象作出公正的审美评价。莱辛在比较诗画表现特色时认为，诗的表现长处为"化美为媚"。"媚"是在动态中的，"一纵即逝而令人百看不厌的美，它是飘来忽去的"。因而，"媚比起美来，所生的效果更强烈"①。虽然莱辛对"媚"的具体评述较为宽泛，然移之评词也同样适用。词"媚"体现出人们审美意识更为自觉的追求，是对"美"的表现形态更为深入具体的认识。我们认为，晚唐词的创作有一定的完美性，词之情调、物象以及语言浑融为一整体结构形式。这一创作样式内掣于人们的审美观念，且形成较为稳定的审美思维定势，词风披及后代。宋人陈善曾曰："唐末诗体卑陋，而小词最为奇绝。今人尽力追之，有不能及者。予故尝以唐《花间集》为长短句之宗。"② 连对艳靡之词风颇有微词的陆游也说过："故历唐季五代，诗愈卑而倚声者辄简古可爱。"③ 从众人所述可以见出，尽管晚唐五代词有一定的时代局限性，然人们对这一词风的历史地位还是给予了充分的肯定。词在宋代也逞以多种风貌，这正如先著所言："词之初起，事不出于闺帷、时序。其后有赠送，有写怀，有咏物，其途遂宽。即宋人亦各竞所长，不主一辙。"④ 然虽"其途遂宽"，由《花间集》所创作的文体的基本格式仍影响着后代人们的创作实践活动，赋予其艺术生命较强的凝聚力。今人吴世昌认为："在北宋人看来，《花间集》是当时这一文学新体裁的总集及范本，是填词家的标准与正宗。一般人称赞某人的词不离《花间》为'本色'，这是很高的评价。"⑤ 此一

---

① 《拉奥孔》，人民文学出版社 1979 年版，第 121 页。
② 《扪虱新话》。
③ 《花间集跋》，《渭南文集》卷三十。
④ 《词洁》。
⑤ 《宋词中的"豪放派"与"婉约派"》，《文史知识》1983 年第 9 期。

观点是深中肯綮的。北宋早期晏、欧诸家不须说，以后的作词家也程度不一地受着花间词的传播影响。如冯延巳词，融情思与物象为一体，感发较为深远。况周颐认为，"《阳春》一集，为临川、珠玉所宗，愈丽愈醇朴。南渡名家，露丐膏馥，辄臻上乘"①。苏、辛词风，历来被视为旷达、豪放，似乎与花间词无缘，实则苏、辛也不乏格调柔婉、色泽艳丽之作。李调元指出："人谓东坡长短句不工媚词，少谐音律，非也。特才大不肯受束缚而然。间作媚词，却洗净铅华，非少游女嬢语所及。"② 这即是说东坡并非不作"媚"词，只是其创作风格因超迈的才气而异于前人而已。关于稼轩词，刘克庄评曰："公所作，大声镗鞳，小声铿鍧，横绝六合，扫空万古……其秾纤绵密处，亦不在小晏、秦郎之下。"③ 邹祗谟更直截了当地指出，稼轩"中调短令亦间作妩媚语，观其得意处，真有压倒古人之意"④。其他如南渡著名宰相赵鼎，其词江尚质称"较花间更饶情思"⑤。吕渭老词，黄玉林谓"婉媚深窈，视美成、耆卿伯仲"⑥。如此等等，不一一详列。总之，词"媚"的艺术表现形态，尽管在后世遭到一些批评，然其基本的美学旨趣，却以稳定而充实的艺术格局，构成了词体主要的表现形式。因而后人在确定词的审美价值、历史地位的同时，也常以"媚"作为评判的标准。明人徐渭极推崇唐五代词，认为"填词之高，宋人不及"⑦。他的审美依据为词须"浅近婉媚"。不论其评是否恰当，但

① 《历代词人考略》卷四。
② 《雨村词话》。
③ 《后村诗话》。
④ 《远志斋词衷》。
⑤ 沈雄：《古今词话·词评》上卷。
⑥ 同上。
⑦ 《南词叙录》。

他明确意识到"婉媚"为词重要的表现特征，也颇具艺术眼光。黄宗羲也说"（诗、词、曲）其间各有本色，假借不得，近见为诗者，袭词之妩媚……"① 也是以"媚"定为词之本色。当然词"媚"的审美属性，自然也有历史发展本身的局限。单一化的韵文表现形态，也难以包容人们文化心理不同审美趣向。因而词人在接受旧有传统格局的基础上，也不断拓宽词境，且以多变的风格形式来赢得文坛更高的地位。这本身是文学历史发展的客观规律，正如王灼在评花间词时说："一种奇巧，各自立格，不相沿袭。"② 总之，词在文学史上与诗同列，与其"媚"态的美学表现特征，有着难以隔绝的联系。词"媚"的精神实质是较为复杂的，须从人性本身的正当需求去探究、把握。今人视词"媚"，则不应如古代士大夫文人那般，以卫道士面目自居，将婴儿连同洗澡水一齐泼掉，而忘却了审美心理建构的前后因缘关系。

---

① 《胡子藏院本序》。
② 《碧鸡漫志》。

第三章　宋词的基调

　　英国诗人雪莱说："在任何时代，同时代作家总难免有一种近似之处，这种情形并不取决于他们的主观意愿。他们都少不了要受到当时时代条件的总和所造成的某种共同影响。"[①] 的确，人们处于相同的社会历史大背景下，触感着时代脉搏的跳动，其精神世界也必然有某种相沟通的情感成分，从而于文学作品中形成具有时代特征的艺术精神。如人们称之为的"建安风骨""盛唐气象"，就是对时代艺术精神集中体现的高度概括。在宋词中，虽然豪放、婉约或其他流派迥然有异，但也并非绝然对立，互不关联。各派之间异中有同，相同之处反映出某些一致性的时代精神、社会习俗，表现出当时人们由外在遭际所激发起的情绪波动，而这构成了宋词的基调。

　　所谓基调，即是文学作品所表现出来的艺术精神。当然，肯定某一时代艺术的基调，不仅不排斥、而且必须以文学作品中存在着各种不同的调子为前提。我们分析、评价宋词的基调，其目的是想通过对作家作品的分析，从中窥见、了解宋人所持有的人生理想和价值观念，感受到当时人们的喜怒哀乐之情，这将有助于加深我们对宋词的理解。

---

① 《〈伊斯兰起义〉序》，《西方文论选》（下），人民文学出版社 1986 年版，第 49 页。

一　乐极生悲

古人常言"诗庄词媚""词为艳科"，所谓"艳""媚"，就是指宋词中大部分都以绮丽、柔媚之辞描写男女爱恋之情。在宋代文坛，诗歌中描写人世爱情的作品是不多的，即使有也是"淡薄、笨拙、套板"[①]。而在词林中却不是这样，几乎没有一个作家不写男女恋情，情爱构成了宋词艺术表现的主题之一。人们不只是在院宇、亭榭，即便是在边塞、官场，身负国事、蹭蹬功名之时，也并未因作者所处环境的不同，而使爱情的艺术表现于词中有所削弱。和唐代不同，宋代文人的审美追求已从外在的功名利禄返归于内在心灵的自得，对情爱生活的迷恋、向往显得较之唐代人要专注得多。而正是这一审美情趣的转变，内在心理承受力量的不同趋向，使在宋词中所出现的人物心态的些微变化也更为清晰，由此于词体内部浑凝而成的基本格调也更为突出而纯净。在大量抒写情爱的词中，皆能较为强烈地感受到主人公那种刻意寻求安宁、舒适的情绪，好像切望能在这一甜美而荡魄的情爱生活中觅求到人世的归宿。然而，正是因为心情迫切与现实失意构成生存意志的失落，从而使宋人的心境极为骚动，也导致了人格信念的分裂。而这种内在主观情绪的外在性投射，使词作整体染著上一层苍凉、黯然的色调。例如，一股凄凉而幽咽的情调，在风流才子柳永的大部分词中皆隐隐地流露，从而烘托出主人公那种得而犹有所失，盼而难以得的心境，如《夜半乐》："惨离恨，空恨岁晚，归期阻。凝

---

① 钱钟书：《〈宋词选注〉序》，人民文学出版社1985年版。

泪眼，杳杳神京路，断鸿声远长天暮。"他乡流宕思归不得，遥望故乡，不见亲人，更有鸿声暮天添惹愁绪。"惨""恨""凝"，将神情憔悴、愁绪满怀的主人公内在伤感渲染得十分浓烈。另一位北宋词人范仲淹，常年任职边陲，塞漠空寒，无以遣情，而孤身相思之情绪尤为沉痛："黯乡魂，追旅思……酒入愁肠，化作相思泪"（《苏幕遮》）。诉说男女之别，痛切、动人。对此，后人评其为"铁石心肠人，亦作此消魂语"①。之所以形成这种凄伤情调，而未能出现唐代岑参、高适边塞诗派那种豪气十足、意气风发的作品，这也与当时的时势政局、社会风气有关。京城的繁华与边陲的冷落所构成的生活两极反差，致使边防将士淡化了国家、民族的责任感，功名的获取心也随之消退，而望乡思归、与家人团聚的情绪却积沉得尤为凄厉、感伤。朱淑真爱情失意，郁郁寡欢，其作《减字木兰花》起首："独行独坐，独唱独酬还独卧"，一连五个"独"字，把女性长期备受爱情煎熬而不能自矜的幽忧凄戾之情，激流般地从胸臆中道出。李清照后期因遭受家破夫亡之痛，再加上国难当头，使其心境极为灰暗，词情的表达也更显凄切而幽咽。如那首著名的《声声慢》，起首和朱淑真词相较显得更为有力，"寻寻觅觅，冷冷清清，凄凄惨惨戚戚"。七组叠字，不啻是等待的渴望，更是寻求的呼唤，将女性空闺独守、命薄日蹇的忧苦之情烘染得十分浓重。词尾，"这次第，怎一个愁字了得"，在词中那种萧条、岑寂、佳人酸楚的情境映衬下，仿佛是向社会大声呼吁。故今人称之为"非至情不能道出"②。和作者大多数精心熔炼的词作不同，

---

① 许昂霄：《词综偶评》。
② 刘永济：《词论》，上海古籍出版社 1981 年版，第 86 页。

此作"非刻意求工,反而自然深切动人"①。

　　当然,在宋词中欢快的场景也不能说少见。如晏几道的《鹧鸪天》(彩袖殷勤捧玉钟),词中场面颇为活跃,色彩也尤为艳丽。然这欢乐也不是那么尽情:"几回魂梦与君同",正显露出妇人长期思念亲人梦思萦回沉积下来的酸辛、哀苦,故如今喜事到头,"犹恐相逢是梦中"。欢乐的获取却付出了昂贵的代价,故不能不寓深沉的感伤于怡然之中。因而与其说是对爱的陶醉,不如说是对得而复失的恐慌。人物内在乐与悲的矛盾情结,更使词情格调显得伤感、低沉。所以,所谓的"艳""媚",如撩开那惝恍迷离、珠光宝气的纱幔,潜浸在繁华声乐的底处,我们竟能发现花红叶绿的山峦深处流淌着凄凄咽咽、感伤不已的溪流。

　　总之,生活的起伏,爱的得失,人生的回顾,使无论是豪放词派,还是婉约词派在那迷醉心灵的爱的生活中,皆未能真正找到适意寄托的境地、归宿,未能从心底真正感到怡然、快慰。因而,词中表现更多的是人们某种共同的凄厉、哀怨,从而构成了词情感伤的基调。正是这一丝丝哀怨、淡淡忧伤的真诚坦露,才鲜明而生动地凸现出作者的个性形象,使宋诗中被掩盖了的"自我"得到了充分而具体的实现。这同时也可显现,当时人们对爱情生活的态度还是较为严肃的,所表现出的感伤也绝非矫揉造作。这正如歌德所言,中国"钟情的男女",感情方面比西方人"更明朗、更纯洁,也更合乎道德"②。

---

① 沈祖棻:《宋词赏析》,上海古籍出版社 1980 年版,第 143 页。
② 《歌德谈话录》,人民文学出版社 1978 年版,第 112 页。

二　失志落魄

纵观中国历史，文士进取总是那般执着，这似乎在受到外来文化渗入之前，形成了中国文人特有的韧性与性格。以这样一股坚韧不拔的精神去与基本上处于相对稳定的社会政治结构相撞击、相融合，就难免会激化群体与个体之间的矛盾冲突。从隋朝开始，延续到宋代的科举实行，为一些文人志士开辟了进取的道路。文士治国，似乎是宋代政治的象征。但由于统治阶级掌管着予夺之权，再加上考弊之风始终未杜绝，因而，只有少数下层文人有幸获得官位。大批落榜的文人四海游荡，痛感怀才不遇，朝中无人。其次，北宋的党派之争，南宋的战、和派势力的消长，也使一些身居要职的文人动辄得咎，贬职流放。这样，社会上这些有文化、有思想、有抱负的文人，处于社会的种种压迫之下，此时已缺少盛唐文人那种"天生我材必有用"的自信，对功名也不很执着。如果说在爱情生活中还有某时陶醉的话，那么在事业的追求上则似乎从未舒心畅气，志得意满。因而，流露词中的是较多的孤寂、冷落、惆怅、凄凉之感。

北宋之时，国势总体上说还是太平安宁。然而，即便是时局便利，平步青云者究为少数。失意者"忍把浮名，换了浅酌低唱"（柳永《鹤冲天》），长年浪迹江湖，迷醉歌楼楚馆。然这种解脱，这种醉生梦死仍难以抚慰那颗企盼却失落的骚动心灵。故有时作者也在自我表白中袒露心怀："掩卷怃然，感光阴之易迁，叹境缘之无实也。"[①]

----

① 晏几道：《〈小山词〉序》。

这是一种无所期待的失望，是缺欠自信心的感叹。得意者，虽然官场如意，声名显赫，然于词中所表现的也不尽是那般地快慰、舒畅。他们也不能一展其才，用志于世，自然也会感到回天乏力，处境难堪。这样，由内外冲突所形成的主体意志的压抑，也使词情的表露遮上了昏暗的色彩。如当时任职于大晟府的周邦彦，"命薄数夺，旋遭时变"①。其所作词，格调较为低沉、悠缓，时时流露出与世难容的情怀："奈愁极颇惊，梦轻难记，自念幽独"（《大酺》）；"年年如社燕，飘流翰海，来寄修椽"（《满庭芳》）。将悲凉、失意之情怀化于衰飒、空寂之境界，气氛迷离，情调忧伤。故宋人王灼言道："世间有《离骚》，惟贺方回、周美成时时得之。"② 而周邦彦的倾诉，在某种程度上正表现出当时处身上层社会中一些文人既不屑与世沉浮，但又难寻出路的迷惘、忧郁。

总起来说，北宋之时，人们似乎处在一种摆动不定、无所着落的境地，仿佛外在无一强烈的矛盾冲突去引诱、刺激着人们心灵的运动，内在也因某种失落感而被困惑、彷徨所纠缠。因而，由外在现实的冷酷而导致人们观念的混乱，使个体精神的向上力大大弱化，词作的艺术精神总是显得十分压抑、低沉。

南宋之时，半壁江山沦陷，处在那戎马倥偬、烽火硝烟的时代，一大批爱国将领"怀冤负痛，感愤激切"，开始解脱北宋以来文人长期饮酒唱和、自寻慰藉的习气，似乎回归初唐文人那种重视现实、渴望建功、积极向上的精神："我欲乘风去，击楫誓中流"（张孝祥《水调歌头》）；"拥精兵十万，横扫沙漠奉迎天表"（李纲《苏武令》）。

① 周邦彦：《重进汴都赋表》。
② 《碧鸡漫志》卷一。

只有在这时，宋词中才仿佛真正充满了阳刚、壮烈之气。但即使这样，构成基调的仍是深沉、低回、凝重的感伤情调。这是因为此时尽管抗战人士枕戈待旦，立志"平戎破虏"（辛弃疾《念奴娇》），并且对未来的胜利也充满了希望："谈笑里，平齐鲁"（刘克庄《贺新郎》）；"看试手，补天裂"（辛弃疾《贺新郎》）。然而，当时是统治阶级"摧折忠勇"，抗战派"报国欲死无战场"[①]，主和派鼓吹"南北有定势，吴楚之脆弱不足以争衡中原"[②] 之论甚嚣尘上的时代。那些"欲挽天河，一洗中原膏血"（张元干《石州慢》）的抗战派人士必然要同现实生活发生激烈的矛盾冲突，遭受一次次毁灭性的打击，演出一幕幕动人心魄的悲剧。他们或以身殉国，或是终身有志无伸。因而，长期遭受压抑、迫害，"忠愤所激，不能自已"[③]，"不平则鸣，随处辄发"[④]。他们深沉地感愤于国事衰微、恢复之事无人问津："只言江左风光好，不道中原归思，转凄凉"（吕本中《南歌子》）；"怆故国，百年陵阙谁回首"（刘克庄《摸鱼儿》）。然他们胸有大志，到头来总感到理想破灭，万事俱废。因而，时光流逝、功业无望的感叹，尤为辛酸哀痛："胡未灭，鬓先秋，泪空流"（陆游《诉衷情》）；"徒有壮心在，付与百川流"（张元干《水调歌头》）。这浑融着血和泪的阵阵叹息，道尽了作者满腹伤心事，而且也在词作中浑凝成忧切、感伤的基调。这是一种欲有所为而生不逢辰的嗟叹，是有志于天下而才无所用的伤痛。时代的矛盾、人们内心的苦痛在辛弃疾身上得到最为完美的表现。辛弃疾少年时曾经"金戈铁马，气吞万里如虎"（《永遇

---

① 　陆游：《剑南诗稿·陇头水》。
② 　辛弃疾：《美芹十论》。
③ 　同上。
④ 　周济：《介存斋论词杂著》。

乐》），南渡以后，却长期搁用，屡遭主和派贪官污吏的弹劾，导致贬官、落职。因而，他"负管乐之才"，徒有"一世之豪"的气魄却不得不坐视山河破碎而一筹莫展。因而，正义合理的要求不能实现，使辛弃疾"一腔怨愤，无所发泄……故其悲歌慷慨，抑郁无聊之气，一寄之于其词"①。他不时登高远望，仰天长叹："凭栏望，有东南佳气，西北神州"（《声声慢》）。在这里，作者那种放眼江山、怀念失土的"先天下之忧而忧"的高尚情怀表现得酣畅淋漓。然而"西北望长安，可怜无数山"（《菩萨蛮》），对北方失土的向往却被重岭叠嶂所阻碍，欲望不达，更不用说涉足而游了。感情的回缓、跌宕，造成了辛词由高昂转入沉郁，加重了辛词悲切之情。他在词中抒发自己奋斗一生、功业无成的苦痛心情，"平生塞北江南，归来华发苍颜，布被秋宵梦觉，眼前万里江山"（《清平乐》）。提到往事功业，更有忆昔伤今之叹，"挥羽扇，整纶巾，少年鞍马尘。如今憔悴赋《招魂》，儒冠多误身"（《阮郎归》）。想到岁月飘忽，不禁有未老先衰之感："了却君王天下事，赢得生前身后名，可怜白发生"（《破阵子》）。辛词中的沉郁顿挫，悲凉沉咽，不是像宋代一些文人那样仅是个人身世之叹，而是呼出同时代"翘首南望"人民的心声，令人潸然泪下，黯然心伤。正如周济所说，稼轩词是"敛雄心，抗高调，变温婉，成悲凉"②，重音的落处仍在"悲凉"上。

从以上可见，虽然抗战词为宋词创作带来了新的内容，新的力量，输入了慷慨悲壮、激昂顿挫之气。但那"逸怀浩气，举首高歌"的合唱声中，其基调仍是感伤、衰飒的。这种感伤是对国势危殆的焦

---

① 冯金伯：《词苑萃编》卷五。
② 周济：《宋四家词选序论》。

虑，是对个人身世的嗟伤，是当时一大批有识之士深刻思考而难以解
脱的内在发泄。正如詹安泰先生所云："有些爱国士大夫虽然想要挽
回祖国的悲剧命运，也已有心无力，像幺弦独张，不成宏亮，只能激
切。继此以往，除民族英雄文天祥外，则惟有亡国的哀怆和一些悲观
消极的微吟了。"①

三　虚无人生

　　既然爱情、事业皆不能尽如人意，反而给人们带来更多的忧伤、愁
绪。负载着这种"凄凄惨惨戚戚"的心境，宋人对往昔的回顾、未来的
展望，对现实的斟酌、思考，就不能不再加著一层浓重而朦胧的色彩。
　　宋人的时间观念极为敏锐。这一方面是因为他们常常处在境地冷
落、景色肃杀之中，而更重要的是他们一般都有一个自认为美好、幸
福的过去。因而，今与昔的时间概念在宋人词中就表现得尤为分明，
大量的忆昔、怀古词出现在宋人词作中。这其中有缅怀旧日战事，寄
托了英雄创业的伟大抱负的："壮岁旌旗拥万夫，锦襜突骑渡江初。
燕兵夜娖银胡騄，汉箭朝飞金仆姑。　　追往事，叹今吾，春风不染
白髭须。却将万字平戎策，换得东家种树书"（辛弃疾《鹧鸪天》）；
有怀念旧日情事的："忆旧游，邃馆朱扉，小园香径，尚想桃花人面"
（蔡伸《苏武慢》）；也有感叹少年得意之状的："当年弹铗五陵间，
行处万人看。雪猎星飞羽剪，春游花簇雕鞍"（朱敦儒《朝中措》）。
由昔而今，痛感昔日之乐不可得，岁月之逝不可倒流。因而宋人词中

---

① 《詹安泰词学论稿》，广东人民出版社1984年版，第325页。

常常流露出叹息时光流逝、好景不常在的颓伤、凄恻之情："多少六朝兴废事，尽入渔樵闲话"（张升《离亭燕》）；"念过眼光阴难再得，想前欢，尽成陈迹"（曹祖《忆少年》）。嗟叹得多么沉痛，表现得多么贴切。世事渺茫，人生短暂，由此而使宋代文人经常冷静反省："叹人生相逢百年欢笑，能得几回又"（何梦桂《摸鱼儿》）；"饯旧迎新，能消几刻光阴""朱颜那有年年好"（韩疁《高阴台》）。这些词作所流露出来的情绪格调，虽然说颇有消极成分，但此种对人生价值的内在解剖，也包蕴了对人生意义的思考、对价值观念的发现等较为深刻的思想。

其时，一些超脱者也染上了这种时代习气，再加上身世的坎坷，内在的感伤时时流露于词中。像苏轼在词中也不时地哀叹时光流逝之快，"但屈指西风几时来？又不道流年暗中偷换"（《洞仙歌》）。即便是在那首著名的《念奴娇·赤壁怀古》之作中，也并非因为对古人的追慕而激发起努力进取之志，而是深感风物未改，人事已非；古人功业，难以企及。由于对人生抱着这样一种无谓、失望的态度，词人也丧失了希冀，故整首词作者内心真正的信念、感情的积聚仍在词尾"人生如梦，一樽还酹江月"。实则这首词的感伤情调也是作者众多词作感情的浓缩。胡云翼先生曾说过，苏轼的词一接触到怀古，就不免带一点消极的倾向，而这消极较多地表现为虚无。[①] 我认为，此说还是颇有见地的。但如果将消极改为感伤则更为确切。因为这种感伤情调，我们不应片面地视之为颓丧、消极，这是由于时代所迫而发出的哀叹。宋代人是处在一种"汲汲惶恐顾景不及"的状态之中，宦海沉浮，官场倾轧，岁月虚掷，华发早生，更使他们无望于世，因而在词

---

① 《宋词选》，上海古籍出版社 1982 年版，第 70 页。

作中所表现出来的就更多为无法解脱而又要解脱的对整个人生的困惑和感伤。这并不全是宋人多愁善感，自寻烦恼，而是一种内在反思、痛定思痛的表现，外表虽然显得超然、狂放，实为感伤。

四　文人精神的积淀

由上可见，宋人在词中无论写男女离别之情，岁月如烟之叹，还是抒发怀才不遇、报国无门之感，虽然表现出来的感情有异，但百川汇流般地同唱着和谐而浑重的协奏曲，构成这乐曲的基调是哀婉凄绝、揪人心肺的感伤情调。正是这一基调使宋词豪放而难以超逸，仍归于社会、人生、理想的苦苦思索、叹喟而不得解脱的湍流之中；使婉约而无法快慰，一时的清欢、放浪而仍摆脱不尽生存的烦恼、人生价值失落的纠葛。当然，比较而言，北宋的感伤情调要轻逸一些，而南宋则更厚重。

感伤的情调今人已注意到，但囿于消极的定论，故未作细致、深入的研讨，正确而客观的评价。如果仅仅因为宋词中较多地表现了感伤的成分，就予以轻视、否定，这是不正确的。要周详地考察一个时代的文学，正确地作一评价，就必须认识到，每一个艺术作品都属于它的时代和它的民族，各有特殊的环境，依存于特定的历史和其他的观念和目的。

中华民族文化，长久以来就注重主体的思考，寻求自我的点滴发现。从孔子、庄子起就崇尚"吾日三省吾身"[①]，"吾避心于物之初"[②]。

---

① 《论语·学而》。
② 《庄子·田子方》。

而这种反思又不很注重思辨的抽象、演绎，而是带有感情色彩的直观感受。因而，"一叶且或迎意，虫声有足引心"①。从一山一水，一草一木，皆能引发出无限意蕴，惹生起微妙而复杂的情调。情绪的渗透，在思维的观念上，深蕴了浓重的主观感情成分。持有这样一种思维特点，再加上历史的局限，社会矛盾的不可调和，所以，从中国历史早期开始，由人生理想难以实现、自我价值不得施展而萌生的感伤意识，就积淀在知识分子的理念之中，徐徐地渗透进中国文化的深处。"吾不能变心而从俗兮，固将愁苦而终穷"（屈原《涉江》）。屈原作为一个鲜明的悲剧性人物，以耀眼的光辉照射着千年文坛，其悲天悯人、壮志未酬的感伤情调，拨动着后世众多文人的心弦。在《古诗十九首》、曹植、阮籍、陶渊明的诗作中，通过主人公对社会、人生的表情言志、发抒感慨，我们能强烈地感受到那种"人生忽如寄"（《古诗十九首》）、"一身不自保"（阮籍《咏怀》）的忧伤。但总的来说，此一时人们的内在情致的些微变化，还未能为艺术充分地表现，因而作品中感伤情调的凝聚也缺欠一定的力量。到了唐代社会，由动乱而趋向大一统，国势振兴，民心激奋，各种思想皆得到了有利的发展。因而，感伤意识在唐代有了漫长时间的消寂，代之而起的是慷慨激昂的豪情壮志。一直到晚唐，国势下跌，在李商隐、杜牧等人的诗中，感伤的情调才开始回潮。时局沿袭到宋代，有了很大的改变。首先从社会发展的角度来看，在宋代，统一的局面并未给整个社会带来真正复苏之气。外族骚扰，使宋王朝成为中国历史上最为软弱的一个朝廷；内部党争之祸，起义暴乱，也极大地削弱了统治阶级的

---

① 刘勰：《文心雕龙·物色》。

力量。但另一方面，宋代尽管受到多次内乱、外扰，而内部的经济、文化、政治结构却相对稳定。宋代社会最显著的特征，即市井生活的隆盛与繁荣，市民阶层的骤然剧增。宋都汴京"八荒争凑，万国咸通，集四海之珍奇，皆归市易"。朝野内外，"但习歌舞，不识干戈"①。市井生活的繁荣也冲淡了外敌压境的危机感；市民阶层的扩大，也导致了人们审美情趣的演化。市民的情趣，较注重日常生活，求之于安逸，对经济发展有较浓厚的兴趣。正是受制于这一社会氛围的影响，统治阶级自乐于"赢得闲中万古名"（赵构《渔父曲》），整个社会缺乏一种励精图治、建功创业的精神，人们也很大程度地沾染上了晚唐人偏于享乐的习气。但尽管如此，有事业抱负的识见之士，仍深刻地洞察到民族矛盾、阶级矛盾的潜在危机，一种对社会、民族、人生的忧患意识，仍不时地在欢乐之间侵袭着人们心头。一面是寻欢作乐，一面却是眼见国势渐衰、外敌入室、民生凋敝而无力自救，虚掷年华，人生价值的失落感尤为强烈。

其次，从人们观念的演变来看，宋代社会可以说属从唐的极盛跌落而下的历史阶段。盛唐时那种对功名的追求，对事业的执着，对前景的向往，似乎在经过一番折腾之后，至宋代已失却了炫目的色彩。外在的获取似乎也并不能使人的心灵世界有较充分的依托与满足。宋人也贪求安逸，纵情歌舞，但比起魏晋名士，他们对生活的态度还是严肃、认真的。他们注重日常生活安逸，而这又是直接不逾规的享受。因而，他们也更注重生活的体验，情感的回味。宋人也不像建安、盛唐文人易于冲动，不像他们有时将一切置之度外，感情奔放，

———————————

① 孟元老：《〈东京梦华录〉序》。

以至于忘我。对生活的反思似乎已取代了对生活的征服，对功名的获取转为对人生的探索。宋人求得心境的稳定，不是通过对外在占有的途径，而是力求以内在的心理调节，处理人世间的纠纷、争端。他们较多地求之于"自我"，自我精神之满足，自我精神之陶醉。他们更着意琢磨自己的情绪意致。但以当时的情况，宋人这种求之于宇宙、社会、人生统一协调的愿望，是不可能有一圆满而完全的解决的。这样，人们一旦理想追求难以实现，寻求解脱而又无法超逸，长期的迷惘得不到解决，对整个外象世界、生存观念就会产生极大的忧虑、厌倦，无所寄托。由于此时理学影响，人们常喜欢板着脸孔在诗中说教，再加上"把末流当作本源的风气仿佛是宋代诗人里的流行感冒"，因而"资书以为诗"[1] 的倾向尤为严重，哲理诗、议论诗空前盛行，而宋人真正的面目给掩盖了起来。然而，在当时文人视之为"小道""诗余"的词中，却开拓了内在情感表抒的通道。再次，从词体本身的表现特征来看，王国维说过："词之为体，要眇宜修，能言诗之所不能言，而不能尽言诗之所能言。诗之境阔，词之言长。"[2] 诗能在较为博大的场景中反映人生，而词则是在较为深幽的灵魂中突出个体。博大，就从横的方面展现世界；深幽，则从纵的方向追寻与捕捉外部世界在内在心灵的投射而呈现出的微妙而丰富的变化。诗所不能道出的人物心态的变化，却是词所津津乐道的表现中心；而诗所涵盖的范围，却是词所难以企及的。所以，一些表现"闺怨"的词作，主人公形象往往并无具体地浮现于审美感官，而心境的表现却尤为突出而逼真。场景的铺垫，气氛的渲染，皆是为人物心态情调的凸现服务的。

---

① 钱钟书：《〈宋词选注〉序》，人民文学出版社 1985 年版。
② 《人间词话》。

词的艺术表现常常"超乎一切的具象性而企图写出忧愁、悲伤等感情本身，就是说纯粹的感情世界"①。所以，长期遭受压抑、苦苦思索不得解脱的忧伤，在词体中能得到较为畅通的宣泄。大夫、才子、市民、歌女仿佛皆混淆了身份，浑融为一体，在词的艺术天地无所顾忌地尽情驰骋，内在的心灵袒露得淋漓尽致。正是由以上诸因素，感伤的情调到宋代才构成了时代的社会习性，并形成为文学创作的艺术精神。

　　每一种民族文化精神，积聚到一定程度，就会在适当时候、适宜土壤上尽情地表现。纵观世界文化，可以说感伤情调为整个人类艺术的表现主题之一。因为这涉及到人类与宇宙、存在与无限、占有与失落等一系列人生问题的认识与解决。这样一种对人生自我价值的思考所流露出来的感伤情调，内在也充溢出悲壮的力量。在中国艺术长廊，宋词能以感伤的基调表现出对美好生活的企求、对人生真谛的领悟、对生命存在的关注，可以说这凝聚了人类共同的生活情趣。当然这其中也包蕴了消极的成分，吸收与发展必须有所鉴别。总之，正是因为宋词中表现出人性某些纯真、坦诚的情感成分，这也是其艺术魅力长盛不衰的原因所在。

---

① 　（日本）村上哲见：《唐五代北宋词研究》，陕西人民出版社 1987 年版，第 261 页。

第四章　宋词的情爱主题

词这一文体形式，笔触多内敛于个体心灵，极为贴切、精到地描绘出人物心理的曲折变化。而且，不是群体而是个体的生活情趣，常构成人们所关注的对象、词作表现的具体内容。因而宋词给人的审美感受，显得极为亲切，有着浓郁的生活气息。在这方面，表现得最为突出的无疑是情爱生活。

一　情爱意识的高扬

两性之爱，乃为人类重要的生活方式。古人曾言："饮食男女，人之大欲存焉。"① 爱情作为文学创作的永恒主题，理应为一切抒情文体着重表现。中国古代诗歌创作，虽然具有题材的广泛性、风格的多样性等特点，然而恰恰在"性爱"这一重要的艺术表现区域，却缺乏应有的创作胆魄。爱情诗存在于民间，文人创作很少涉足这一领域，别说成一时代风气，即便是某一作家的创作，爱情诗也至多寥寥几首，尚不能形成鲜明的风格特色。而且，中国文人即使写到情爱生活，也受到传统的"美人香草"、比兴寄托创作旨意的影响，常通过特定的表现对象，寄寓自我对人生、社会的观感。宋人梅尧臣曾言

---

① 《礼记·礼运》。

道："不书儿女语，不作风月诗。"① 可谓对中国古代诗文创作的极好总结。出现这种情况的根本原因，乃是因为在古代诗歌发展的早期阶段，自《诗经》被汉儒尊奉为"六经"之后，诗歌创作的正宗地位受到人们的无限高扬，被视之为"经夫妇，成孝敬，厚人伦，美教化，移风俗"② 的教化手段。这样，一方面诗歌创作因为倡导"补察时政"的社会作用，颇为注重反映现实，显示出强烈的社会责任感；另一方面，偏重于外向性的表现，致使诗歌的创作也在一定程度上忽略了对自我生存方式及生命价值的注意。对个体的思考，总受到社会价值的牵制。而且中国传统伦理观念男尊女卑的习气甚浓，女性没有独立的人格，所谓"德"（行）"言"（语）"容"（貌）"工"（家务），实质只是依附男性的道德规范。因而表现在性爱方面，两性关系也不可能协调并存，相互尊重，自然情爱生活本身的人生意义也不会为士大夫文人所重视。而作为正宗文学的诗歌，忽略情爱的艺术表现也就不奇怪了。

宋代本是理学兴盛时期，理学家也提出过"存天理，灭人欲"的口号。他们主张"寡欲以养心，胜气以养志"③；"饿死事极小，失节事极大"④，对两性关系设置了条条清规戒律。但此时由于城市商业繁盛，市民阶层激增，歌楼妓馆极为昌盛，男女之间的交往更为频繁、随便。卿相百官，文人词客，甚为流行蓄婢纳妾之习。再加上宋代统治者相对开明，在思想上也未给予过多约束，学术范围的理学思想，

---

① 《寄滁州欧阳永叔》，《四部丛刊》，《宛陵先生集》卷二十六。
② 《毛诗序》。
③ 《河南程氏遗书》。
④ 同上。

并不能影响到人们的正常生活方式。这些外部因素皆对宋人"性爱"意识的高涨奠定了基础。另一方面长期以来，人们的思想意识对"性爱"这一生活未能给予充分的关注，"情爱"在艺术天地自然未能为人们所自觉地创造。人们的审美意识承受着现实政治、伦理观念的胁迫，虽也有过立德、立功、立言的精神振奋，但在心灵深处，个体生命意识（包括性爱观念）却一直处于被压抑的状态。然而，人类的生存本能欲望并不是一切礼教所能束缚得住的。这正如梁启超先生所言："男女情爱，禁是禁不来的，本质原来又是极好的。"① 情爱意识正是经历了长期的消沉，在晚唐五代以精美的艺术形式为人们所尽情表现时，即刻展示出动人的艺术魅力。晁谦之曾言，《花间集》"情真而调逸，思深而言婉。嗟夫！虽文之靡无补于世，亦可谓工矣"②。"情真""思深""调逸""言婉"分别从内容与形式给予充分肯定。虽然晁氏也指出此一文体形式无补"教化"，但还是承认其应有的文学地位。而且这一创作格式以较为稳定的审美态势发展到宋代，形成势头更大的创作浪潮。在宋代不夸张地说，几乎无一作家不涉及到情爱题材，而且许多词人如柳永、晏几道、秦观、李清照等人，可谓是表现情爱生活的"专业作家"。前人所概括的"诗庄词媚""词为艳科"的文体艺术特征，皆与词表现男女情爱有密切关系。在此有必要说明，我们以"情爱"而不是"性爱"解说宋词，乃是因为词写男女关系，并不重在人"性"需要的描写，而是注重人"情"的变化。以情动人，是宋词情爱主题突出的艺术特征。

---

① 《晚清两大家诗抄题词》，《饮冰室文集》卷四十三。
② 《花间集跋》。

二　精心写照的两性关系

情爱主题的艺术化表现，首先是女性形象的完美塑造。词的创作有一突出特点，即常采取"代言体"的表现方式，词作作者实为男性，而词中主人公形象则指的是女性。晚唐五代的温庭筠、韦庄、冯延巳等人创作不须说，即便在北宋晏殊、欧阳修、柳永，甚而苏轼、周邦彦此类颇有代表性的士大夫词作中，女性形象也有独到的创造。"代言体"的创作格式，在后来曾被人讥之为"雌声学语"①，"纤艳柔脆"②。然而正是这一替换身份的艺术表现方式，使作者更便于充分展现女性的心灵世界。可以说，女性的生活旨趣，皆是围绕着情爱主题而展开的。情爱，即是她们的生活，她们的精神。宋词中虽然有些作品侧重反映的是狎妓取乐的糜烂腐化生活，格调不很健康，但大部分尤其是优秀的作品，都能真实而具体地传达出女性的心声，富有较为明显的同情心。如晏几道词，不仅注重人物形貌、举止的生动描写，而且人物那忧喜交加的矛盾心理也刻画得惟妙惟肖。因而，作品既给人以极为逼真的图像感，同时人物心灵的动态变化也极生动。柳永词对女性生活反映得较为全面。柳永长期出入歌楼楚馆，既为歌妓谱曲作词，又切身体会到女性所遭受的压迫、凌辱。在他词中能够从多方面表现出女性对苦难生活的愤懑，对爱情的企望，如《迷仙引》：

　　　　才过笄年，初绾云鬟，便学歌舞。席上尊前，王孙随分相

① 刘辰翁：《辛稼轩词序》。
② 王若虚：《滹南遗老集》卷三十九。

许。算等闲，酬一笑，便千金慵觑。常只恐，容易韶华偷换，光
阴虚度。　　已受君恩顾，好与花为主。万里丹霄，何妨携手同
归去。永弃却，烟花伴侣。免教人见妾，朝云暮雨。

一个少女刚刚成年，还未谙人世，便被浓妆打扮，教习歌舞，而其目
的却是为了招引狎客。因此不由她作主，"王孙随分相许"，受尽凌
辱，而仍要强打精神，开颜欢笑；满怀忧思，不能尽情倾诉，只能偷
偷地拭泪哀叹：美姿容貌，青春年华难道只能在这种"随分相许"的
境遇中白白地消耗掉吗？下阕少女表述对此种出卖肉体生活的厌恨，
并抒发了自己对理想生活的追求。她强烈地感叹：茫茫无涯的天地，
难道没有我与情人相亲相爱、白头偕老的去处吗？她挚诚地寄希望于
自己心爱的人，期待情人能帮助自己摆脱这种烟花风月式的生活羁
绊，永远地抛弃"朝云暮雨"的不平等待遇。此词通过下层女性的生
活披露与人物心灵的倾诉，比较充分地反映出此一阶层人们对自我生
存方式的不满，对美好生活的真切企求。另外，在晏殊、欧阳修、张
先等人的词作中，类似表现也并不少见。以前，诗歌中女性形象也有
出现，但总体而言，刻画还显得尚不够丰满。民间诗言情较为直率，
女性形象的艺术创造也多注重抒发内在的心愿，而未能将人物本身视
为审美对象，予以完美的形象塑造。如南朝名歌《读曲歌》："打杀长
鸣鸡，弹去乌臼鸟。愿得连冥不复曙，一年都一晓。"《子夜歌》："侬
作北辰星，千年无转移。欢行白日心，朝东暮复西。"文人诗中表现
女性生活，一般也是以一同情者的身份，写出她们的内心哀愁，重点
表现出她们所遭受的不平等待遇，多侧重告诉人们要诉说的是什么，
至于如何诉说及这一诉说方式的审美形态则不大重视。如王昌龄《长

信怨词》其四：

> 真成薄命久寻思，梦见君王觉后疑。火照西宫知夜饮，分明
> 复道奉恩时。

相比较，宋词中人们审美意识表现得极为强烈，对艺术创造本身的审美价值也有较充分的认识，而这皆与女性的精美造型有密切关系。词中女性形象给人的感觉极为甜美，人物外观风姿绰约，楚楚动人，心灵温柔缠绵，深情绵邈。词人似乎是将人物形象作为人间理想生活的化身，以真诚的心灵触动精心妆饰这一"美"的象征，在其身上寄托了自我对"美"的向往、期待之情。

　　围绕着情爱的主题，宋词所展现的不仅是女性的心灵世界，同样男子内心的复杂意绪也是艺术表现的重点内容。宋代士大夫文人在吐露自我对情爱生活的迷恋、向往之情时，也完全消除了传统礼教的影响，异常大胆而直率地抒发内在心绪。此时社会上一些达官贵人、书生君子，在词中常以多情士子的身份出现，完全消除了社会等级的差异。如范仲淹的《苏幕遮》（碧云天），词中着重写情，情意凄婉缠绵，相思意绪表现得颇为激切。故后人稍有不解地言道："铁石心肠，亦作此销魂语。"[1] 彭孙遹也云："此词前段多入丽语，后段纯写柔情，遂成绝唱。"[2] 其实非此一首，还有如《御街行》（纷纷坠叶飘香砌），抒写柔情，也极深婉。即便那首被称之为"穷塞主之词"[3] 的《渔家

---

[1]　许昂霄：《词综偶评》。
[2]　《金粟词话》。
[3]　魏泰：《东轩笔录》卷十一。

傲》词，也不是侧重表现边塞将士矢志报国的心愿，而是写了主人公
思家恋亲的幽怨深情。另外，像晏殊的《清商怨》（关河愁），欧阳修
的《踏莎行》（候馆梅残），皆"和婉而明丽"[1]，可以见出沿袭晚唐词
风的发展脉络。本来人的精神世界有社会化与个体化的双向发展，而
个体精神生活，情爱也可谓是最重要的内容之一。所以，当宋代人们
的企求目光由外而内，由社会转到个体时，则情爱自然而然地成了牵
动人们心情的主要"动情"因素。在词的艺术天地常见的阳刚之气被
"柔"情所替代，"情爱"使人们心醉神迷，难以忘怀。日本学者松浦
友久认为，在中国爱情诗歌中，第一人称（即以男性为主人公）手法
的作品贫弱，原因是在"自古以来的社会风气中，把女性作为同等资
格的对等的对象，抒发对她的缠绵的恋情，在心理上容易产生阻力……
按着把'儿女之情'与'士大夫之情'绝然对立起来的想法，耽溺于
对妇人的感情理所当然是应当避免的"[2]。宋人似乎无此种心理重负，
虽然轶闻中也有晏殊与苏轼对只"作妇人语"[3]，"只合十七、八女
郎"[4] 的创作风气有不满的传说，但实际上"士大夫之情"也未有意
压抑"儿女之情"，人们照样可以随意地畅发自我的"情爱"意识。
词至苏轼以后，虽然表现区域有所拓展，人物个性也愈为分明，但是
情爱主题并未因此而丧失其于词中的主导地位。像辛弃疾等一批较为
注重参与现实政治的词人，其词作在体现了刚健风格的同时，也时常
流衍出较为浓郁的缠绵悱恻之情。在他们身上，人类主体精神群体与
个体的关系得到了较好的统一。如南宋的张元干，其代表作《贺新

---

① 冯煦：《宋六十一家词选例言》。
② 《中国诗歌原理》，辽宁教育出版社 1990 年版，第 55 页。
③ 《诗眼》。
④ 俞文豹：《吹剑录》。

郎》（梦绕神州路），人称之为"慷慨悲凉，数百年后，尚想起其抑塞磊落之致"①。但他的《石州慢》（寒水依痕），则写"天涯旧恨"，由眼前的"寒水依痕""春意渐回"的季节转换，而触发起"春心"萌动。词人思绪遥想到"木前花月""枕前云雨"，心灵深处强烈地感受到"离别相思""更有多少凄凉"。所以当词人触感到个人怀抱时，词作就常"极妩秀之致"②。稼轩可谓是豪放词大家，但其词"丽绵密处，亦不在小晏、秦郎之下"③。

除此以外，两性的相互关系也是宋词情爱艺术研究所必须关注的命题。在词中，情爱意识的表现很难见到有明显的社会道德规范的束缚，人们注重的只是情爱本身的需求与享受。故宋词真正表现夫妻或"合法"恋人之情的词作并不多见，大部分词作的"情爱"主题，令人感到似乎都是写"才子佳人"式的"情人"之情。而实际情况也确实如此。宋代社会较为开放，男女之间的关系也极随便，文人与歌女的风流韵事非但无遮掩之必要，反而为人所津津乐道。如晏几道与小苹、苏轼与朝云、姜夔与小红、辛弃疾与钱钱等等。如此，宋人在词中吟咏男女情爱自然就无须顾忌道德的批判，可以直率而大胆地抒发自我对"情人"的思念与爱慕之情了。这正如茅于美先生所言："中国诗的主要功能是'言志'，婚恋题材是不能登大雅之堂的。婚外恋尤所讳言，只有'词'在这方面显示了它独异的生命力，最能称可与西方诗媲美。"④

---

① 《四库全书总目》卷一百九十八。
② 毛晋：《芦川词跋》。
③ 刘克庄：《辛稼轩集序》。
④ 《中西诗歌比较研究》，中国人民大学出版社 1987 年版，第 199 页。

三 "善写愁情"

与西方爱情诗多表现狂热的爱心不同,宋词直接诉说相爱的词作并不多。词大凡涉及情爱生活,风格情调较为一致,内容方面也显现出相类似的特点。从总体而言,离情别绪构成了情爱艺术的主旋律。宋代政治相对开明,科学改革为大批有志之士敞开了门户,许多文人纷纷远离家门,赶赴京城应考,希求跻身官场。另外在文人与歌妓的交往中,一方面不乏纵欲声色之徒,但同时也有一些才子佳人经过短暂的结识、热恋而情意难舍难分。个体生活的颠沛流离,便使情人之间的相思苦痛之情,积沉得也极为浓烈。从心理学角度来看,如"身在庐山",反倒不如相隔一段距离,要认识得更为清楚,感受得更为确切。情爱生活同样如此。处于热恋之中,未必如刻骨铭心的相思能更贴切地品味出其中的情味。西方人的爱情诗,多表现那久盼欲得的热恋情怀,宋词则相思成分的比重大于"相爱",相爱只是于"言外"令人回味,并未在作品中直接地畅快抒发。因而相比较,前者感情迸发得较为热烈、奔放,而后者则显得极为深沉、含蓄。如英国诗人济慈的诗歌《给——》:

　　　　自从我被你的美所纠缠,
　　　　你裸露了的手臂把我俘获,
　　　　时间的海洋已经有五年,
　　　　在低潮,沙漏反复过滤着时刻。
　　　　可是,每当我凝视着夜空,

我仍看到你的眼睛在闪亮，
每当我看到玫瑰的鲜红，
心灵就朝向你的面颊飞翔。
每当我看到初开放的花，
我的耳朵，仿佛贴近你的唇际，
想听一句爱语，就会吞下，
错识的芬芳，唉，甜蜜的回忆，
使每一种喜悦都黯然无光，
你给我的欢乐带来了忧伤。

此诗人物思绪虽然处于别离后的回忆之中，但思念的情调并不浓，重点表现的是人物对女性的倾心爱慕。故情感的流动犹如汹涌的浪潮，猛烈地叩击着人们的心扉。宋词的情爱艺术，多重点刻画离别的相思之苦。"离愁"已是流行于社会的"世纪病"。许多作家在吟诵此一主题时，大都表现出由离别所招致的心灵苦痛。正是通过相别的伤痛，反衬出恋人厮守的欢乐。如晏殊的《清商怨》：

关河愁思望处满，渐素秋向晚。雁过南云，行人回泪眼。　　双鸳衾裯悔展，夜又永，枕孤人远。梦未成归，梅花闻塞管。

与济慈诗歌借写女性美貌而直接表白自我爱恋不同，此词着力于抒发旅人思家伤别之情。关河苍茫，秋光夕照，景色甚为萧索，旅人触景怅然。长期孤身漂泊，愁思萦怀，悔恨交加。词中虽未直接写两性关系，但人物此种失落、惘然的心怀，足以令人想象到情爱的深笃。北宋其他作词大家，其词中凡是写情爱生活，也多是以离别之情为主要的表现内容。如柳永的《雨霖铃》（寒蝉凄切）、《八声甘州》（对潇潇暮雨洒江天）、欧阳修的《踏莎行》（候馆梅残）、《玉楼春》（尊前拟把归期说）、秦观《满庭芳》（山抹微云），等等。因而，宋词情爱主题不是直接地袒露出对恋人的倾心爱慕，而是由别情显示出"相思"，且进而感受到深挚的情爱。此类存在一定距离的情感倾诉方式，给人的审美感受不是充满青春气息的生命冲动，而是较为深沉、老成的心灵感应与反思。

正是因为宋人的情爱以写离别之情为主要内容，所以由此种表现区域限定，宋词又体现出"善写愁者"①的艺术表现特色。写愁，这在中国古代文学作品中也颇为常见。宋玉悲秋，江淹别愁，皆构成历史的传统题材。在诗歌中"愁"情色彩并不很浓重，这或许也是诗路较宽，风格多样，由此而冲淡了愁绪的缘故。而词则不同，词以写男女恋情为重，而且通过这一情绪格调又体现出人生那种失意、迷惘的焦虑感、忧患意识。故而在词体内部流荡着的感伤基调也甚沉郁，而这皆与创作主体内心"愁"极而无法化解有密切联系。张炎曾言："情至于离，则哀怨必至。苟能调感怆于融会中，斯为得矣。"②的确，既然在大部分词作中，男女情爱表现得是那般不尽如人意，人物的心灵脉动又是那般低沉，由此而招致"愁"绪的集中体现，这也构成了宋词文体的基本色调。在诸家作品中，"愁"字出现的频率颇高。虽然词中言"愁"并不仅指别离之"愁"，但大部分皆与"苦恋"的心

①　赵秋舲：《石帘词序》，见江顺诒《词学集成》卷七。
②　《词源》。

态极有联系，如柳永的《御街行》："归来中夜酒醺醺，惹起旧愁无限。"张先的《一丛花令》："伤高怀远几时穷，无物似情浓。离愁正引千丝乱，更东陌，飞絮濛濛。"苏轼的《蝶恋花》："有客抱衾愁不寐，那堪玉漏长如岁"，等等。至于贺铸的《青玉案》："试问闲愁都几许，一川烟草，满城风絮，梅子黄时雨。"秦观的《千秋岁》："春去也，落红万点愁如海。"吴文英的《唐多令》："何处合成愁，离人心上秋"，更是写"愁"的千古名篇。西方心理学家弗洛伊德曾将"里比多"（即性欲）视之为文学创作的动因。他认为，"性"的欲望长期受到压抑而不得满足，致使人们转而在文学创作中寻求欲望的宣泄。这一理论忽略了作家个体与社会现实的关系，抹杀了人性的丰富多样性，其偏狭之处无须赘言。但"情爱"丧失引起的忧郁感，确也为作家创作的动情因素，此点也必须充分引起注意。因而宋词中的相思之愁，在一定程度上也正体现了人类某些生存欲望得不到满足、心理失却平衡的精神苦闷。

四　"遗貌取神"

宋词"情爱"意识的艺术表现，较为注重人物心灵的精细刻画，人物外在的体态风貌并未作过于详尽的描写。因而，词作给人的审美感觉，虽然有时人物身份也较为明确的确定，但有关音容笑貌的直观感受并不具体，情感的艺术感染力却极强烈，词作常常较为精细而充分地显现出人们此类"最深刻、最丰富的内心体验"。如秦观的《八六子》词：

　　　倚危亭，恨如芳草，萋萋刬尽还生！念柳外青骢别后，水边红袂分时，怆然暗惊！　　无端天与娉娉，夜月一帘幽梦，春风十里柔情。怎奈向，欢娱渐随流水。素弦声断，翠绡香灭；那堪片片飞花弄晚，蒙蒙残雨笼晴，正销凝，黄鹂又啼数声。

词起首由情直入，以绵延天际、滋生不绝的"芳草"状写词之"恨"情，此即将词境气氛推到高潮，似乎有点难以后继。但词人巧妙地转换笔触，"念柳外"三句，思路宕开，句意变化，勾画出昔时河边柳下依依相别的场景。时间、空间的延续，使词作内在的纵横向关系得以充分地扩展。"怆然暗惊"，语气急促、顿挫，由"恨"而"惊"，词人锐敏、细微的心态变化跃然纸上，意境也更为深远。下片"无端"三句，时间更进一步向前延伸，思绪追溯到别前。曾记得与美貌女子，月夜幽欢；春意融融，柔情不断。"怎奈向"，语调陡然一转，思路又引到现实。欢娱如流水，素琴仍在，然琴声已绝；翠巾在身，而香气已断，旧物惟足伤怀。此处外在物象直接作用审美感官，而心境则添"愁"几分。歇拍词人视界移到亭外。暮霭朦胧，片片落花飞扬；天似放晴，却细雨飘洒。凄迷的景色已足以令人茫然出神，但几声黄莺啼叫，又触发起黯然心怀，再也难以平静。此词思维空间腾挪跳跃，外象景观繁复多样，词人心绪起伏跌宕。各种表现成分于词作中汇融成多层结构形式，使情感的表现既有面的扩展，同时又有点的深入。沈际飞云："恨如划草还生，愁如春絮相连。言愁，愁不可断：言恨，恨不可已。"[1] 此评即揭示秦词着意心理描述的艺术特征。再如柳永的《凤栖梧》：

---

① 《草堂诗余正集》。

　　　　伫倚危楼风细细，望极春愁，黯黯生天际。草色烟光残照
里，无言谁会凭栏意。　　　拟把疏狂图一醉，对酒当歌，强乐还
无味。衣带渐宽终不悔，为伊消得人憔悴。

此词着重写游子对恋人的思念。词起首交代词人登高望远的立足点，
但从"伫倚危楼"的疑惧，似也包蕴了词人对人世的忧患。"望极"
两句，写"春愁"。春日生"愁"，似为由景生情，实是主人公内心
"愁"绪有感而发。"黯黯生天际"，借助物象铺写无限之"愁"情，
神情毕肖。下文，"草色烟光残照里，无言谁会凭栏意"，"无言谁会"
此一反问，内心极为迷惘，也似乎是向世人发出人类共同的疑问。换
头笔端略微宕开，以"疏狂""一醉"的生活方式，欲求释解内心郁
闷。但"强乐无味"，稍纵又收，心态转换又深一层。歇拍两句，语
气亢直，态度决绝，情调却更为沉郁。此词笔触始终围绕着人物心灵
的发展勾勒提掇，曲折转换，人物形貌、场景气象的外在形态未予具
体描写。所以，词作表现成分始终由情脉所牵动，可谓是句句关情，
字字有情。

　　当然说"专主情致"，也并不是说客体的审美描述就无关紧要。
清人宋征壁曰："情景者，文章之辅车也。故情以景幽，单情则露；
景以情妍，独景则滞。"[1] 情与景是结构词境的主要因素。专事言情，
则情浅意露；独写景物，则刻板凝滞，缺乏想象。由于词重在抒情，
故情感给予物象的创造功能也尤为显著。一些咏物词，从作品表层结
构来看，似为实写具体事物，但"咏物即咏怀"[2]，词中客观写物已不

---

① 沈雄：《古今词话·词品》。
② 沈祥龙：《论词随笔》。

多见，大多咏物词皆是借物喻人，托物言情。因而，通过物象的情态化处理，也常能折射出人物心灵的闪光。如苏轼的《水龙吟》（次韵章质夫杨花词）：

> 似花还似非花，也无人惜从教坠。抛家傍路，思量却是，无情有思。萦损柔肠，困酣娇眼，欲开还闭。梦随风万里，寻郎去处，又还被、莺呼起。
>
> 不恨此花飞尽，恨西园，落红难缀。晓来雨过，遗踪何在？一池萍碎。春色三分，二分尘土，一分流水。细看来，不是杨花点点，是离人泪。

从词题可见，此词乃为咏物之作。然清人沈德潜评为："幽怨缠绵，直是言情，非复赋物。"①"直是言情，非复赋物"，此评极是。的确，此词所咏虽不离杨花形貌，但正如词起首所言，"似花还似非花"，咏花实写人，似花似人，而贯穿全篇首尾的却是人物细微心理的流动变化。词实写一女子孤寂落寞的无限幽怨，因而物象形态的描绘，也隐含了人物身世的感发。起首写杨花"抛家傍路""无人惜从教坠"，实写女子孤独凄凉的处境。"萦损柔肠，困酣娇眼，欲开还闭"，写人物慵懒无绪的神态。"梦随风万里"三句，则表现出人物尽管外表慵怠，但内心并不平静。下片专力写女性怨"恨"。"落红难缀"，即春事将尽；"晓来"句，指春色将为朝雨冲刷而净。三分春色，全都化为流水与尘土。歇拍点题，郑文焯手批《东坡乐府》，以为此三句"画龙

---

① 《填词杂说》。

点睛",实悟出词意。由杨花而离人,致使词的表层结构与内在词情有机地统一了起来。唐圭璋先生也认为,此词"咏杨花,遗貌取神"①。所谓"取神",即是指物象与人物心态互相映照所体现出的意趣神韵。

注重心灵的艺术表现,这正契合情爱意识的感情需要。人们对男女关系的认识,总是蕴含着憧憬、迷恋。因失恋、离别所招致的失落感,也常具体化为惆然、怨恨、期待的复杂心理。因而,当"情爱"被作家列为文学创作表现对象时,心理感受就极为锐敏,情感的积聚也尤为深重。可以说,词体"柔婉"的情调,翻转曲折的结构方式,"妩媚"的艺术形态,皆与词言"情"("情爱")偏重于心态的表现有密切关联。

总之,对词的审美观照,如果不对其情爱生活的艺术表现有较为全面的认识,较为客观的评价,词的艺术感召力量就必然要大大削弱。宋词因"情爱"艺术的出色表现而立足于中国文坛,"情爱"这一长久为士文化所"搁荒"的艺术天地,也正是由词的审美创造而盛开五彩斑斓的花朵。

---

① 《唐宋词简释》,上海古籍出版社 1981 年版,第 90 页。

第五章　宋词的生命意识

　　所谓生命意识，即是人类对自我存在价值的反思与认识。马克思主义认为，人"是一切社会关系的总和"[①]。人类的存在价值不仅有着社会规定，而且自身的生活方式、思想意识，也是价值实现的必备因素。故人类在改造自然的同时，也要不断地认识自我，调整自我的生存方式。文学创作作为个性化的精神创造活动，一方面受时代感发，"志思蓄愤，而吟咏情性，以讽其上"[②]，充分发挥出文学的社会功能。但另一方面，人类生命本身往往也构成为创作意识的内省对象，从自然、生命、人生等方面，展现出个体的探求与悲欢。唐诗、宋词，在一定程度上正体现出此两类审美意识的创作典范。宋人对"人"——个体的生存与宇宙生命的关系有着极自觉的思考，其词作的思理深度也并不逊于前人诗歌创作。因而我们评词，就不应局限于词作表层结构的情感会应，而必须以更为深入的审美观照，从词的深层意蕴层次，探究出宋人的人生感悟与对生命存在形式的认知。

一　忧患意识

　　由上节情爱主题的表现，我们已经初步感知到宋人的人生价值观

---

① 《关于费尔巴哈的提纲》，《马克思恩格斯选集》人民出版社 1972 年版，第一卷第 18 页。
② 刘勰：《文心雕龙·情采》。

念。从总体而言，在艺术风格上，宋词与唐诗有着明确的区别。奋发、高亢的"盛唐气象"，形成了唐诗创作的主旋律，这充分体现出时人抱负满怀、渴望建功的强烈进取心。宋人词中却极少或几乎没有"盛唐气象"出现，更多的是对功名、事业的迷惘、慨叹。人的生存道路显得十分艰难，个体的苦痛感受也尤为强烈。因而，宋词弥漫着较为浓郁的悲凉气息，感伤情调也甚沉郁。这体现出时人生命价值观念的更换，内省意识的加强。

北宋词，功名意识表现得并不十分突出，立德、立功、立言——儒家传统的"三不朽"思想明显弱化。这表面看来是情爱意识强烈冲击的缘故，而实质更重要的是因为人们对自我生存方式、生命终极意义的思考更为专注，认识也更为透彻。人们在词中极少言及自我的事业追求，理想抱负，相反对"功名"流露出极为厌倦的情绪。如曾因变新法而显赫一时、慨然有矫世变俗之志的王安石，竟然在词中吟道："无奈被些名利缚，无奈被他情担阁。可惜风流总闲却，当初漫留华表语，而今误我秦楼约。梦阑时，酒醒后，思量着。"（《千秋岁引》下阕）词人在这里所叹息的人生空漠感，乃为"可惜风流总闲却"，"而今误我秦楼约"，名利之心在词人眼里犹如绳缚。"无奈"语，即表白出词人内心颇有"异化"味的感受。功利"异化"，实则是与情爱生活的相互对照而切身领悟的。"无奈"意识，在柳永诸辈下层落拓文人词中，表现得尤为突出。柳永聪明睿智，深韵音律而又勤奋好学。他曾说自己，"唱新词，改难令"（《传花枝》）。叶梦得《避暑录话》说："教坊乐工，每得新腔，必求永为辞，始行于世。"柳永举止洒脱，行为不检，长期出入歌楼楚馆。他也曾试图步入官场，但因出言不慎，冒犯了宋朝皇帝。传说柳永因作《鹤冲天》，词中有"忍把浮名，换了浅酌低唱"，被统治阶级驱出黄榜，而他却自嘲为"奉旨填词"①。虽然"换了浅酌低唱"，是出于"无奈"，但从中也可见出宋人人生价值观念的转变。柳永时常嘲笑那些"奔名竞利"之徒，认为"利牵名……红颜成白发，极品何为"（《定风波》）。他自己虽然也考取了进士，做了官，但他并不屑一顾："这巧宦，不须多取"（《思归乐》）；"干名利禄终无益"（《轮台子》）。他甚至说："名缰利锁，虚费光阴"（《夏云峰》），将名利比作缰锁，认为只是虚度光阴，这是何等的清逸脱俗。他在《风归云》中更为爽直地表白自己的人生态度与趣向："驱驱行役，苒苒光阴，蝇头利禄，蜗角功名。毕竟成何事，漫相高。抛掷云泉，狎玩尘土，壮节等闲消。幸有五湖烟浪，一船风月，会须归去老渔樵。"他视利禄为"蝇头"，功名为"蜗角"，皆是不齿于口，流露出极为鄙夷、敌视的心怀，但作者又似乎不屑于士大夫那种狎妓酣饮、寻欢作乐的腐化生活。歇拍三句，作者把潾潾湖光、一叶扁舟视为自己最理想的生活归宿。从柳永身上可以看到，宋人对生活的认识，更多地体现为对个体生存方式的关注，理想生活的追求。所以，他们能极真切地感受到："愿天上人间，占得欢娱，年年今夜"（柳永《二郎神》）。

如果说柳永对"功名"的好恶，主观倾向、情感成分较重的话，那么苏轼对人生的审视，则要冷静得多。苏轼的人生思考，带有哲理性思辨。他不只是根据生活的遭遇去看待功名，而是从生命的存在价值及意义去解剖人生，认识自我。他早年也曾有过"功成名遂"的志向。如熙宁十年（1077），他自杭州改知密州，在途中写过一首《沁

---

① 吴曾：《能改斋漫录》卷十六。

园春》。词中写到自己离蜀后赴长安应考时的心境，"似二陆初来俱少年，有笔头千字，胸中万卷，致君尧舜，此事何难？用舍由时，行藏在我，袖手何妨闲处看。身长健，但优游卒岁，且斗尊前。"想当年，与父、弟同赴长安。兄弟俩笔震京城，恰似二陆当年。以"胸中万卷，致君尧舜"。进而济世，退而保身，生活抉择在于自身，那种"袖手何妨闲处看"的潇洒情怀，显得十分自得自在。词中充满了极度的自信，且有着超人的志向。然而以后历经仕途沧桑，饱受了人世纠葛的磨难，尤其是步入不惑之年后，他便很注重加强自身修养，提高抵御外界压迫的能力，很快地便以一种淡泊的心境"直面惨淡的人生"。"浮名浮利，虚苦劳神"（《行香子》），他不仅视名利为虚无，而且也认识到纠缠于此种名利得失易损伤心神。对追名逐利，他似乎甚为淡薄，总是以轻蔑的口吻言及："蜗角虚名，蝇头微利，算来着甚干忙。事皆前定，谁弱又谁强？且趁闲身未老，尽放我些子疏狂。百年里，浑教是醉，三万六千场"（《满庭芳》）。虚名、微利，在他看来皆微不足道，也无甚操忙的必要。此类得失皆命中注定，也无法由主观定夺。故词人不愿为人世利欲所用心费时，甘愿及早狂放自任，酣饮昏醉，随其自然地了却生涯。这其中隐含着前世因缘的宿命观念，确实可致词人消极放纵地对待人生。但"事皆前定，谁弱谁强"，出自一个非凡抱负的人之口，不能不说这其中包容了深重的人生感痛。

　　如果说北宋时人生忧患主要表现为出与入个体生活方式抉择困惑的话，那么，南宋词较为突出地反映了个体力量与国家危难无法相统一的矛盾。清人王昶曾云："南宋词多黍离麦秀之悲，北宋词多北风雨雪之感。"[1] 所谓"北风雨雪之感"，乃为词人对国朝大厦将倾、民

---

[1]　谢章铤：《赌棋山庄集·词话》卷一。

生艰危的感叹；"黍离麦秀之悲"，当指国破家亡所引起的心灵悲患。

宋南渡以后，半壁河山沦陷，这对于很注重大一统的中华民族来说，不啻是一灭顶之灾。此一时期，一些士大夫文人已深切感受到"平戎破虏""补天裂"的迫切性，因而北宋时被压抑的个体精神向上力也得到加强。但南宋时国势的强盛远不如盛唐，再加上民心涣散，朝廷内外只知享乐，"但习歌舞，不识干戈"①，个别文人的从武立功之志，在这一时代氛围中如石沉大海，也难掀起巨澜。这样，南宋词人虽然时而表现出亢奋、激昂的救国豪情，如"谈笑里，平齐鲁"（刘克庄《贺新郎》）；"拥精兵十万，横扫沙漠，奉迎天表"（李纲《苏武令》）。然而一旦落到现实，尤其是涉及到自我身世，人们也不免感到个体力量极为有限，由此对人生价值的实现自然也产生了疑惑。如辛弃疾因官场倾轧，屡遭贬官、落职。再加上他执守官职期间，也是"聚散匆匆不偶然，二年遍历楚山川"（《鹧鸪天》）。南渡以后，稼轩"朝夜以思，求所以安揖之计"②，并且策划军事，训练军队，创建飞虎军，"雄镇一方，为江上诸军之冠"③。但总的说来，他一生并不能尽展其才，用之恢复大业。因此，稼轩"负管乐之才"，徒有"一世之豪"的气魄，却坐视山河破碎而一筹莫展。长期闲置，使他不得不正视自身的处境。在稼轩集中，对现实也表现出一定的参与意识，但词作给人印象更为深刻的仍然还是那沉痛、哀怨的人生失落，即对实现人生价值极为迷惘所产生的心理压抑。例如他在《满江红》（过眼溪山）词中言道："笑尘劳、三十九年非、长为客。"此为

---

① 孟元老：《东京梦华录》序。
② 《官教集》。
③ 《宋史·辛稼轩传》。

自我慨叹一生四海为客，事业难成，一"笑"字，充满了苦涩的酸辛。词人由眼前场景再遥想古人功业，则又是"吴楚地，东南坼；英雄事，曹刘敌。被西风吹尽，了无陈迹"。苍茫吴楚之地，昔时曾是兵家相争、英雄建功的要地。如今却是西风荡尽，陈迹杳然，真可谓功业似水，往事如烟。接下词人回观自身，"楼观才成人已去，旌旗未卷头先白"，借外在事物的变化，隐蕴了事业难成、岁月无情的人世悲痛。故歇拍，"叹人间、哀乐转相寻，今犹昔"，也是以一种"无奈"之情，正视人世哀乐。所以，辛词虽然也渗透了激昂、愤激的爱国豪情，确实令人感受到"马革裹尸当自誓"（《贺新郎》）的人格品质。但是词人只要冷静地审察社会现实与主观企求的距离间隔，便会从心底油然生起一股强烈的悲伤情调。因而他或是表现出沉痛的失落感，"都将万字平戎策，换得东家种树书"（《鹧鸪天》）；或是对功名的人生意义极为困惑，"赢得生前身后名，可怜白发生"（《破阵子》）。总之，"历史的必然要求与这个要求的实际上不可能实现之间的悲剧性的冲突"[1]，构成了辛词悲剧性性格的主要矛盾情结。

此时，姜夔这些清衣闲客，则是以另外一种生活方式对待人生。白石少即失去双亲，寄居姐姐家，度过了青少年时期。他早年即显露出书法、音乐和文学的卓越天赋。然而这一颗敏感而多情的心灵，在成熟的过程中，即超前地经受了种种重负，以致内心总是难以解脱与激奋。"少小知名翰墨场，十年心事只凄凉"（《除夕自石湖归苕溪》）。或许是早熟使他悟透了人生，从而选择了一条常人并不想步入的道路。尽管他所结交的有诸多名人、贵臣，如范成大、杨万里、

---

[1]　《恩格斯致斐·拉萨尔》，《马克思恩格斯选集》，人民出版社 1972 年版，第四卷第 346 页。

辛弃疾、京镗等，而且似乎也有攀援权门的机缘，但他却是那般鲜明地表示，"浮云安在？我自爱，绿香红舞，容与、看世间，几度今古"（《石湖仙》）。北宋词人柳永，乃为"忍把浮名，换了浅酌低唱"。而白石"看世间，几度今古"，思理显得更深一层，似乎有着更为明确的自主意识。这既不是完全地逃避，也不是积极地参与，而是冷静地察观社会人生。因而，他虽处国事衰微、民生疾苦之时，却未能如稼轩、放翁辈积极地挺身站出，为国为民大声疾呼，而是"酒浇清愁，花销英气"（《翠楼吟》）。这是否是对自我无力"兼济"的识见，抑或是明哲保身、只求寻乐之举，恐怕不能简单地定论。尽管在白石词中也偶尔反映出由战乱所造成的满目疮痍的衰败景象，且透出些许恢宏之气（如《永遇乐·北固楼次稼轩韵》）。但总观《白石道人歌曲》，我们所能见到的仍多是"岑寂"和"清苦"的情调。如《探春慢》（衰草愁烟），此词明写离别之"恨"，然从词作勾画的场景、吐露的心声来看，却包蕴了极为深刻的人生体验。"谁念飘零久，漫赢得、幽怀难写"；"长恨离多会少，重访问竹西，珠泪盈把"；"老去不堪游冶。无奈苕溪月，又照我、扁舟东下，甚日归来？""飘零久""长恨""老去"，皆表明长期的生活颠簸，已有深重的忧患积沉于词人心头。故"幽怀难写""离多会少""不堪游"，此已不是一般的就事论事，而是词人对人生反思后所发出的感喟。

总之，宋人在词中对功名、利禄、地位的关注并不十分地执着。对他们来说，唯一要紧的反倒是个体情感的愉悦与满足（如柳、姜），自我身心的舒畅与率真（如苏、辛）。外在获取并不能使自我充分满足，内在心理的调节才尤为重要。人生价值的实现不是依据对人生的征服，而是自我身心求得相对自由与安宁。

二　反思意识

以上我们已经初步了解到宋代人们思考人生的基本内容。宋人对功名追求所体现出的时代个性，从根本而言，乃是根源于人们对人生较之前代有着更深沉、更自觉自主的认识。在此，我们尚有必要专门考察宋人生命忧患的具体思维形式及表现特征。

生命意识的形成，取因于人对自身存在方式及价值的反思与解悟。反思意识，是将个体生命放置在理性审视的区域，予以价值的衡定与评价。人的本质，"应当是不断探究他自身的存在物——一个在他生存的每时每刻的必须查问和审视他自身的生存状况的存在物。人类生活的真正价值恰恰就存在于这种审视中，存于这种对人类生活的批判中"①。生命意识的反思活动，首先体现为个体生命的自我观照。宋人对时光的感受尤为锐敏，岁月的无形流动，在宋人心头惹生起无限的感慨，且由此对人的自身存在价值也有更为清醒的认识。如晏殊的《浣溪沙》：

> 一曲新词酒一杯，去年天气旧亭台，夕阳西下几时回？
> 无可奈何花落去，似曾相识燕归来，小园香径独徘徊。

此词感发极为深远，"小园香径独徘徊"，生动勾画出一个踽踽而行、沉思冥想的孤独者形象。赋词饮酒，这一具体的生活方式是在"去年

---

① （德）恩斯特·卡西尔：《人论》，上海译文出版社 1985 年版，第 8 页。

天气旧亭台"的环境气氛中进行的。因而，"新""旧"对比，蕴含了词人对生命递变的感受。"夕阳西下几时回?"明言夕阳，暗指个体生命的消减。一设问，语气极沉重。"无可奈何"两句，是以"花落"表明韶华难驻;"燕归来"则隐蕴了风物依旧、人事已非的生活哲理。此词众多意象的铺设，旨在反复强调人生虽好、岁月短暂的无情客观规律。"无可奈何"此一叹喟，充分展露了词人内心反思极深的人生忧患。不只是晏殊，同时的许多文人也具备耽于沉思、反躬自省、对个体生命存在形式极为关注的思维特点。如欧阳修的《浪淘沙》:"聚散苦匆匆，此恨无穷。今年花胜去年红，可惜明年花更好，知与谁同?"此词由亲友的聚散而展开联想。花谢花开，年年常有。然而同是赏花人却难以常聚相会，这显示出自然与人生审美距离的巨大反差。其他如:"帝里风光好，当年少日，暮宴朝欢。况有狂朋怪侣，遇当歌、对酒竞留连。别来迅景如梭，旧游似梦，烟水程何限。"(柳永《戚氏》)"韶华不为少年留，恨悠悠，几时休?飞絮落花时候一登楼，便做春江都是泪，流不尽，许多愁。"(秦观《江城子》)皆流露出好景难再、岁月如水的苦痛情绪。综观宋词的历史发展，此一"叹时""伤景"的生命意识在绝大部分作家作品中皆有自然流露。人生光阴的变化在宋人心头烙下了深深的伤痕，时不时便由外物的触动而自觉地感发。

对生命时光的思考，如联系到自我身世遭际，则使这一"叹时"的思维方式更添加了"沉郁"的情感成分。当人们从生命本体去反思人生历程时，思维的焦点就必然不局限于某一事一物的具体发现，而是由外在事件的变化而审定自身生活，从事物表层现象而体会出人生意义。如苏轼的《减字木兰花》:

> 春光亭下，流水如今何在也。岁月如梭，白首相看拟奈何。
>
> 故人重见，世事年来千万变。官况阑珊，惭愧青松守岁寒。

词以流水长逝难返的发问，隐喻时光运动的不可逆转性。"白首"句，直指题意，点化出人生苦难的意识成分。下片则由光阴流转联想到人事。"青松"有自喻之意。世态炎凉，官场萧条，"青松"只能孤寂独处，难捱严寒。此词作者由生命短暂，感受到时不我待、出路难觅的生存迷惘。辛弃疾的《鹧鸪天》（壮岁旌旗拥万夫），词上片追念少年时跃马战场、率兵突袭敌营的往事，场面颇为壮观。但下片转而面对词人眼前处境，则因岁月兴叹而联系到功业的渺茫，一腔爱国热情最终不过"换得"向东边邻居学栽花种树罢了。宋代词人谈功名、谈生活，常自觉不自觉地与个体生命形式相联系，因而心境显得极为郁闷，词中情感的抒发就不似盛唐人那般畅快、激昂。

　　宋词中很少触及生死，与生命形式的反思相关，"叹老"也构成了宋人思维意识的主要成分。宋词的结构形式，在文意、词情的表现方面有一突出特征。宋人对人生的反思，审美思维常常由昔至今，最终以"白发""叹老"的嗟叹结句。在有些宋人词作中，"老"字出现频率颇高。如苏轼59次，黄庭坚33次，晁补之38次，朱敦儒54次，辛弃疾149次，张炎95次。[①]"老"的使用，可以说大部分与"叹老"意识有关。"叹老"是人生反思后的情感流露，也可以认为是词人退避现世的解脱方式。如黄庭坚的《南乡子》：

---

① 本文统计数字根据南京师范大学《全宋词》计算机检索系统。

> 诸将说封侯，短笛长歌独倚楼。万事皆随风雨去，休休。戏马台南金络头。　　催酒莫迟留，酒味今秋似去秋。花向老人头上笑，羞羞。白发簪花不解愁。

别人津津乐道封侯迁官事，词人却在"短笛长歌"的声乐中独自凭倚楼栏，似乎与世甚为隔膜。"万事皆随风雨去"，冷漠的叹息饱含了词人多年风风雨雨的艰辛，体现出词人悟透人生的理性超脱。下片换头，词人借助饮酒方式，表明自我任凭外物变迁、身心依然如故。歇拍三句，调侃的口吻，含蕴了因年华逝去而难解愁绪的心怀。此词主人公坐视人世间的是非利害，显得十分老成。虽然词中反思成分并不十分具体，但所包容的身世感叹却极深广。在稼轩词中，此一"老人"心态表现得最为突出。如《鹧鸪天》：

> 有甚闲愁可皱眉，老怀无绪自伤悲。百年旋逐花阴转，万事长看鬓发知。　　溪上枕，竹间棋。怕寻酒伴懒吟诗。十分筋力夸强健，只比年时病起时。

起首一设问句，字面问"有"，词意实指"无"。"老怀无绪自伤悲"，老来心绪无凭，只能自吟自悲。"百年""万事"句，则是立足于较高的视点，俯瞰个体身世与人世沧桑的变幻与得失。百年岁月随着花下阴影的流动而消逝，看看苍苍白发即可明白人生经历了诸多的波折。下片则转而表现词人此时所醉心企求的理想生活模式：溪边斜卧，竹间弈棋，甚而连邀伴饮酒也无心力。即便有时自夸精力强健，也只是与年时病弱躯体相较而言。从下片也可见出，词人心力是何等的疲乏。尤其须注意的是，"叹老"意识不只是出现于晚年，有时在生活各个时期的词作中，也能见到此类情绪的流露。只要词人在现实人生的苦难中无法解脱，对个体生命形式及人生价值实现有较为清醒的识解，此种"叹老"意识就会不自主地宣泄出。如苏轼的《浣溪沙》："白发相对故依然，西湖知有几同年。"《卜算子》："还与去年人，共藉西湖草。莫惜尊前仔细看，就是容颜老。"此两首词作于杭州通判任、作者三十八岁时，而词中所吟咏的情调，则似乎是垂暮老人的心态。

对人生的反思，还体现在宋代词人对古代人事的追怀与感慨方面。在宋词中，咏古题材虽然不很多，但有的也较为精到地表现出宋人的生命价值观念。而且，在一些不是专门将咏古作为题材的作品中，思古感叹之情有时也吐露得很为强烈。宋人咏古词作，并不注重从古人功业的成败中得出什么经验教训，更不是仅仅倾诉一种怀念之情，而是通过纵观人世变迁，力求认识自我，解悟人生。如王安石《桂枝香》：

> 登临送目，正故国晚秋，天气初肃。千里澄江似练，翠峰如簇。归帆去棹残阳里，背西风，酒旗斜矗。彩舟云淡，星河鹭起，画图难足。
>
> 念往昔，繁华竞逐。叹门外楼台，悲恨相续。千古凭高对此，漫嗟荣辱。六朝旧事随流水，但寒烟芳草凝绿。至今商女，时时犹唱，《后庭》遗曲。

词上片侧重写金陵一带的山水气象，场面阔大高远，以之显示出词人博大的胸怀。下片转写古代人事，昔时此地曾是"繁华竞逐"，热闹非常。"门外楼头"，也曾有过"悲恨相续"的一段往事。千古以来，人们常凭高登临，空叹荣辱兴亡，然而"六朝旧事"如流水而逝，只剩下寒烟笼罩下的一片芳草渐就枯黄。如今人们已淡忘了这段历史故事，只知高歌吟唱《后庭》遗曲。此词不定如一些学者所言为针对北宋现实有感而发，即告诫统治者要汲取六朝兴亡教训，励精图治，强盛国力。笔者以为从词中情调而言，恐怕感情成分更多的是个人对古今人事无情变化的感慨。即昔日霸王之业如流水烟云一般，人世纷争徒令后人兴叹而已。故词人对现实、人生虽未明确表明心迹，但是言古察今，个中意味足以让人充分领悟。此一生命意识在王安石另一首词中也表现得较为分明：

> 自古帝王州，郁郁葱葱佳气浮。四百年来成一梦，堪愁。晋代衣冠成古丘。　绕水恣行游。上尽层楼更上楼，往事悠悠君莫问，回头。槛外长江空自流。（《南乡子》）

词中"四百年来成一梦"，超越时空间的间隔，将昔日帝王称盛与今日"古丘"荒墓作了直接的对比。"堪愁"，此一反思足以令人生发出无限忧愁。"往事悠悠君莫问"，正是《桂枝香》"千古凭高对此，漫嗟荣辱"的极好脚注。"长江空流"，冲刷的不正是"六朝旧事""繁华竞逐"的往事陈迹吗？对此一思古之幽情，并不能绝对地视之为消极，因为咏古形式的实质，乃是从中试图探求出人类生命价值的真谛，借而调整自我的处世观念、生活方式。再比如苏轼的千古名作《念奴娇》（大江东去），此词也是借反思三国争雄的历史事件，引发出"人间如梦，一樽还酹江月"的慨叹。尽管词作起处气势磅礴，情调激昂，但感情发展到高潮跌落下来，则不免颇为消沉。这是对人生进取精神的反省，是试图超脱却又无法摆脱人世纠葛的内心苦痛。咏古这一反思意识，与前面所言的个人身世之叹相比较，格调上要显得更为沉重，含义也更为深广。因为这不是针对某一个体，而是泛指人类生命本身的存在价值，因而更具有超越时代性的永恒意义。

综上所述可以明确，反思意识使宋代词人能较为清醒地观照自我，洞察社会人生的风云变幻，从而以极为冷静的心境处理个体与群体、存在与永恒的矛盾。这一带有理性成分的情感表现，使词作审美意蕴更为丰富，格调也尤为深重。

三　超脱意识

与反思意识相为联系的则是超脱意识。正是从纵向鸟瞰人生历程、社会发展，对个体自身的生命存在形式有着较为透彻的了悟，因而一旦落实到具体的人事，宋人有时也显得很是豁达、洒脱。本来中国古代文化很早就形成了"出"与"入"的人格精神。"入"则参与政事，"兼济天下"；"出"则远避官场，弃绝功名，"独善其身"。在盛唐，"入"的风气极为兴盛，文人们以极大的热情投身政治，整个时代精神蓬勃向上，奋发进取。"出"的人生观念在魏晋时期极为流行。此时文人名士口不臧否人事，逍遥山林，狂放自任，寻仙访道，以求个体身心的相对自由。与魏晋名士迫于人命如草的残酷现实而求出世不同，宋人"超脱"意识的滋生多取因于生存烦忧的无法消解。现实虽然时不入意，但并不十分险恶，还不至于威逼人隐遁山林的地步。反倒是人生的反思促使宋人极力调整生存方式，社会人事的种种纠葛激发起宋人解脱意识的高涨。因而，魏晋人情感表现显得甚为激切，宋人则相对平和。朱敦儒的《念奴娇》："洗尽凡心，相忘尘事，梦想都销歇。胸中云海，浩然犹浸明月。"超凡脱俗，澄怀净思，以博大的胸怀吞吐纳放外物变化，气魄极为放旷。苏轼的《哨遍》，乃为檃括陶渊明《归去来辞》就声律而作，词中"口体交相累"，实是人生艰辛、身心疲乏的感触。"觉从前皆非今是"，则表现出清醒的反省意识。"我念忘我兼忘世"，"忘我忘世"，即"物我两忘"，显现出道家思想的影响。紧接着词人所发出的四问："念寓形宇内复几时？不自觉皇皇欲何之？委吾心，去留谁计？神仙知在何处？"首问，即指人生短促；次问我身不由己，为何图求？三问，是去是留，我心难断？四问，即坦露出词人欲求归宿而又难以如愿的情怀。人世纷忧如此损心伤神，故词人深发感喟："富贵非吾志"，于是乃"登山临水，引壶啸咏"，显得极为超脱，放旷。

　　超脱意识落实到现实人生，则以富有特征性的生活方式表现出来。首先，中国文化的"饮酒"意识也构成了宋词内容的主要成分。酒与中国文化有不解之缘。魏晋时期，文人雅士时常嗜酒助乐，以示狂放无羁。故在其时的文人诗文中，也常将酒与人物个性相为联系予以表现。嵇康曰："旨酒盈樽，莫与交欢。鸣琴在御，谁与鼓弹"（《赠秀才入军》）；《古诗十九首》曰："服食求神仙，多为乐所误。不如饮美酒，被服纨与素。"胡仔《苕溪渔隐丛话》引《石林诗话》云："晋人多言饮酒，有至沉醉者。此未必真意在酒，盖时方难，人名惧祸，惟托于酒，可以相远世故……如是饮者未必剧饮，醉者未必真醉也。"胡语点明了魏晋人饮酒的旨趣所在。以"酒"为表现对象，也已成为宋人表达情志的重要方式之一。如"人生何处似尊前"（欧阳修《浣溪沙》）；"人生莫放酒杯干"（黄庭坚《鹧鸪天》）；"光阴须得酒消磨"（苏轼《浣溪沙》），皆将"酒"与社会人生密切地结合起来。

　　宋人饮酒吟酒，有着极现实的思想基础。他们常结合自身的具体生活实践，来确定"饮酒"对个体生活所起的作用。以"酒"解愁，这成了宋人解脱心灵苦痛的主要生活方式。如欧阳修的《圣无忧》：

　　　　世路风波险，十年一别须史。人生聚散长如此，相见且欢娱。　　　好酒能消光景，春风不染髭须。为公一醉花前倒，红袖莫来扶。

人世艰险，长久别离，内心忧苦可想而知。但有"美酒"消磨光景，则"为公一醉花前倒"，聊且也能求得一时欢乐。他也明确地意识到，"闲愁多仗酒消除"（《玉楼春》）。然而，过于现实性地对待饮酒方式往往并不能沉浸其中。"拟把疏狂图一醉，对酒当歌，强乐还无味"（柳永《凤栖梧》），"把酒遣愁愁已去，风摧酒力愁还聚"（欧阳修《渔家傲》），"漫道愁须殢酒，酒未醒，愁已先回"（秦观《满庭芳》），等等。以酒浇愁，只是把"酒"作为解除胸中郁闷的寄托之物，终究只能"借酒浇愁愁更愁"。但对于悟透人生，有着强烈超脱意识的词人却不是如此。他们则将饮酒人生视之为生命本身，是人格精神的体现。苏轼常自言"生平有三不如人，谓著棋、吃酒、唱曲"①。但是

————————————

① 彭乘：《墨客挥犀》卷四。

中、晚年以后，他却"把盏为乐，往往颓然坐睡"①。因而，实际上饮酒与苏轼的人生观念密不可分。如"天气乍凉人寂寞，光阴须得酒消磨"（《浣溪沙》）；"惟酒可忘忧"（《水调歌头》）。此已将"酒"视为诚可依托的生活凭藉，以"酒"来化解内心烦忧，快乐地度却人生。他甚而认为，"百年里，浑教是醉，三万六千场"（《满庭芳》）。这即是将整个人生视为饮酒一场，酣饮昏醉。他在《木兰花令》中言道"坐中有客最多情，不惜玉山拼醉倒。""坐中有客"为自指；"最多情"，点明心态。"不惜玉山拼醉倒"，则是"醉倒"忘却而不顾惜自己的身体。这与他早期"少年多病怯杯觞"（《次韵乐著作送酒》）相较，有天壤之别。苏轼在《行香子》下阕较为真切地表白了自己的心愿："朝来庭下，光阴如箭，似无言，有意伤侬。都将万事，付与千钟。任酒花白，眼花乱，烛花红。"对似箭光阴的思考，使词人心境极为郁闷，故将人间万事化入杯中之物，任随眼前的一切成为梦幻。苏轼还有一组《渔父》词，其中三首与酒有关。作者写渔父，实为自况。词中言道：

> 渔父饮，谁家去。鱼蟹一时分付。酒无多少醉为期，彼此不论钱数。
>
> 渔父醉，蓑衣舞。醉里却寻旧路。轻舟短棹任斜横，醒后不知何处。
>
> 渔父醒，春江舞。梦断落花飞絮。酒醒还醉醉还酒，一笑人间千古。

---

① 《和渊明饮酒诗序》。

由饮、醉、醒三种行为方式，较好地袒露出词人任意逍遥、澄怀弃世、啸傲今古的酒脱胸怀。不仅是苏轼，其门下之士黄庭坚、晁补之，也对饮酒的人生意义有着极清醒的认识。黄庭坚在《鹧鸪天》一词中言道："休说弹冠与挂冠，甘酒病，病朝餐，何人得以醉中欢。"功名之事已无言说之必要，唯有嗜酒如命，尽醉而欢，方为精神的主要寄托。晁补之面对大千世界，更是注重抉幽探微究明人生真谛，其词颇承东坡衣钵，有着较为深重的人生悲患感。故清人冯煦云："晁无咎为苏门四士之一，所为诗余，无子瞻之高华，而沉咽则过之。"[①]其《行香子》词曰：

> 前岁栽桃，今岁成蹊。更黄鹂，久住相知。微行清露，细履斜晖。对林中侣，闲中我，醉中谁。　　何妨到老，常闲常醉。任功名，生事俱非。衰颜难求，拙语多迟。但酒同行，月同坐，影同嬉。

词上片勾画出清静的自然境界。主人公在清冷露莹的早晨，或是沐浴着夕阳晚照的余晖，信步于树林中，神态十分悠闲自在。下片抒发心怀：身心俱老，闲中常醉，人世功名、尘事皆尽忘却。自己与酒结伴，闲中观影取乐。故"酒"实已成了词人远离尘世、抚慰心灵的重要"伴侣"。此类"酒神"精神，在辛弃疾身上得到更为完美的体现。在《稼轩长短句》中，"酒"字出现 187 次，"醉"字出现 142 次，饮酒仿佛成了稼轩一生主要的生活方式。与苏轼相仿，稼轩也将一生的

---

① 《宋六十一家词选·例言》。

经历、抱负与饮酒联系起来，试图通过杯中之物，将沉积于心的幽闷释放出来。"总把平生入梦乡，大都三万六千场。今古悠悠多少事，莫思量"（《鹧鸪天》）；"但觉平生湖海，除了醉吟风月，此外百无功"（《水调歌头》）。这一放怀酒杯、超然物外的无限感叹，内在不能不说包蕴了巨大的人世悲辛。但也正是通过这一释放形式，显示出词人的哲理睿智，超人气魄。他能自觉地意识到摆脱世俗干扰的必要性，也对实现这一目标充满了自信。在他看来，"身后功名，古来不换生前醉"（《点绛唇》）。与其劳神苦心，历经风险求得虚名，不如及时纵情享受人生。"若解尊前痛饮，精神便是神仙"（《清平乐》）。词人以"饮酒"求得相对自由，以"醉"而处理自我与社会的关系。所以，"醉酒"已成为词人精神对人生现实苦难的一种超脱手段。

虽然饮酒能使躁动的心灵得到短暂的平静，能使扰乱的精神暂时忘却人世的纠纷，然而在"夜来酒醒清无梦"（黄庭坚《丑奴儿》）的时候，宋人仍会感到"愁"情难遣，忧绪萦怀。因而他们势必要以一种较为实在而持久的生活方式，消除人生的空虚感。这样，自然山水的佳致美景，无限情趣，便成了宋人精神慰藉的补充内容。

北宋早期，文人们大都生活在繁华闹市，出入于歌楼楚馆，因而男女交欢成了人们所热衷、醉心的吟唱内容。虽然在一些表现游子漂泊生活的词作中，外物景观也有较为优美的表现，但毕竟只是作为触动情怀的媒介，客体本身并未能构成人物人生理想的寄托方式。当然，其时一些识见较深的文人，也能在远离官场、闲置山林之时，表现出一定的"归隐"意识。如王安石一度曾叱咤社会政坛，位极人臣。然而政界风云，也使王安石生平几度跌宕，最终被放于江宁。出与入两种生活方式的矛盾纠结，使王安石个体精神世界也具有双重性：一方面他在诗文中对投身政事表现出极大热心；另一方面，其词又对闲居生活的宁静十分倾心：

> 数间茅屋闲临水，窄衫短帽垂杨里。花是去年红，吹开一夜风。　　梢梢新月偃，午醉醒来晚。何物最关情，黄鹂三两声。（《菩萨蛮》）
>
> 平岸小桥千嶂抱，柔蓝一水萦花草。茅屋数间窗窈窕。尘不到，时时自有春风扫。　　午枕觉来闻语鸟，欹眠似听朝鸡早。忽忆故人今总老，贪梦好，茫然忘了邯郸道。（《渔家傲》）

数间茅屋，流水潺潺，身着轻衫短帽，闲步在袅绕飘动的柳条间。饮酒酣睡，醒来天色已晚，澄澈的夜空，一轮新月高挂。四周一片宁静，只有远处一两声清脆的黄莺啼叫微微触动心怀。身处在这恬静、悠然的自然环境中，词人的心灵显得十分满足、自在。昔日那扰乱心头的功名事似乎也尽忘却（"茫然忘了邯郸道"）。王安石词"归隐"意识并不十分强烈，词人表现田园山水之乐，只是仕途受挫而权且"退隐"的精神需求，心境并不十分快慰。此时的苏轼，则明显地表现出远避人世、依附自然的"归隐"心愿。的确，苏轼一生并未真正隐退。他对自然山水的醉心向往，也大都产生于贬谪流放、委任地方官时。但正是因为苏轼内心始终对个体生命的存在方式极为关注，自主意识也相对强烈。所以，虽然行为上并未真正实践，但思想上却极力想创造一个属于"自我"的个体生活模式。前人曾言，苏轼词"使人甘心淡泊，而有种菊东篱之兴"①。苏轼在词中数次言及渊明，其词

---

① 陈鬙：《燕喜词序》。

思想实质也渗透了"南山"精神。从南朝而至唐代，陶诗并未受到人们真正地重视，这主要是"独善其身"的退隐生活，显然与盛唐时期如日中天的国势发展不相合拍，自然也就不能适应人们建功立业的心理需求。苏轼在词中却对陶渊明的生活态度极力赞赏，"梦中了了醉中醒，只渊明，是前身。走遍人间，依旧却躬耕"（《江神子》）。此词作于东坡贬谪黄州之时。初次遭受官场倾轧的迫害，心境肯定十分不快。从他在黄州的所作所为，如访僧寻道，耦耕"东坡"，且开始大量创作词作，皆可以视为词人积极调节自我身心，抗御外界的磨难与压迫。因而他从陶渊明身上，也感受到人格力量。苏轼的《临江仙》（夜饮东坡醒复醉），据说传出后在当地引起慌乱。"翌日喧传子瞻夜作此辞，挂冠服江边，拏舟长啸去矣。郡守徐君猷闻之，惊且惧，以为州失罪人，急命驾往谒，则子瞻鼻鼾如雷，犹未兴也。"① 此为时人仅从东坡词字面理解而引出的笑话。词作上片，"夜饮东坡醒复醉，归来仿佛三更。家童鼻息已雷鸣，敲门都不应，倚杖听江声"。似为人物夜游的实写记录，但词意所指也应从更深层次，即词人现实不遇来理解，否则换头文意便无法相连。下片，"长恨此身非我有，何时忘却营营"，隐蕴了词人反省人生后较为清醒的自主意识。歇拍两句，"小舟从此逝，江海寄余生"，抒发了词人欲以击楫荡舟、寄迹江海的萧疏情怀。词中人物所探求的实践活动，其意义并不在行为本身，而是作者思想境界对个体生存烦忧的解脱。与魏晋人不同，苏轼在作品中所表现出的已不是对政治的畏惧，而是寻求自我独立人格的实现。故苏轼的"隐退"意识，植根在深刻的生活反思基础上，有着

---

① 叶梦得：《避暑录话》。

强烈的理性成分，显示出"诗人哲学家"的气质。在苏轼以后，寻求清静无为的山林之乐，汇成了一股时代思潮。如黄庭坚的《拨棹子》：

> 归去来，归去来，携手旧山归去来，有人共，月对尊罍。横一琴，甚处不消遥自在。　闲世界，无利害。何必向，世间甘幻爱。与君钓，晚烟寒濑。蒸白鱼稻饭，溪童供笋菜。

晁补之的《梁州令叠韵》：

> 田野闲来惯，睡起初惊晓燕。樵青走挂小帘钩，南园昨夜，细雨红芳遍。　平芜一带烟光浅，过尽南归雁。江云渭树俱远，凭栏送目空肠断。　好景难常占，过眼韶华如箭。莫教鹈鸠送韶华，多情杨柳，为把长条绊。　清樽满酌谁为伴？花下提壶劝。何妨醉卧花底，愁容不上春风面。

叶梦得的《临江仙》：

> 自笑天涯无定准，飘然到处迟留。兴阑却上五湖舟，鲈莼新有味，碧树已惊秋。　台上微凉初过雨，一尊聊记同游，寄声时为到沧州。遥知欹枕处，万壑看交流。

陆游的《鹧鸪天》：

> 家住苍烟落照间，丝毫尘事不相关。斟酌玉瀣行穿竹，卷罢

《黄庭》卧看山。　　贪啸傲，任衰残，不妨随处一开颜。元知造物心肠别，老却英雄似等闲。

"隐退"意识感触最深的乃属辛稼轩。与东坡仅是在精神世界领悟隐退山林之趣不同，稼轩不仅心会，而且还身体力行，通过自我的生活实践，切身体验这一生活方式的内在意义。如前所言，稼轩早年曾有过一段金戈铁马式的生活，然南渡以后长期闲置，放逐鹅湖等地二十年，这对胸有恢复大志的稼轩来说，清闲无为的生活无疑是精神折磨。面对此种人生遭际，稼轩心灵极力试图化解现实与理想的矛盾，觅求适意的生活方式。如此，陶潜的人格典范，自然便成为他所效法的对象。"须信采菊东篱，高情千载，只有陶彭泽"（《念奴娇》）；"东篱多种菊，待学渊明，酒与诗情不相似"（《洞仙歌》）；"千古黄花，自有渊明比"（《蝶恋花》）。言语之中，毫不掩饰对渊明的敬仰之情。他在《水龙吟》词中，更是缩短了时间上的间隔，将渊明视为心心相印的知己：

老来曾识渊明，梦中一见参差是。觉来幽恨，停觞不御，欲歌还止。白发西风，折腰五斗，不应堪此。问北窗高卧，东篱自醉，应别有，归来意。　　须信此翁未死，到如今，凛然生气。吾济心事，古今长在，高山流水。富贵他年，直饶未免，也应无味。甚东山何事，当时也道，为苍生起。

"梦中"相见渊明，"老来"方识"渊明"真面目。胸中"幽恨"深重，也难以有兴饮酒、吟诗。"白发"人似已不能忍受为五斗米而折腰。闲卧"北窗"，在丛林中自斟自饮，昏然酣醉，似乎如此方能回归自然，实现"自我"，由此词人感叹"此翁（陶渊明）未死"，至今凛然而有生气。"南山"精神也如高山流水一般，"古今长在"。即便他年"富贵"，词人也实感无味。甚而谢安的惊世壮业，也甚为微薄无谓。由此可见，词人心底所滋生出的"隐退"意识并非是出于沽名钓誉、"终南"捷径的功利考虑，而实为心灵解悟人生后的生活抉择。当然，寻求解脱而能否实现，这乃为问题的两个方面。但宋人对个体生活的理性思考，且自觉地予以价值衡定，这显示出主体意识在更高层次的超越。

四　"人类全体之性质"

那么，对宋词中生命价值的表现如何看待？这涉及到时代创作的评价问题。在此，有必要结合中国古代文化发展的分析，来确定宋词艺术创作的历史地位。本来，"认识自我，乃是哲学探究的最高目标"[①]。但是在中国，自汉代独尊儒术，将中国文化哲学纳入帝王政治统治的结构系统中之后，对"自我"的认识，实际上被社会秩序的道德规范所制约。个体的生存欲望、生命形式的反思，不是被视之为异端学说，就是被放在绝对服从的位置。苏联学者瓦西里耶夫认为，中国古代文化"存在和意识的问题一般来说，不是结合个人和个人知觉提出和解决的……在传统的中国人道主义中，义务感和必须按照一定的社会与伦理规矩行事居于主要地位。这最主要的不是某个个人的精

① （德）恩斯特·卡西尔：《人论》，上海译文出版社 1985 年版，第 1 页。

神潜力、智力丰富和全面发展，而是一切个人不论其个体素质和特点如何，都必须符合一定的社会角色"①。指导思想的失误，必然导致个体精神的压抑。释道思想虽然也能使人们的心灵得到一时的解脱，但毕竟因其学说极为空泛而不能给人们的生活实践提供充实的内容。这样，当人们内在的欲望与困扰无法在纯思辨的领域自由展露时，文学——这一交融感觉、情感、理性等多种意识成分的精神创造，个体意志却常常能充分舒展。在词的艺术天地，传统的名教礼数和忠君奉上等观念失去了强大的约束力，社会的等级差别也在一定程度消除，而人性的闪光却赋予这一艺术生命以勃勃生机，无穷活力。所以，对词审美意蕴的认识把握，就不能仅以传统的社会政治观念作为衡定的尺码，而应以个体生命的存在形式及对自我的认识这一角度，去分析宋词的生命意识。可以不夸张地说，宋词所表现出的生命意识，正体现了中国古代文人所意欲超越自然生存、追求身心相对自由的人生终极目标。在宋词中，个体的生存方式被置于审美思维的观照中心，人类的种种忧虑、烦恼也构成了艺术情感的主要成分，"自我"意识得到一定的升华，虽然在当时的时代背景下，此一人格精神还不可能有完美的塑造，但从历史角度而言，这已极大限度地实现了人性的完善。因而，尽管宋代文人所咏之情，似乎多为个体心灵的喜怒哀乐，有着鲜明的主观色彩，但"所写者，非个人之性质"，而是"人类全体之性质"②。当然，宋词的生命意识也包蕴了人生空漠虚幻感。不过，此正是人类自身苦恼所常常无法化释而寄求于宗教的思想根源，虽消极却又有一定的合理性。

---

① 伊·谢·科恩：《自我论》，三联书店 1986 年版，第 83 页。
② 王国维：《红楼梦评论·余论》。

第六章 宋词的时空艺术

时间和空间的观念，虽然现在已无法考证最早产生于何时，但是，这一对同人们生活有密切联紧的范畴，肯定早为人们所重视。人们悠游于茫然无限的天地之间，流盼山川草木自然之色，身感之寒暑流变，日月递嬗，逐渐地在头脑中形成了朦胧的时空意识。时空观的形成有一长期的发展过程。起先人们只是知道区分昼夜，以后随着生产的发展，人们意识感受力的加强，春秋、东西南北之分也渐为形成。到了战国时代，抽象思维有了飞跃的发展，时空的观念也能为人们用概念所把握。老子说："古往今来谓之宙，四方上下谓之宇。"① 这就是把时间推移称之为宙，把空间的四方称之为宇。孔子说："逝者如斯矣。"② 墨子说："始，时或有久，或无久；始，当无久。"③ 对时间运动的不可逆转性有了较为准确的把握。

中国诗歌创作也很早就注重时空的艺术表现，但这不是采用抽象概括的阐述，而是通过具体时序、实物的富有特征的描写，深蕴着人们复杂的意绪。就时间讲，"时缤纷其变易兮，又何可以淹留"（《离骚》）；"日月掷人去"（陶渊明《杂诗》）；"前水复后水，古今相续留"（李白《古风》）；"夕阳无限好，只是近黄昏"（李商隐《乐游

---

① 《老子·自然》。
② 《论语·子罕》。
③ 《墨子·经说上》。

原》)。在空间方面，"村墅敛暝色，云霞收夕霏"（谢灵运《石壁精舍还湖中作》）；"迢迢百尺楼……暮作归云宅"（陶渊明《杂诗》）；"山月临窗近，天河入户低"（沈佺期《夜宿七盘岭》）；"荡胸生曾云，决眦入归鸟"（杜甫《望岳》）；"遥望齐州九点烟，一泓海水杯中泻"（李贺《梦天》），等等。这种诗化的时空形式，不仅能表现出时间的永恒性和空间的无限性，较为完美地反映出人们的内在意识、审美情趣，而且也因其生动、丰富、精美无比的艺术表现，而产生极其强烈的艺术感染力，"变成带有普遍性和诗意的东西"①。

有宋一代，社会的政治、经济、文化有了很大的发展，人们的社会理想、内在情趣也同前人迥然有异。宋代社会始终处于变动、演化的状态之中，这动荡的四周往往又包裹着一层繁荣、兴盛的社会生活外壳。其时，朝廷重文轻武的用人政策，繁华的都市生活，已使人们倦于对武功的追求，而是返求于内，对现实抱一洒脱、放任的态度，企望一种精神上的安慰，生活上的平静，即使是在外敌当前、国情危殆之势威逼下也并未忘记。宋代文人时常生活在院宇亭楼、山水别墅，人们的情趣也相应而为"候馆迎秋，离宫吊月"（姜夔《齐天乐》）。处于这种悠然闲逸的境况中，在宋代文人思想情感直接坦露的表现形式——词中，空间、时间的因素就显得十分突出，这不仅是文人们所时常吟咏的对象，而且也是内在追求、期望的寄托形式。罗丹说过："有'性格'的作品，才是美的。"② 正是因为在宋词的时空艺术表现中显露了作者鲜明的个性、明确的爱憎，因而构成了宋词艺术美感的重要因素之一。

---

① 《歌德谈话录》，人民文学出版社 1978 年版，第 6 页。
② 《罗丹艺术论》，人民美术出版社 1978 年版，第 25 页。

　　从时间来看，这同人们对生活的眷恋、对人生的研讨有密切的联系。人的生活存在着一种悲剧：越是生活舒适，精神愉悦，越会感到时间的加快。与此相联系，好事的得而复失，又会使人感到似乎难以再求，一种人生空漠、茫然无所希冀的块垒常常沉重地压在人们心头。而这正是宋代文人所普遍存在的心理。宋代文人不是像初唐文人们处在一种风云变幻、跃跃欲求的时代氛围中，而是耽心于宁静康乐的院宇台榭之中，悠然闲适而又局促不安。因而时间的感受来得比唐代文人强烈、敏感，不是像初唐文人在壮烈、热情的追求中暂时忘却岁月，而是仿佛刻斤求两地计量时光。在词中，对时间流逝的无限性，对人生的短促，对时令的变化皆作了比较精深、透彻的研讨。因而时间的各种因素均被宋代文人所细致精微地盘算、体味，而唱出一些新调。

　　再从空间上讲。宋代文人或是登临山水，或是独倚危楼，总是有一种茫然无所适之感。内在的理想、企求，常常仿佛无法找到归宿，而只有在空旷的天际去寻求。"精骛八极、心游万仞"，茫茫无际的空间足以容许人们任意想象。正是因为宋代文人在庭院、山涧，环视周围的天地，总是那么专注、神往，仿佛悠然地追踪于无尽的空间，醉心地从自然之中吮吸情愫、灵感，因而其对自然景物的观察也尤为深邃、细腻。一山，一水，一草，一木，似乎皆可以窥见独特的情趣，洞察微妙的哲理。在词中，作家的个性、情趣浑融于天地万物之中，达到物我同化的境界，勾勒成较为完整的空间形式，因而其艺术表现也呈现着丰富多样的特色。

一 时间的诗化

宋人在词中对时间的琢磨、研讨是颇为精细、深刻的。这不仅是因为他们意识到时间能使万物发生变化，构成不同景色，而且更为重要的是他们往往随着时辰、节序的流变而激发起各种不同的情感。可以说没有一个朝代的文人创作有宋词那样表现出对时间的敏感、关注，描写得如此生动。

从宋人的词作中，可以不难发现时间概念表现最多的是春、夜，以及与之相对的秋、晨。通过这两对不同的时辰、节序，倾注了宋人极为强烈的个人身世之感，极为丰富的审美情趣，折射出时代生活、作家个性的一个侧面。

春的表现可以说是最为出色、生动的。春天在人们的心目中总是美好的：阳光明媚，草木繁茂，江流清澈，百鸟啁啾，大自然的景物拨动人们的心弦，使青春的活力经长期的冬日封闭以后也随着自然万物苏苏复醒，张开双臂拥抱整个大自然。伴随着心爱的人，弹起琴瑟跳跃在绿茵茵的草坪上，整个身心融化进这神仙般的境地之中，这是宋代人们所醉心的，所企望的。然而，现实总是不能同愿望相符合，逼迫人们在仕禄从武面前却步，因而欢乐之中常常又因独自孤身而兴趣索然。良辰愈好，愈感相亲相恋的生活幸福、美满，愈感到时光易逝。因而，春天给人们带来欢乐，也给人们带来痛苦。宋代文人逢春之时即景、即事而抒发的心情，自然也赋予春天不同的感情色彩，流露出不同的人之情趣。

后人选词常喜在词作之首标一小题："春愁""春恨""送春""迎

春"，等等，从这些小标题即可看出宋人对春日时光的表现大部分是感伤、忧戚的。

对春日来临的盼望，在一部分宋人词中，表现得尤为迫切："春色初来，遍拆红芳千万树。流莺粉蝶斗翻飞。恋香枝。"（晏殊《酒泉子》）"花事浅。方费化工匀染。墙角红梅开未遍。小桃才数点。"（黄升《谒金门》）在这儿作者通过对春日将至、万木复苏的物象描绘，吐露自己内心的盼春情绪。然而，对另一部分人来说，却又感到的不是欢乐、喜悦，而是焦躁、惆怅。这是由于此时似乎不少文人和亲人分离，孤独、冷漠，因而更恐春日佳时白白流去。"纵燕约莺盟，无计留春住"（陈允平《摸鱼儿》），似乎和燕、莺定好联盟，但仍无法将春留住。"怕洛中春色，匆匆又入，杜鹃声里"（王沂孙《水龙吟》），闻杜鹃鸣叫，恐春日消逝。在人们眼里，春日仿佛也和人一样，有着生命力的存在，而这生命力又是极为短暂的："春易老，相思无据"（刘镇《汉宫春》）；"春又老，笑谁同"（卢祖皋《鹧鸪天》）。正是人们在春日佳时，总感到好景是那么地短暂，希望是那么地渺茫，春日所带来的不是欢乐的陶醉，而只是痛苦的回忆。因而人们更时时对春又发出怨愤、责怪之心情："坠红飘絮，收拾春归去。长恨春归无觅处，心事顾谁分付"（王灼《清平乐》）；"是他春带愁来，春归何处，却不解，将愁归去"（辛弃疾《祝英台令》）；"春去也，飞红万点愁如海"（秦观《千秋岁》）；"恨春去，不与人期，弄夜色，空余满地梨花雪"（周邦彦《浪淘沙》）。这样，似乎就把春天看作是引起千愁万恨的根源。从宋代文人喜春又怨春的复杂矛盾心理表现可以见出，尽管宋人所表现的大都是对春的责怨，但是心底里真正对春日还是充满了喜爱。正是这一爱，他们才希望春日长久一些，而不希望"匆匆春又归去"（辛弃疾《摸鱼儿》）。这一点从宋人对春意的审美趣味中也可窥见一斑。在宋人眼里，春日的最好时节并不是万紫千红春满园时："一年春好处，不在浓芳，小艳疏香最娇软。到清明时候，百紫千红花正乱，已失春风一半"（李元膺《洞仙歌》）。柳枝吐嫩，燕子初归时，正是春意渐浓时节，万物充满了新鲜活力。这是一切希望的征兆，而到了花草繁茂之时，却使人惹生起美人迟暮、好景难驻的惆怅之情。有时宋人又把春日拟人化，比作美人，比作青春，来表现出内心对春的仰慕、喜爱之情："春风如客，可是繁华主……天寒日暮。老来心事，惟只有春知"（杜旟《蓦山溪》）。春日如客人一样，同主人结下了深厚的友谊，窃窃私语，惟只有春知人心事。"春意如人，易散苦难聚"（赵彦端《祝英台》），春光如行人，匆匆来，匆匆去。"东风寂、垂杨舞困春无力，春无力，落红不管，杏花狼藉"（杨炎正《秦楼月》）；"惜恐镜中春，不如花草新"（张先《菩萨蛮》）。这儿的春，显然是指美人之青春，流露了美人慵懒、惶恐的意绪。

总之，春天在宋人词中是重要的表现对象，几乎大部分文人词都要写到春。从宋人写春、叹春可以看出宋人对美好生活的企求，对时光的玩味，对人生真谛的探索。在许多词作中，凝聚了一种人类的共同的生活理趣。虽然在当时那种社会不可能真正地达到精神上的解脱、安慰，但宋人已明显地表现出了对生活方式的不满。

如果说在对春所表现出的喜爱、责备之中深蕴了浓郁的留恋之情的话，那么在宋人对秋时所咏的词作中，就很难看到清新、欢快、嗔怒的表现。时间沿及秋时，更好像一层层地添加了宋人心中那种黯然、凄怆的色彩。因而在宋人词中所出现的秋景大都是呈现着清幽冷艳的色调，充满了萧条、冷落的气氛。"江枫渐老，汀蕙半凋，满目败红衰翠，楚客登临，正是暮秋天气。引疏砧，断续残阳里。对晚景，伤怀念远，新愁旧恨相继"（柳永《卜算子》），江边的枫叶红了，蕙叶开始凋落，极目所见都是败落的残红和残淡的翠色，再加上作者登临远望之时，正是夕阳西下，给整个天地抹上了昏暗之色。苍凉黯然的一副深秋时景使作者那种伤怀念远的心绪更为恸伤、心酸，"新愁旧恨"萦绕心头。春日在宋人眼里是景好情凄，但嗟叹之中毕竟还充满了希望，而秋时则是景色败落、惨淡，心情更为凄切、黯伤。"秋寂寞，秋风夜雨伤离索"（孙道绚《忆秦娥》）；"秋风秋雨，正黄昏。供断一窗愁绝"（程垓《念奴娇》）。因而，宋人在写春时，所表现的心情是惟恐春光早早逝去；而在咏秋时，则正反其意，深惧秋日时光更长，来得更早，"留取旧时欢笑，莫共秋光老"（韩维《胡捣练令》）；"怕梨花落尽成秋色"（姜夔《淡黄柳》）。

宋词中表现晨日的并不常见，有的也大都是描写游子出征时的情状。虽然词作不多，但大都写的还是清新、淡雅。周邦彦的《浪淘沙慢》："画阴重，霜凋岸草，雾隐城堞"，就描写出一个霜冷露重、晨色朦胧的晓日，游子和亲人送别时的场面。

与晨相反，宋人的情趣更多地表现在晚景之中，而且各显其长，描写得极为别致，情感的寄托也尤为深沉、强烈。夜是宁静、幽深的，夜适应于人们静思默想，有充裕的时间给人们去思考，去欢乐。中国古代文人总喜欢独自一人在沉寂的深夜登楼望远，让习习晚风撩起心中思念的浪花。黑暗、幽静的夜，给人一种壮观、深沉的感觉，那无法窥见其边际的空间，能够使人们的思绪无止地伸展。故宋人词中所出现的夜景较少灯火通明、车马喧闹的场面，大都是清凉、明净、淡雅、幽深："暮云收尽，霁霞明。高拥一轮寒玉，帘影横斜房户静，小立啼红蔌蔌。素鲤频传，蕉心微展，双蕊明红烛。开门疑是，故人敲撼窗竹"（吕渭老《念奴娇》）。暮云晚霞消失在夜幕之中，一轮玉月冉冉升起，一"拥"字，富有情趣，具有时间推移的动作性。月照院宇，帘影垂地，万籁俱静。然而，宁静的夜里，蔌蔌的落叶声，湖中鱼群的戏水声，芭蕉的开叶声又隐约可闻，静中有声，声表现出动，动得是那么富有奇趣，描写得是那么地透脱。像如此生动地表现夜色，寄予人们对夜时的眷念，对来日惆怅的词还很多。"小阑干，月高人起。千枝媚色，一庭芳景，清寒似水。银烛延娇，绿房留艳，夜深花底。怕明朝。小雨濛濛，便化作燕支泪"（王沂孙《水龙吟》）；"纷纷坠叶飘香，夜寂静，寒声碎。真珠帘卷玉楼空，天淡银河垂地，年年今夜，月华如练，长是人千里"（范仲淹《御街行》）。

然而，夜在人们心目中印象最深、感触最强烈的莫过于月。繁星万点，明月当空，总给人以一种静穆、肃然之感。再加上那如水泻的月光普照大地，更使人感到能够将心事遥托。因而，明月在人们的心目中，便产生了一种又喜又惧的心理活动，而这同宋人对春的态度颇有相似之处。试看宋人是多么地喜爱明月之夜："堪爱处，最好是一川夜月光流渚"（晁补之《摸鱼儿》）；"月明知我意，来相就"（毛滂《感皇恩》）。但是，真的明月当空、银光洒地之时，宋人有时却又惶恐、凄伤，悲恸不已了："都道晚凉天气好，有明月，怕登楼"（吴文英《唐多令》）。人皆说夜好，唯独他怕见月，只是因为"只应明月最相思"（魏杞《虞美人》），恋人远在天涯，故感受不已，怕月引愁。也正是因为他有此种感受，故在别人月下纳凉闲谈之际，他却能寄情于词中，而聪明地知道月是无法将愁绪托付的。所以，宋人有时对明月流露出不满之意："明月不谙离恨苦，斜光到晓穿朱户"（晏殊《蝶恋花》）。有时看到月的时态变化，也托之以情："怎得人如天上月，虽暂缺，有时圆"（周紫芝《江城子》），看到月有缺时，就伤心于人有离合。但有时也时常地出现"人有悲欢离合，月有阴晴圆缺"（苏轼《水调歌头》）这样一些舒坦、旷达并带有哲理的词。

宋人对自己的现实生活总是不太满意。虽然有时也有欢乐，但更多的时候则是表现得尤为凄伤、哀怨。这一方面由于他们常常处在境地冷落、景色萧条之中，而更重要的是他们一般都有一个自认为美好、幸福的过去，因而今与昔的时间概念在宋人词中就表现得尤为分明。他们常常在词中出现两种不同时间的遭遇，表现出一快乐、一痛苦，通过截然不同的场面对比，从而更加加重词中感伤的情调。

> 去年元夜时，花市灯如画。月到柳梢头，人约黄昏后。　　今年元夜时，月与灯依旧，不见去年人，泪满春衫袖。（欧阳修《生查子》）
>
> 去年今夜，同醉月明花树下。此夜江边，月暗长堤柳暗船。　　故人何处？带我离愁江外去。来岁花前，又是今年忆昔年。（吕本中《减字木兰花》）

时隔一年，同是此夜，昔时同游人欢乐取笑，而今却彼此隔音尘，不知恋人在何处？因而，作者常常感到"狎兴生疏，酒徒萧疏，不似去年时"（柳永《少年游》）。有时这一时间的差异直接地表现了词中主人公不同的身世遭遇，而不只是抒发一些相思之情："珠帘寂寂，愁背银缸泣。记得少年初选入，三十六宫第一。当时掌上承恩，而今冷落长门，又是羊车过也，月明花落黄昏"（黄升《清平乐》）。这里写的是一女昔日受宠、今日遭弃的苦痛。不同时间，两种遭遇，对比异常鲜明，感情的表现尤为沉痛。

由忆昔而伤今，痛感昔日之乐不可再得，岁月之逝不可倒流，因而宋人词中常常流露出叹息时光流逝、好景不常在的颓伤、凄恻之情。时光的无形流动，在宋人心头刻下了深深的痕迹，引起了强烈的反应："念前事，怯流光，早春窥，酥雨池塘。向销凝里，梅开半面，情满徐妆"（史达祖《夜合花》）；"念过眼光阴难再得，想前欢，尽成陈迹"（曹祖《忆少年》）。嗟叹的多么沉痛，描写的多么贴切，北宋文人晏殊有一著名的词《浣溪沙》，其中有一句"夕阳西下几时回？"发问得多么奇特。这正表现出作者对时光不可再得的痛切。下句"无可奈何花落去，似曾相识燕归来"，是对上句的补充、交代。花落、燕归正表现出了作者对年华逝去的无奈之情。正是痛感到世事渺茫，人生短暂，由此宋代文人经常冷静反省，深刻沉思人生的价值："叹人世相逢，百年欢笑，能得几回又"（何梦桂《摸鱼儿》）；"饯旧更新，能消几刻光阴""朱颜那有年年好"（韩疁《高阳台》）。这些词中所流露出来的是一种对时光的感伤、喟叹，对人生价值的内在解剖。这种认识虽然寓有消极成分，但也不得不承认他们对生命存在的认识是清醒的，深刻的。往往正是这样一种对人生的态度，人的生存意义才为人们格外珍重，宋代文人才能唱出"香雪精神依旧否？风月谁怜虚度"（黄机《酹江月》）；"独立雕栏，谁怜枉度华年"（王沂孙《高阳台》）。时光的价值才尤为人们所重视："此生此夜不长好，明月明年何处看"（苏轼《阳光曲》）；"待他年整顿、乾坤事了，为先生寿"（辛弃疾《水龙吟》）；"须信道，欲买青春无价"（管鉴

《洞仙歌》)。如前所说，宋人的生活兴趣在院宇、亭楼，像辛派词人那种寄希望于战场的驰骋、功名的建立的宏大抱负是不多的。所以，宋人的时间价值不是像唐代文人那种用"济苍生""救寰宇"来作为标准，而是采用了另一标准，寻找爱情的永恒："两情若是久长时，又岂在朝朝暮暮"(秦观《鹊桥仙》)。自然，对事业，对爱情我们不能武断地规定谁重要，谁不重要，而这对人来说均是不可缺少的。同唐代文人在诗中偏重于事业的成就一样，宋代文人在词中侧重于爱情生活的向往也同样是应该引起重视、肯定的。

正是因为宋人是满腹心事地看待时光，将自己内在的感情融合进岁月的流逝中，因而常常时光的内容能够根据作者的心绪而有不同的表现，并带上作者强烈的主观色彩。"有情风万里卷潮来，无情送潮归"(苏轼《八声甘州》)，似乎潮水的涨落时间也要由人的心计来决定，作者明显地体现出左右时光的气魄。时光的持续性本是均匀、无快无慢的，但在宋人眼里却并不这么看。夜里独自相思在客楼、候馆之内，"乍觉别离滋味"时，就会感到"夜如梦，焚香独自语"(周邦彦《尉迟杯》)，甚至还会责怨："月色与花光，共成今夜长"(吕本中《菩萨蛮》)。有时相思之情极深，便会感到"一从灯夜到如今"(贺铸《减字浣溪沙》)，夜仿佛是凝固、永恒的，虽然时光也在流动。此情可谓痴也，但令人感到情感深沉、激越，能产生心理共鸣。在作者时逢佳景、忆昔嗟事之时，往往时光的表现又显出了不同的特色，不是拉长而是缩短。忆昔："四十三年如电抹"(苏轼《木兰花令》)；"二十余年如一梦"(陈与义《临江仙》)。伤时："一叶落，几番秋"(贺铸《独倚楼》)；"春归如过翼，一去无迹"(周邦彦《六丑》)；"屈指数春来，弹指惊春去"(高观国《卜算子》)。

宋词中出现的众多的时间概念以及丰富的艺术感受，使得宋代文人的艺术创作表现也逐为精工、圆熟起来。中国古典诗歌很早就采用了比兴的艺术手法，在《诗经》《楚辞》中比比皆是。以后，经过人们不断地摸索、实践，逐渐地形成了完整的理论，揭示了其实质，因而更为人们所重视。在宋代词作中所出现的时间概念，就有许多采用了直写事物、借喻时间的方法，因而使得作品含蕴更深，更为贴切生动，令人玩味不已，具有极强的美感。作者可以用花朵的开放表示时光的流逝："消几番、花落花开，老了玉关豪杰"（周密《瑶花慢》）；从垂柳色彩的描写来说明经年度月："段桥几换垂杨色"（周密《秋霁》）；以东风、燕子、桃李的描写来写新春又到："秦楼东风里，燕子还来寻旧垒……又是一番新桃李"（无名氏《渔游春水》）；用歌楼舞榭的残败象征岁月无情："舞榭歌台，风流总被雨打风吹去"（辛弃疾《永遇乐》）；用长江水来表示时光之漫长："千古兴亡多少事，悠悠，不尽长江滚滚流"（辛弃疾《南乡子》）；用燕子离去，黄梅雨来比喻春天之逝："燕子衔将春色去，纱窗几阵黄梅雨"（秦观《黄金缕》）；用西风表示秋天已到："恨西风不庇寒蝉，便扫尽，一林残叶"（张炎《长亭怨》）。从以上可见，宋人在表现时光的不同内容时，总是能够比较准确地把握住某一时节的特征，以此隐蕴着一种象征意义，使艺术表现更为集中，更为形象。

二 空间的诗化

宋人张炎在其《词源》中揭橥"清空"之说。他认为，"清空"之作"如野云孤飞，去留无迹"，给人的感受是"神观飞越"。沈祥龙在《论词随笔》中释"清空"道："清者，不染尘埃之谓；空者，不著色相之谓。清则丽，空则灵。'如月之曙，如气之秋'，表圣品诗，可移之词。"因而，实际上这种"清空"，也就是词中所勾画的怅然无边、深沉幽渺的空间，启动人们的心灵，浮想联翩，游想无际。清人王国维的境界说，也是对词中空间艺术的具体概述。张炎、王国维都已朦胧地觉察到词中的空间艺术表现，并且也用较为准确的概念把握，但对于宋词空间艺术的具体因素则未能洞察深奥，阐述精致。

宗白华在《美学散步》中谈到中国诗画的空间意识表现时说，中国画"人与空间熔成一片，俱是无尽气韵生动""中国艺术意境的构成，既须得屈原的缠绵悱恻，又须得庄子的超旷空灵。缠绵悱恻，才能一往情深，深入万物的核心，所谓'得其环中'。超旷空灵，才能如镜中花，水中月，羚羊挂角，无迹可寻，所谓'超以象外'"。我认为上述诗书的空间特点，也同样适合于宋词的空间艺术表现特点。

宋词中登临之作的空间构成一般较为空旷、深远。这其中一方面展现了大自然的辽阔、广大，另一方面也反衬出作者不竭的企求、滔滔的情思。朱敦儒的《相见欢》：

> 金陵城上西楼，倚清秋。万里夕阳垂地，大江流。
> 中原乱簪缨散，几时收？试倩悲风吹泪，过扬州。

作品空间角度的起点在城楼上，由高向下俯视，展现在眼前的不是山陵、楼阁，而是能见到夕阳西下的一望无际的大地和滚滚东流的大江之水。空间的平阔、旷远，能使下阕作者那种感愤国事的哀伤心情随境地的深远而无限制地延伸。有时这种恢宏的空间表现又十分地幽静、深邃。"关河万里寂无烟，月明空照芦苇"，这种旷静的空间，再回顾到上面所描写的"漫漫白骨蔽川原"（曹豳《西河》），就足以反映出一场残酷战争后的萧条、冷落。宋词中有时所出现的空间，是天和地、山和水连成一片，由此而铺展开去："山抹微云，天连衰草"（秦观《满庭芳》）；"暮烟细草粘天远"（卢祖皋《水龙吟》）。正是通过这种开阔的空间形式表现，来显示出作者内在探求无限性之中所包含的惆怅、迷茫的心情。

　　宋人对闺阁中男女欢爱的生活怀有极大兴趣，因而他们对在庭院中所见到的草木、楼阁也观察得十分细致，在词中常常通过一些微小的景物描写来构成一个小小的空间形式，刻画出作者心中细微的心理活动变化。在这方面，王国维在《人间词话》中所称道的两句宋词颇有代表性："'红杏枝头春意闹'，著一'闹'字而境界全出；'云破月来花弄影'，著一'弄'字而境界全出矣"。"云破月来花弄影"，实际上已表现出一大一小空间。"云破月来"是大空间，"花弄影"是小空间，大小空间相互衬照，彼此牵连，使整首词构成了一幅天上地下完整的立体画面。"红杏枝头春意闹"，"春意闹"，这一抽象地概说被象征枝头花儿吐苞那种生气勃勃的情状，这一枝头小空间的细微变化包孕了自然空间的演变之趣。柳永的《望远行》："绣帏睡起，残妆浅，无绪习红补翠。藻井凝尘，金梯铺藓，寂寞凤楼十二。风絮纷纷，烟芜苒苒，永日画阑，沉吟独倚。望远行，南阳春残悄归骑。"通过对藻井凝尘、金梯铺藓、风絮纷纷、烟芜苒苒这些院宇空间的细致刻画，反映了女子那种形单影只、百无聊赖的心境。

　　如果说大空间的勾勒比较简洁、雄浑，那么小空间的描写则比较细腻、生动；大空间是用粗笔刷色，构成浓重的水墨画，小空间则是用工笔描绘，形成细线条图案。

宋人不仅在词中描绘出一个个大小空间，而且还往往在词作中以大小空间形式的相映、糅合，作为情调的渲染。这样，既有大场面的景物铺展，又有小场面的细腻描写，而且所构成的空间跳跃也颇能反映出作者内在的细微意绪，获得"近而不浮，远而不尽"①的审美感受。像"林外野塘烟腻，衣上落梅香细。瘦马步凌兢，人在乱山丛。憔悴，憔悴，回望小楼千里"（周紫芝《宴桃源》）。首句出现的空间较大，表现了作者对外界的厌倦之情；次句则以衣上落梅显示出作者那种无所用心的情绪。有时则是先表现小空间，然后再写大空间，"重门深院，草绿阶前，暮天雁断，楼上远信谁传？恨绵绵"（李清照《怨王孙》）。小空间幽闭、细致，大空间空旷、渺远；小空间表现作者身处之境，大空间则是恋人远游之地。大小空间相互映视，体现出了作者的心理活动。

宋词中大小空间艺术表现的另一特色，就是大小空间的互相安置，即寓大于小，置小于大。这既显露了词作的奇趣，又更加清晰地见出作者内在的意绪。

作者往往在一个小空间里包孕了极大的事物。例如把风月载入舟船之中，"扁舟载风月"（曾肇《好事近》）。置湖山、江水于小小酒杯之中："湖山尽入尊罍"（姜夔《法曲献仙音》），"便挽得江水入尊罍，浇胸臆"（赵鼎《满江红》）。能将笼山之雨卷入门帘之中："奈珠帘，暮卷西山雨"（刘克庄《贺新郎》）。一滴露珠也能容纳空中之物："白露收残月"（僧挥《南柯子》），多么富有奇特情趣的想象啊。

①　司空图:《与李生论诗书》。

正是因为作者自身是"胸中云海,浩然犹浸明月"(朱敦儒《念奴娇》),故山川、明月能置之于小空间也就不足为怪了。作者就是通过这种大空间的小化,时光的浓缩来形成物我统一,从而达到表现出内在不同心绪的艺术效果之目的。

同寓大于小相反的是置小于大,这是一种先以展开大空间,然后将小事物置于其间,形成强烈的气氛烘托和艺术对比,从而表现出无限和有限,物同我的矛盾统一。姜夔的《八归》:"渚寒烟淡,棹移人远,缥缈行舟如叶。"江河幽远,冷峭,烟雾缭绕,一派"暮霭沉沉楚天阔"的天地。而在这旷远、无限的空间中,一叶小舟行之水上,而且"缥缈"两字足以显示出孤帆远影的虚幻、深远。这种置小于大的艺术表现,既能展现出游人行踪无迹,又能反映出恋人的迷惘忧伤之情。其他表现小舟的还有,"冻云暗淡天气,扁叶一舟,乘兴离江渚"(柳永《夜半乐》);"数片轻帆天际去"(石孝友《临江仙》)。如果说寓大于小可以表现出作者那种气吞山河的气概,那么置小于大就能造成一种虚兮渺兮、"恍兮惚兮"的凄迷、渺茫境界。这表现的是一种求而不可得的惆怅,又是一种似有所得的企望,内在的矛盾、彷徨造成了作品中空间旷远而不知所终、微妙而游荡于无限的互相烘托,由此而构成深远的意境。

宋词中的大小空间一般都令人有一种静寂、安宁之感,仿佛作者在这种有节奏感的空间中更有利于思考,思绪可以延伸到更远一些,时间可以更长一些。但正是因为是以宁静的场面为底色,因而往往在静中可以窥见到许多细微的"动"。这些富有特征性的"动",使整个空间又避免了死气沉沉,苍白无力,使人感受到心灵生命的火花,时代脉搏的跳动。像上面的"云破月来花弄影""红杏枝头春意闹",不正是因为静才体现了动吗？不正是因为这"动"，才使"境界"顿出，灵气荡游，奇趣妙生吗？再像"天接云涛连晓雾，星河欲转千帆舞"（李清照《渔家傲》），星河在人们眼中为静止的，但在词人笔下却非但不静，而且整个旋转。再加上云涛、千帆就使得整个画面非静而动了。柳永的《满江红》也是处理得极好的一篇佳作：

> 　　暮雨初收，长川静，征帆夜落。临岛屿，蓼烟疏淡，苇风萧索。几许渔人飞短艇，尽载灯火归村落。遣行客，当此念回程，伤漂泊。　　　桐江好，烟漠漠。波似染，山如削。绕严陵滩畔，鹭飞鱼跃。游宦区区成底事？平生况有云泉约。归去来，一曲仲宣吟，从军乐。

整个词境是由暮雨、山川、岛屿、芦苇所组成的，空间是空寥的，苍茫的，虽然也有飒飒风响，但却令人感到冷漠、荒凉，缺乏生气。但用了短艇滑动、"鹭飞鱼跃"数笔点染以后，情况就大不一样，整个画面顿感活了。既有清凉、淡冷的自然底色，又有充满令人心悦的声响荡漾在空间。

　　宋人的空间意识并不仅仅限于眼前的空间形式，而是经常地超越时空，想象地拟就虚幻然而又极富真实性的空间，来表现作者那种驰骋想象于江海之上的胸怀。查荎的《透碧霄》是一首比较成功的代表作："想斜阳影里，寒烟明处，双桨去悠悠。爱渚梅，幽香动，须采掇，倩纤柔。艳歌粲发，谁传余韵，来说仙游。念故人留此遐州。但春风老后，秋月圆时，独倚江楼。"这里写了别离之后的相思之情，而对情人的思念则是通过异处的空间——恋人所处环境的想象来表达的。恋人所处的空间是夕阳的阴暗灰冷、烟雾的缭绕盘旋，空间的背景弥漫着一种迷离惝恍、行踪难寻的气氛。然而，空间中具体的人和物则是充满着欢乐、轻松的节奏情调：双桨划舟轻悠悠地在湖面上滑动，梅花绽放沁人的幽香，美人舒展纤柔、粉嫩的素手，采撷着朵朵梅花，吟唱着悦耳的歌声。这一切空间的构成要素皆是借想象而成就的，可见其极为工细、形象，充满了动人的韵味，犹如一幅瑰丽多彩的生活画面。宋人词中表现这种身落两处空间的作品还有很多："想佳人妆楼颙望，误几回天际识归舟"（柳永《八声甘州》）；"甚夜深，尽照孤衾，想玉楼，犹凭阑杆，为我销凝"（王亿之《高阳台》）；"念故人千里，自此共明月"（寇准《阳关引》）。尤其是赵汝茪的《梅花引》："惟有月知君去处，今夜明，照秦楼，第几间？"超脱空间，寄希望于月，通过月折照见恋人去处，由此而形成了立体的空间之角：思妇→月→游人，两处空间由月为媒介而形成浑融一体的大空间，空中有物、有人、有月、有光，而更重要的是有情游荡其间，令人感到月色苍凉，境地冷落，思人憔悴。这种空间的超脱，更为明显地表达了作者那种思念亲人的强烈感情，加强了作品中那种忧戚、伤感的情调，并使作品意深味永，耐人寻味。

空间超脱的另一表现形式是梦境。宋人词中常常出现梦境，这可能是因为宋人思念迫切，难以排遣而寄之于梦。在梦里，作者的游思也往往绝无拘羁地四处游荡，不为时空所限，表现出作者那种刻意寻求的意旨。这里面有思念故乡之梦："夜来幽梦忽还乡"（苏轼《江城子》）；有思念游人之梦："梦随风万里，寻郎去处"（苏轼《水龙吟》）；有怀念沦陷于外族侵略的国土之梦："梦回辽北海，魂断玉关西"（朱敦儒《临江仙》）。各种梦境皆能完美妥帖地表现出作者内心强烈的追求，迫切的愿望，使读者能随着作者的笔触浮想联翩，感慨遥深。

宋词中空间艺术表现的又一特色是有时缩短空间的距离，把天上地下事物的相离作夸大的衔接，从而增强作品的艺术感染力。在这方面写月的很多，这可能因为夜色明净，月光皎洁，因而位于高楼的思人有一种伸手可触之感："短鞭敲月，此地经行知几年"（卢祖皋《沁园春》）；"月边满树梨花"（周紫芝《朝中措》）；"人去秋千闲挂月"（吴文英《望江南》）。表现其他的还有："断云低古木，暗江天"（吕渭老《满路花》）；"天在阑干角"（杨炎《水调歌头》）；"断桥人，空倚斜阳，带归愁多少"（陈允平《垂杨》）。

宋词中空间形式的艺术表现手法受到了中国古代画法的影响。清人王夫之在《诗绎》里说："论画者曰：咫尺有万里之势，一势字宜着眼。"明人董其昌说："远山一起一伏则有势，疏林或高或飞则有情，此画之诀也。"① 中国画家讲究画中之"势"，因而他们不是用浓笔涂抹整个画面，而只是用重墨数笔勾勒出线条，而留下空间或为天空，或为江海，形成一种宇宙灵气往来、生命流动之势。而且，整个画面由近至远铺展开去，不是造成一种直落直上的跳动，而是形成一种朔气直上、由明至幽的气势，令人有一种壮观、深邃的美学感受。

宋词中的空间艺术表现，也吸收了中国画上述艺术表现手法。宋词中所出现的空间往往也是以烟云缭绕、江水涵漫为底色，而略带数笔，点缀图画："烟横水漫，映带几点归鸿"（贺铸《石州引》），境像旷渺深远，自我身心浑然融化进无限的自然、无涯的太空中。"烟

_____

① 《画旨》。

树远，寒鸿孤，垂垂天影带平芜"（石孝友《鹧鸪天》），也是旷远渺茫，一点孤鸿隐映在苍天之中，忽隐忽现，游荡空间。而柳永的《诉衷情》："雨晴气爽，伫立江楼望处，澄明远水生光，重叠暮山耸翠。遥认断桥幽径，隐隐渔村，向晚孤烟起。"则是一幅清新、工致的山水图画，令人如见其画，如临其境。

宋词空间形式，往往是由近至远地铺展开去，这种逐步展开的艺术表现手法，即造成了中国画中那种蕴含于内的"势"，这是一种来得迅急、去之无限的"势"，是一种灵气摇荡、精力弥漫的"势"。"雁落平沙，烟笼寒水。古垒鸣笳声断。青山隐隐，败叶萧萧，天际暝鸦零乱。楼上黄昏，片帆千里归程。年华将晚，望碧云空暮，佳人何处，梦魂俱远"（蔡伸《苏武慢》）。沙滩、江水、古垒是近景，青山、暝鸦、片帆是远景，近、远景构成空间立体形式，词中景色所蕴之"势"，似乎是无限地伸延，反映出游人遥思千里，"梦魂俱远"的心理。这种铺叙的艺术效果，常常气势格外奔放、激越，感情极为强烈。

宋词的时空艺术是一个颇为精深的问题，本文所论只能举其荦荦大端，起一抛砖引玉的作用，以引起学术界的注意。对宋词时空艺术的探讨，将有助于提高我们对宋词的艺术鉴赏水平，拓宽词学研究的新天地，使这一古代珍贵遗产闪耀出更为奇异的色彩。

第七章　词体的审美感知层

　　文学创作是精神化的生产活动，它的创造思维也符合人类认识活动的一般规律。马克思曾说："观念的东西不外是移入人的头脑并在人的头脑中改造过的物质的东西而已。"[1] 因而，人的思维既离不开对客观世界的感知，同时又包容着积极的主观创造功能。同样，文学创作往往取决于作家对外象的感知，现实生活的无穷变化无疑是作家创造主要的也是最重要的信息来源。当外在现象的种种形态经由作家艺术化加工、改造以后，便以完美的意象群体，结构成作品有序而统一的审美感知层。

　　词的生成与完善，有一持续性的历史演化过程。然而当它以"自觉的形式"被创作者所接受且掌握以后，即凭借其精美的外形、动人的情蕴，显示出艺术生命的勃勃生机。晚唐五代的花间词，虽也曾遭到后人的极力贬斥，但它"简古可爱"[2]，"一种奇巧，各自立格，不相沿袭"[3]，也比较成功地创建了词体的基本格式。花间词人的创作，尽管并未自觉地形成凝聚力较强的创作群体，但其艺术风貌却呈现出极为相近的审美品性，其中尤为突出的则为审美感知层的精细刻画。前人曾评《花间》词，"风流华美，浑然天成。如美人临妆，却扇一

---

① 《马克思恩格斯选集》，人民出版社 1972 年版，第二卷第 217 页。
② 陆游：《花间集跋》，《渭南文集》卷三十。
③ 王灼：《碧鸡漫志》卷二。

顾"①，"熏香掬艳，炫目醉心"②。"风流华美""熏香掬艳"，即点明了花间艺术偏重感知表现的审美特性。

一 调和之美

审美感知乃为作家思维活动的重要环节。作家萌发创作灵感，常常是取因于外部世界与内在心灵的相互契合，或心感于物，或移情于物。客体对象（包括人物、景物）作为表情的中介形式，常常具有双重作用。一方面外象本身即构成作品的表现成分，另一方面物态的艺术创造又能充分显示出文体相对稳定、鲜明的艺术情调。花间词人结构词境，较为注重直观感受的描写。词人似乎沉溺于审美感知层次的玩味、享受中，从物体的外化形态获致心灵的极大满足。词审美感知层的表现类型，以人物形象的塑造最为注目。晚唐五代词大多为"代言体"（即以女性为作品主人公）形式，所以创作主体常将人物形象作为审美对象。在实际创作中，词人变换着笔法予以精细的写照，借以传达出自身的审美价值观念。如温庭筠的两首《南歌子》：

> 倭堕低梳髻，连娟细扫眉。终日两相思，为君憔悴尽，百花时。
> 脸上金霞细，眉间翠钿深。倚枕覆鸳衾。隔帘莺百啭，感君心。

---

① 郭麐：《灵芬馆词话》。
② 况周颐：《历代词人考略》。

梳鬓、扫眉、脸霞、粉面、倚枕等动作、容貌，描写得细腻、生动，较好地体现出人物的体态、丰姿。虽然结句点情，"为君憔悴尽，百花时"，"隔帘莺百啭，感君心"。然相较而言，人物形貌的具体特征，给人的审美印象更为深刻。晚唐五代词人创作，温庭筠可谓最具代表性，人称"《花间》之冠"①。温庭筠著名的《菩萨蛮》组词四十首，首首以女性为表现对象，而且作品所展示的艺术世界，人物、场景的特征性描绘尤为突出。例如：

> 小山重叠金明灭，鬓云欲度香腮雪。懒起画娥眉，弄妆梳洗迟。　　照花前后镜，花面交相映。新帖绣罗襦，双双金鹧鸪。

小山、鬓云、香腮、娥眉、弄妆、照镜、花面、新帖、罗襦、鹧鸪等，从人物外貌、服饰、动作等方面，予以重笔反复叠加、铺陈，给人审美感知以不间断的视、听触动。词作整体浑融着一股浓郁的香软气息，映衬出丽人慵懒无绪的闲闷心态。此时另一著名词人韦庄，其词作"清艳绝伦"②，个体身世之感融贯其中。因而相对而言，外观表现趋于淡化，心灵的抒发有所强化。但韦庄词的基本格式仍未跳出花间词创作樊篱，词中女性美的塑造仍占了大多数，以外部形态的精美造型表露人物的内在心绪，尚是作品主要的艺术表现形式。如《女冠子》：

> 四月十七，正是去年今日。别君时，忍泪伴低面，含羞半敛眉。　　不知魂已断，空有梦相随。除却天边月，没人知！

---

① 黄升：《唐宋诸贤绝妙词选》。
② 周济：《介存斋论词杂著》。

此词格调疏放，人物情态的呈现也较为逼真，然"'忍泪'十字，写别时状态，极真切"①。这两句十字，具有"传神写照"的审美效果。女性那粉脸微倾、秀眉稍敛的神态，正反映出人物内心羞怯、凄怨相互交加的复杂心理变化。其他尚有"露桃宫里小腰肢，眉眼细，鬓云垂，唯有多情宋玉知"（《天仙子》）；"云鬓坠，凤钗垂，髻坠钗垂无力，枕函欹"（《思帝乡》），皆多侧重于人物外貌的具体描述，如"初日芙蓉春月柳，使人想见风度"②。

　　同样作用于审美感知的乃为词中的物象部分。宋人范晞文曾言："景无情不发，情无景不生。"③ 明确强调了情与景的相互作用。此种审美意识，也为中国古代文人所普遍接受。花间词常以较为精确、简练的语言，不是铺陈而是点化某一物象的具体特征，物象表现于词作场景的描绘中有相对的独立性。由表现对象（男女恋情）所限定，花间词构景一般较为狭小，立足点多限为亭院闺阁，而且物象的出现也常带有女性化色彩，类型化倾向较为突出。词中出现的物象，多为微雨、断云、疏星、淡月、双燕、鸳鸯、柳絮、落花、残红、芳草、玉屏、绣帘等，给人以较为鲜明的图式感。如温庭筠的《更漏子》：

　　　　柳丝长，春雨细，花外漏声迢递。惊塞雁，起城乌，画屏金鹧鸪。　　香雾薄，透帘幕，惆怅谢家池阁。红烛背，绣帘垂，梦长君不知。

---

① 唐圭璋：《唐宋词简释》上海古籍出版社 1981 年版，第 18 页。
② 周济：《介存斋论词杂著》。
③ 《对床夜话》。

词中"柳丝长""春雨细""惊塞雁""起城乌""香雾薄""透帘幕""红烛背""绣帘垂"等,以极简练的词语刻画出客体的内在神韵,描摹物态皆极贴细。而且每句一景或一物,转换递变,局部的细节描写与整体的场景构成,基本上稳定在感知区域,心灵的触动感并不强烈,审美思维趋于横向性的拓展流动。词作虽然内蕴有人物情感成分,但物象的变化对词境创造起决定性的制约作用。再如温庭筠的《菩萨蛮》:

> 水精帘里颇黎枕,暖香惹梦鸳鸯锦。江上柳如烟,雁飞残月天。 藕丝秋色浅,人胜参差剪。双鬓隔香红,玉钗头上凤。

词中物象纷呈,色彩艳丽,"一开始就写帘,接着写枕头,写绣被,写江上早晨的景物,写女人的服饰和形状,自始至终,都是人物形象、家常设备和客观景物的描绘,五光十色,层见叠出,使人目迷神夺……简直是一幅完整而又鲜明的异常动人的画面"[①]。表象的色彩、形态,以其极强的表现力触及人们的审美感知,使本来无生命的物体添著光色,极富情趣。故吴衡照评曰:"作小令不如此著色,便觉寡味。"[②] 丁寿田也曾云:"飞卿词每如织锦图案,吾人但赏调和之美可耳,不必泥于事实也。"[③]"调和之美",确为温词安排物象、结构词境所具有的审美特色。

---

① 詹安泰:《宋词散论》,广东人民出版社1980年版,第142—143页。
② 《莲子居词话》。
③ 《唐五代四大家词》中篇。

二　词情淡化

文学创作虽离不开对现实的反映，但作家的感知活动也不是处于被动地位。从现代心理学角度来看，人的知觉活动，"起因于主客体之间的相互作用，这种作用发生在主体和客体之间的中途，因而同时既包含着主体又包含着客体"①。人的知觉尚且如此，作家的审美感知就更不是静止地反映或消极地记录。作家自身情感意识、审美情趣等诸种主观因素，也在一定程度上作用于审美感知的实践活动。"登山则情满于山，观海则意溢于海"②，就说明了情志在审美感知活动中所起的调节、创造功能。

前节强调了花间词侧重审美感知的表现，但并不是说其词就一定疏于情感的抒发。温庭筠词"类不出乎绮怨"③，就表明有着较为鲜明的情感倾向。然而，由于审美感知层的强化制约作用，花间词情感的表现则显得缺乏突出的个性色彩。词中人物"所指"，多以类型化的女性形象出现，人物的年龄、身份、关系等一些具体因素皆无明确交代。词人并不是直接地在词中抒发主观审美情趣、人生观念，而是多将笔触移植到女主人公身上，转换角度，以间接的方式寄托着个体的生活意绪。审美视点的相对集中，使表象派生出的情感内涵也显得较为单一，多表现为离愁别恨、叹时伤今的心灵苦痛。而且词情虽多由女主人公之口吐露，但实际上情感意蕴的性别差异并不突出，隐蕴的

① 皮亚杰：《发生认识论原理》，商务印书馆 1987 年版，第 21 页。
② 《文心雕龙·神思》。
③ 刘熙载：《艺概·词曲概》。

含义较为宽泛。正是此种将个性消融于共性中的"非我"表现，故词中个体的心绪并不着意强调，表现的重点主要为一种具有时空超越、诗化的人类情调。这正如日本学者村上哲见所言，飞卿词的"主题不是'孤独的女性'，而是'孤独的女性的心情'，而且就连这'心情'也不是直接加以描写的。几乎全部是背景的叙述或者情景的描写，但是并不写明那种情景是在什么时候，什么地点，结果一切只是心情的表象"①。本来笔触内敛于心灵，也是一切抒情文体共有的特征。但花间词"非我"的艺术表现，偏重于审美感官的捕捉与描绘，则使这一"词心"以一扩展性的方式浑融于词作的各个部分。词作整体柔婉精美，人物心灵的投射力量则显得相对弱化。所以，花间词刻意造境，虽也照顾到言情，但此种表情方式却不是像曹植、李白等人诗作那般畅达而直率，有着鲜明的个性；也不似李商隐、李贺等人蓄意追求含蓄、隐秘，给人以极为朦胧的审美感受。花间词的情感色彩常常附着于表象，词境既给人以具体的图式化观感，同时又能感受到一股淡淡的情调弥漫于其间。审美心灵的感受方式，并不是呈波浪式地起伏，而是平缓式地、绵延不绝地运动。这一方面是由表现对象（女性形象）、词情格调（柔婉）所规定，但另一方面也与词人的审美心理稳定地停留于感知层次，借助于外象所含的象征意义，从而传达出人物心绪有一定关系。故情感的投放形式，常常是稍加显露，随即便融化于纷呈的物象世界之中，情调的凝聚力并不强。如孙光宪的《浣溪沙》：

---

① 《唐五代北宋词研究》，陕西人民出版社 1987 年版，第 105 页。

　　蓼岸风多橘柚香，江边一望楚天长，片帆烟际闪孤光。

　　月送征鸿飞杳杳，思随流水去茫茫，兰红波碧忆潇湘。

词中构景为：楚天辽阔，片帆远去，鸿飞杳杳，碧水蓝天波光粼粼，隐蕴词情的为"征鸿""流水"等几处意象，而此类情感的负载体实则与整个场景氛围浑融合一，难以分离。故词作的各个部分与词情的表现虽有默契的相联，或为铺势蓄情，或藉以达到渲染词情效果，但总体而言，艺术情感给人的审美感受并不强烈，审美效果仍多受制于外象景观的直接触动。当然，花间词也有一些以言情为主、明快直率的作品，如：

　　春日游，杏花吹满头，陌上谁家年少足风流？妾拟将身嫁与一生休。纵被无情弃，不能羞。（韦庄《思帝乡》）
　　东风急，惜别花时手频执，罗帏愁独入。马嘶残雨春燕湿。　　倚门立，寄语薄情郎，粉香和泪泣。（牛峤《笙江怨》）

此类词受胎于早期民间词，体现出由俗而雅、由民间而文人化的变化痕迹，并不能代表此一时代词风的表现特征，故于此无须详析。

　　由"代言体"形式所限定，"怨"构成了花间词艺术的主要内容。这种"怨""恨"情绪，由于审美感知层的调和作用，致使语意的指向并不十分具体。虽然"愁""怨"之情由女主人公口中娓娓道出，但其中所包蕴的失落感，似乎又不为女性所独有，而是涵容着人性普遍一致的情感成分。而且词中的物象类型并不复杂，同类物象出现的频率也较高。特殊的场景气氛所酝酿成的类型化情调，也易使词体结构引发出某些象征意味，较大限度地调动人们的审美思维，去对词作作更深入地体认与寻味。自张惠言以"感士不遇"① 评判温庭筠的《菩萨蛮》十四首词，周济以"寄托"作为创作的审美规范予以解说词作以后，花间词的内在意蕴即成为人们关注的焦点。温庭筠数次被荐进士，但"屡年不第"，以后又数贬为地方官，竟流落而死。从这一身世也可作推测，飞卿的六十余首词作中，极有可能寄寓了"自我"的人生感触。此种感受是否为一种人生的孤独感、失落感，则视具体的情调而定。其他词人也同样具有此类感知印象甚为突出，情调浅淡朦胧，令人易产生复杂多义感受的作品。的确，词作的表层题旨与内在意蕴，虽然往往直接相关，并不须审美意识作更多的联想、阐发，但有时词人在塑造形象、结构意境时常能自觉不自觉地投注进较为深刻的人生感受，从而在作品中建构起无形的空间形式。按照现代阐释学的观念，文本是双向交流的开放系统，其释义语境就是释义者的语境，因而"知多偏好，人莫圆该"②。由于花间词的表象构成极为严密而具体，故无形空间形式的感应则因人而异，较易产生丰富的联想，从词作的语境系统引发出多种意蕴指向，当然这一联想也不定非与《离骚》"初服"之意相比附，这正如任中敏先生所云："常州派谓温庭筠之《菩萨蛮》与《离骚》同一宗旨。但考温氏并无与屈原之身世，而此词又无切实之本事，则'新帖绣罗襦''双双金鹧鸪'绝非《离骚》'初服'之意，仅不过因鹧鸪之双飞，制襦之人乃兴起自身孤独之感耳。"③

---

① 《词选序》。

② 《文心雕龙·知音》。

③ 《词曲通义》，转引自曾昭岷《温韦冯词新校》，上海古籍出版社1988年版，第10页。

总之，花间词偏重审美感知层的表现，其结构内部也并非绝对没有自我情感、理性成分的渗入。但是这些主观因素并没有从审美角度予以自觉地升华，因而非我、淡化的情感因素，未能构成艺术形式的表现中心，文本的审美空间主要在感知层次给人直接地观照与丰富的联想。

三　修辞功能

审美感知层的艺术创造，也使词作局部的审美形态具有相应的表现力。格式塔心理学派较为重视整体与局部的相互结合与分离的关系。他们认为："我们所以会知觉到事物的整体性及其他形状、颜色等等，乃是由于上述的组织作用包含有两种矛盾而又统一的具体作用：一种是把彼此相属的成分结合为一个整体或单元的结合作用，另一种是把一个整体或单元从它的周围环境中分离出来的分离作用。"[1]结合，即事物整体形态的构成；分离，则能更恰当、准确地认识事物的局部。词文本的局部构成，既与整体结构有着密切的联系，同时其自身也有着独特的表现能力，能够形成较强的美感力量。所以我们在重点论述了花间词表象、情态的审美特征以后，也不应忽略局部的艺术表现于词体结构中的作用。

感知层的审美创造，首先具体化为各种感官形式的锐敏感应与精细刻画。视觉、听觉、嗅觉、触觉等诸种审美接受器官的知觉形式，皆成为花间词艺术表现的重点对象。如前所言，作家的审美感知并不

---

[1] 《现代西方心理学主要派别》，辽宁人民出版社 1986 年版。

等同于对日常生活机械或客观的观察。知觉的运动已不仅限于一般客
体因素的撷取，而是主客体双向交流而达到情态化的发现与创造。色
彩、线条、音响、形态等诸种涉及到审美感官的形式要素，也与人内
在的审美自觉要求有密切联系。黑格尔曾把上述审美感知形式称作为
"感性材料的抽象统一的外在美"①。花间词正是以富有情韵的直觉表
现，结构成词作立体式的场景画面，比较直接而具体地作用人们的审
美感官，从而达到形态逼真的审美效果。知觉的艺术表现，最为突出
的无疑是视觉形式。现代生理科学研究表明，人的大脑从外界所获取
的信息百分之八十五以上来自视觉。触感于物的语言艺术，文本表象
层的视觉形象往往担负着传达作家心灵信息的主要中介形式。花间词
的视觉表现，往往以色彩不一的物象形式的排列组合，给人以"金碧
山水，一片空朦"② 的视觉美感。如张泌的《南歌子》："柳色遮楼暗，
桐花落砌香。画堂开处远风凉，高卷水精帘额，衬斜阳。"柳色、桐
花、画堂、斜阳，皆为色彩感极强的视觉形象，由不同的色感形式，
调动起审美想象活动，联缀成完整的景象画面。韦庄的《谒金门》：

> 春雨足，染就一溪新绿。柳外飞来双羽玉，弄晴相对
> 浴。　　　楼外翠帘高轴，倚遍阑杆几曲。云淡水平烟树簇，寸心
> 千里目。

词起首，写山涧溪流由春雨"染就"而"绿"，极富韵致。将本无生
命的事物写得充满灵气，形成动态化的美感。沈际飞云："'染就'句

---

① 《美学》，人民文学出版社 1959 年版，第一卷第 178 页。
② 谭献：《词辩》卷一。

丽，说得双羽有情。"① "柳外飞来双羽玉"，"柳"，绿色；"双羽玉"，
白色。绿、白双相辉映，再辅以"弄晴相对浴"的动作写照，场景显
得极有生气。路德维格·利维特在谈到艺术家的个性对其创作的影响
时认为，"根本不存在什么客观的视觉，人们对形和色的领悟总是因
气质而异的"②。花间词作品的视觉形象也不是单纯、客观地写出物体
的诸种特征、形态，物象的美感形式，往往也能刺激视觉，激发联想
思维，调动起人们相应的情感活动。但花间词的情感表现，又较多消
融于视觉形象之中，而非为直接的外化形式。如毛文锡的《更漏子》
词上阕："春夜阑，春恨切，花外子规啼月。人不见，梦难凭，红纱
一点灯。"此词主要写春恨别怨之情。从字面上看，也判断不出游子
与闺妇的身份。李冰洛评曰："此首之婉而多怨，绝不概见，应为其
压卷之作。"③ 上片结句，"红纱一点灯"，着笔场景，似与词人之情无
所关联。但陈廷焯云："'红纱一点灯'，真妙。我读之不知何故，只
觉瞪目呆望，不觉失声一哭。我知普天下世人读之，亦无不瞪目呆望
失声一哭也。"又云："'红纱一点灯'，五字五点血。"④ "红纱一点
灯"，"红纱"衬以灯光，光色浓重。陈氏独赏此句，盖为"一点灯"
映照出场景的空寂，且助以"红"色，更觉凄惨不堪。所以，透过文
本的视觉形式，我们也常能体会出人物心态变化的脉络，从而确切地
感受到这一直觉形象给予词作整体的艺术力量。

　　至于说听觉、嗅觉、触觉形象，这在花间词的艺术表现形式中虽

---

① 《草堂诗余正集》。
② （瑞士）H·沃尔夫林：《艺术风格学·导言》，辽宁人民出版社 1987 年版。
③ 《栩庄漫记》。
④ 《白雨斋词评》。

然不如视觉感那般普遍，但往往精到的点化，也能起到烘托词情、加强审美感知效应的作用。如牛希济的《临江仙》：

> 洞庭波浪飏晴天，君山一点凝烟。此中真境属神仙。玉楼珠殿，相映月轮边。　　万里平湖秋色冷，星辰垂影参然。橘林霜重更红鲜。罗浮山下，有路暗相连。

"万里平湖秋色冷"，汤显祖评曰："'冷'字下得很妙，便觉全句有神。"[1] 有一"冷"字，便显现出万里平湖萧瑟之秋意。李冰洛还云："'飏'字妙绝。"[2] "飏"意为波浪滚滚，气势撼天。因而，一"飏"字，也令人贴切地感受到寒风凛冽的秋意。另外，表现声响的，如温庭筠的《更漏子》："一叶叶，一声声，空阶滴到明。"顾敻的《河传》："天涯离恨江声咽，啼猿切，此意向谁说？"表现嗅觉的，上举张泌《南歌子》的"桐花落砌香"的"香"、温庭筠《菩萨蛮》"万枝香袅红丝拂"的"香袅"等等，皆在词作中居显著地位。

词的语汇色调，也对词境审美感知层的构成起着重要作用。花间词为了加强语词的感知效果，故很重视物象修饰语的表现功能。在词中，诸如金、玉、绿、红等色彩感强烈的语词出现的频率也较高。尽管词语的表现与词作情绪格调并未显示出直接的关系，然而从中也能令人体味出词人独特的审美情趣。陈秋帆云："温庭筠喜用'金''玉'等字，如'手里金鹦鹉''双双金鹧鸪''绿檀金凤凰''玉钗头上凤''玉钩褰翠''玉炉香''玉连环'之类。西昆习尚，《阳春》亦

---

① 汤评《花间词》卷一。
② 《栩庄漫记》。

善用之。此阕'玉箸双垂''金笼鹦鹉',即金、玉并用。此例集中屡见。"① 而"金""玉"两字,一方面固然与词中物象的华贵典雅气息有关,另一方面也反映出词人追求感官刺激、偏重外形描绘的审美心理。

总之,晚唐五代词的审美创造虽然有着情调贫弱的缺陷,但词经历了此一发展过程,也形成了基本的创作格式,一体的艺术情调。偏重审美感知的艺术表现,颇能贴合词人幽微细腻的心理需要,尤其是涉及情爱生活,此一艺术表现形式,更显示出独特的审美价值。词至北宋,门径遂宽,风格多样,然注重感知形式的表现,仍是词这一文体形式"要眇宜修"艺术风格的重要组成部分。

---

① 《阳春集笺》。

第八章　词体的审美情感层

　　对审美情感在文学创作中的作用，中国古代文人很早就作了较充分的阐述。如《尚书·尧典》就提出了"诗言志"之说，以后《毛诗序》《乐记》又进一步明确了"情"的审美创造功能。尽管"情""志"的具体规定较为复杂，但中国古代文论家大都充分地意识到文学创作必须有"情"融入，"为情而作"，艺术作品必须体现出情景交融的审美规范。词作为一种特殊的韵体文学，较注重人物心灵的感发，故情感的艺术表现显得尤为突出。自发展初始阶段，词就以醇厚、优美的情感表现形式，形成了较为稳定的创作格式，表现出富有个性化的艺术魅力。对此，前人也曾明确地意识到，词须以"言情"为主，情感的艺术创造乃为词作美感的重要因素。如沈祥龙说："古无无情之词。"[①] 查礼曰："情有文不能达，诗不能道者，而独于长短句中可以委婉形容之。"[②] 诸说皆对词之言"情"特征予以了极好的表述。

　　虽然情感在词中的表现可以说贯穿于词体生成、发展的整个过程，但是在不同时期，由文体自身的发展规律、作家的审美旨趣所规定，词情的艺术形态也呈现出色调不一的创作风貌，反映了特定历史阶段的创作成就。所以，对词体艺术情感层次的表现形态，既要有动

---

① 《论词随笔》。
② 《铜鼓书堂词话》。

态化的历史鸟瞰，同时也必须从整体上审察其完美的结构形式，领悟其独特的艺术韵味。

一　情感艺术的历史流程

词由民间而起，在敦煌曲子词中，我们可以明显见到大胆而直率的表情方式。从总体而言，民间词较为侧重内在心灵的充分表达，而对情感形式本身并不注重精细、具体的描述。词情给人的感召力量较强，艺术表现则相对薄弱，"文本"缺乏较为深广的想象空间。故虽为言情，然而如果只是注重一种"传达"，而不注重这一"传达"方式本身的艺术创造，则还不能视之为成功的文学作品。因为，"艺术家不仅必须感受事物的'内在意义'，和它们的道德生命，他还必须给他的感情以外形"①。而后一种工作在文学发展的历史演进中，大都是由从事精神文化创造的阶层所改造、完成的。

至晚唐五代，词经民间口头流传而进入文人创作殿堂。因前有古、近体诗歌创作的深厚经验积累，故词的创作虽刚起步，便以较为精美的艺术构造，给人以鲜明而独特的艺术感受。此一时期，人们的审美追求较为自觉，尤其是音乐与歌词的完美结合，导致了文学本身的审美功能有了极大的强化。此时人们的词作较多于歌筵酒席间，由女性依声按拍而吟唱，词的表现内容偏于歌咏女性形象，渲染秾丽而脂香气味甚浓的场景气氛。所以审美感知的特征描绘较为突出，人们的创作较为侧重外在物体的修饰，常著以色彩感较为艳丽的文辞描景

---

① 　恩斯特·卡西尔：《人论》，上海译文出版社 1985 年版，第 196 页。

写物，刻画女性柔媚的神态，纤细的心灵。但是，由于词注重的是描述心灵细微幽深的种种变化，为一种心灵的艺术，而且词人的身世、遭际、自身所具有的审美素质各有不同，故表现于词中，情感的审美化创作也具有一定的个性特征。从词形式的发展来看，这中间也有一个由"伶工之词"向"士大夫之词"的转变过程，自然词体的风韵也会有很大变化。作为艺术灵魂的情感形式，其自身的表现及给予艺术结构的组织创造功能，对词审美特质的形成更起着关键性的作用。

温庭筠深谙乐理，"能逐弦吹之音，为侧艳之词"①。其词"类不出乎绮怨"②，"大半托词帷房"③。词中表现的大都是娇媚的女性形象与香艳的场景物象，词作常注重审美感知的精细刻画，以精美的物象，结构起色彩、音响等审美感知极为鲜明的整体词境。庭园满地落絮，柳丝飘拂，夕阳斜照，莺啼鸟鸣，丽人轻撩珠帘，淡眉轻敛，倚门远望，这一如"织锦图案"④ 式的画面，为温庭筠词创作的基本图式。温词虽已开始注重美的发现与创造，在词境的构造上，力求实现一种"深美闳约"⑤ 的审美效果。但温词基本上是消融词人个性以求客观的审美写照，词人自身的情感渗透并不十分自觉。故词作多有"侈陈服饰，搔首弄姿"的造作之态，其浅浅、莫名的词情格调也易招致后人生发出人事托喻的联想。

此时与温齐名的另一词人韦庄，其词风亦不脱离花间樊篱，表现仍以情事为重，多饰以清丽、委婉之辞。但韦庄词的审美表现倾向，

① 《旧唐书》卷一百四十。
② 《艺概·词曲概》。
③ 陈廷焯：《白雨斋词话》卷七。
④ 丁寿田：《唐五代四大家词》。
⑤ 张惠言：《词选序》。

已不甚刻意于外观的铺陈、渲染，而是常将笔致着眼于人物心灵世界，写出人物细微窈深的心理变化。故其词笔法常能"运密入疏，寓浓于淡"①，"清空善转"②，给人以"骨秀"③ 之美感。韦词不仅有着此时流行的"代言体"形式，同时其自身的人生感触，在词中也得到一定的表现。如其《菩萨蛮》组词及其他词作，多抒发词人"故国音书绝""驻马西望销魂"（《清平乐》）的心灵苦痛。故韦词已由一般的泛写恋情转而开始注重抒发个体自身的生活感受。"似直而纡，似达而郁"④，词境也有较深的拓展。

比温、韦时代稍后，五代的南唐二主及冯延巳词，则将词的创作发展更向前推进了一步。冯延巳词仍"不失五代风格"⑤，多写女性生活与心绪。唯其词多表现人物触感外物所体悟出的人生底蕴，故境界深广、"思深辞丽"⑥，显示出"堂庑特大"⑦ 的艺术特色。被人称之为"风流才子，误作人主"⑧ 的后主李煜，起先位居皇位，弹琴吟词，寻欢作乐。嗣后国亡，肉袒出降，北上拘囚，整日"以泪洗面"，哀痛至极。生活的起伏跌宕，使李煜的人生感受尤为强烈。其词亡国者的切肤之痛，凝聚成极为浓烈的艺术情感力量。此种审美情感，已是创作个体"经过在沉静中回味来的情结"⑨。因而后主词不似延巳词多出于理性观照的感悟，"而全出于深重之直觉的体认"⑩。这正如王国

① 况周颐：《历代词人考略》。
② 吴衡照：《莲子居词话》。
③ 王国维：《人间词话》。
④ 《白雨斋词话》卷一。
⑤ 王国维：《人间词话》。
⑥ 陈世修：《阳春集序》。
⑦ 同⑤。
⑧ 余怀：《玉琴斋词序》。
⑨ 华兹华斯语，引自《朱光潜美学文集》，上海文艺出版社 1982 年版，第 63 页。
⑩ 缪钺、叶嘉莹：《灵谿词说》，上海古籍出版社 1987 年版，第 90 页。

维所云：“词至李后主而眼界始大，感慨遂深，遂变伶工之词而为士大夫之词。”①

时至北宋，词的创作达到空前盛况，此一种文学样式已为人们所热情接受，尽管人们往往也有视作词为“小道”的思想倾向，但落实到具体的创作实践，则个性化的美学追求也自觉地浑融于作品之中。晏殊、欧阳修为当代名臣，一代儒家，他们作词较多地为酬唱应歌所需。由其社会地位、审美情趣所决定，晏、欧在词中并没有表现出更多的个人哀怨，而是以一“显贵”的身份，在悠闲自在的舒适生活之余，细细品味人类生活的甘苦，且由此感发出一丝淡淡的忧愁。故其词情调，较鲜明地体现出反思后的伤痛。此时另一位“白衣卿相”的柳永，官场失意，耽乐市井，“多游狭邪，善为歌辞”②，其词多为下层女子所作，故仍是以“代言体”形式，写出女性相思切盼之情，在表现情调上与花间词并无较大差异。而值得注意的是柳永一些抒发自我情志的作品，却赋予情感的艺术世界以新的内容。柳永“尤工羁旅行役”③，他长期漂泊游荡，跋涉于山水之间，聚而分离，好事难全，旅途辛劳的种种苦痛情绪沉积心底。以前的文人词大都注重的是情感的“传达”，即是满足于将情感“传达”出来。柳永则倾心于情感的“表现”，语意指向并不隐晦，而心灵的复杂变化却表现得极为细腻，情感的分量也大大加强。词的审美层次自始至终流荡着低回柔婉的情调，心灵脉动的转换较为明显。外在物象为情感的色彩辐射，内在深刻的人生哲理也因情感的冲动所淡化。故其词“曲处能直，密处能

---

① 《人间词话》。
② 叶梦得：《避暑录话》卷三。
③ 陈振孙：《直斋书录解题》。

疏，崄处能平，状难状之景，达难达之情，而出之以自然"①。其后的晏几道，人们常视之为"直逼《花间》，字字娉娉弱弱，如揽嫱、施之袂"②；"独可追逼《花间》，高处或过之"③。晏几道虽出身于官宦世家，却"磊隗权奇，疏于顾忌""常欲轩轾人，而不受世之轻重"④。他自己也"独嬉弄于乐府之余""期以自娱"⑤。故词中常注重表现的是个人生活的感受。宋人王铚说："叔原妙在得于妇人"⑥，即指小山词的成功之处主要体现在男女情事的表现方面。但与花间词此类题材的表现不同，晏词注重的是借助爱情生活的表现，引发出主体意识极为强烈的人生感触，从而词体内情感的色调就尤为浑重，像"恨无人似花依旧"；"天与多情，不与长相守"（《点绛唇》），此类以写"恨"情为主，且隐蕴人生悲患的作品为多数。故晏几道词虽境界未异《花间》，但"以其情胜"⑦，"尤有过人之情"⑧，便成为小山词情感表现的重要特征。

词体审美情感层的艺术表现，到了秦观可谓达到了极致。陈廷焯在评秦观词时说："秦少游自是作手，近开美成，导其先路；远祖温韦，取其神不袭其貌，词至是乃一变焉。然变而不失其正。"⑨此评极是。花间词的创作习气，虽然香艳脂粉气味过重，有其一定的局限性，但此一创作的"合理内核"，即注重情感的美的创造，则作为基

---

① 冯煦：《宋六十一家词选例言》。
② 毛晋：《小山词跋》。
③ 陈振孙：《直斋书录解题》。
④ 黄庭坚：《小山词·序》。
⑤ 晏几道：《小山词·自序》。
⑥ 《默记》卷下。
⑦ 《白雨斋词话》卷七，卷一。
⑧ 夏敬观：《小山词跋》。
⑨ 《白雨斋词话》卷七，卷一。

本的创作格式潜在地作用于后人的创作。秦观词"取其神"，即强化情感的艺术表现；"不袭其貌"，指淡化花间词刻意粉饰、片面追求外观形貌感官触动的创作习尚。秦观早年也有奋发图志之豪情，然中、晚年以后，"坐党籍"，颠沛流离，亲属也两地暌离。对现实的磨难，他不是如苏轼那般"任情逍遥，随缘放旷"，竭力化释内在的压抑，而是直接将人生"愁苦"列为思考的对象。在他眼里，"过尽飞鸿字字愁"（《减字木兰花》），整个大千世界好像都因作者多情心态染就了主观黯然色调。故其词多写人物心灵所承受的苦难，极力表现那哀感百端、愁绪无限的心理变化。"所表现的就是凝聚（集中）于一个具体情境的心情"[1]。故"他人之词，词才也；少游，词心也"[2]。"少游词，最为凄婉"[3]。秦观词，不仅有前代人们所时常吟诵的伤春怨别、叹时怀古之情，而且能"寄慨身世"[4]，将"身世之感打并入艳情"[5]，致使词作审美空间有所拓展，情感力量得以强化。今人叶嘉莹先生也认为，"秦观的词，就其未曾追随苏轼却反而远祖温、韦言之，确是一种回流。然而却并不是一成不变的回归，而是在回流中掌握了更为纯正的词之本质特色"。而这种词之本质最为突出的特征，乃为善于表现"心灵中一种最为柔婉精微的感受"[6]。

　　以上粗线条地描述了词体审美情感艺术创造的发展轨迹。文学创作有其客观的内在规律，在演化过程中所出现的种种文学现象，皆是与特定历史时代的审美风尚、作家的艺术素质分不开的。通过这一历

---

[1]　黑格尔：《美学》，商务印书馆1987年版，第三卷（下）第212页。
[2]　冯煦：《宋六十一家词选例言》。
[3]　王国维：《人间词话》。
[4]　冯煦：《宋六十一家词选例言》。
[5]　周济：《宋四家词选》。
[6]　缪钺、叶嘉莹：《灵谿词说》，上海古籍出版社1987年版，第24页。

时性的审美观照，使我们对词情的审美创造有了初步的了解。

二　"物著我色"

词由感物而"专主情致"，人物的心灵世界转换为艺术的表现中心。词中场景的变化，物象的呈现，已非为外在性、客观地整体展现，而是仿佛有一股合力在牵引、整合，且由此增添丰富的审美情韵。这股合力，取自词中人物情感力量的投放。词中或写闺阁妇人相思切望之情，或言游子转徙飘零、孤寂难诉之苦，或抒发词人内心惜时叹今、感怀人事之幽愤，皆笔致细腻，情调委婉。词人在观物生情时，常能自觉地将自我身心融入外在景物之中。"清风皓月，相与忘形"（秦观《满庭芳》）。物我之间达到默契的沟通，或情由景生，或融情于景。与早期文人词侧重审美感知，情与物在艺术表现中分离的痕迹较为明显不同，在审美情感层的结构区域，"风月二字，在我发挥"[1]，"物著我色"的表现倾向尤为突出。这主要是因为词人常以多情的心性去看待人生，自觉地将整体自然世界作为主体"移情"的对象，使客观物象渗透进作者的情感成分。故花间词作的富丽、华贵之态，也为疏放、清新气象所替代，如柳永的《凤栖梧》：

> 伫倚危楼风细细，望极春愁，黯黯生天际。草色烟光残照里，无言谁会凭栏意？　拟把疏狂图一醉，对酒当歌，强乐还无味。衣带渐宽终不悔，为伊消得人憔悴。

---

① 张炎：《词源》卷下。

词起首"伫倚"句，即点明词人境况；"危楼"一"危"字，也可联想到词人处境之难堪。"望极春愁"，透过词人眼睛眺望而去，"春"色带"愁"，昏暗一片，漫无边际。因而，这"黯黯生天际"的"春愁"，实则为词人主观的情态化创造。草色、烟光、残照互为融合，既迷离空濛，又萧瑟凄凉。由此外景的描写也能想象出词人那纷乱的心境。结以问句，似将无限感慨之情收拢、强化。词作上片，情景相合，外景的铺展皆与人物心态的感发有密切关联。景物的撷取，旨在烘托词情，渲染气氛，显示词人自觉的审美要求。下片则专写情致，"图醉""强乐""不悔"，词情曲折转换，极为贴切而充分地描绘了人物心灵的动态变化。因而，注重审美情感的表现，客观物象常常构成人物心灵的感情载体。词人总是根据自身主观情绪的需要，建造起词体结构独特的空间形式且将客观物体予以情态化艺术处理，借以传达出内在的"心声"。花间词由于偏重审美感知的表现，物与情的结合功能相对微弱，物象主体化色彩并不十分强烈，主要是作为场景的点缀、气氛的渲染等个别现象而出现。审美情感的强化表现，则使某一物象能构成相对独立、有情性负载的"性灵"之物，以某种象征性的符号形式，隐蕴着词人难以言传的情感意绪。故词中所常出现的"落花""飞云""流水""孤鸿""芳草"等，其本身已存有某种象征意义，并不仅是客观事物的自然写照。词人以常见的自然现象，暗指岁月时光无可挽回的流逝，且从中包含有惜时伤景的复杂心绪。因而此类词作，以其浑化完美的情景结合形式，给人同时以审美感官与审美情感的触动。而且深幽的意象形式，也能提供给人以较为充分的审美想象空间。这充分体现出词人善于"把人心所能掌握的一切在心中加以思索玩味，整理安排，把它们作为精神的产品表现出来和传达出来"①。

　　词至北宋，慢词渐为兴盛。慢词体式扩展，笔法的变化也更为复杂。"铺叙委婉"②，"回环往复，一唱三叹"③，构成了慢词主要的审美特征。由于篇幅拉长，早期那种过于铺陈外在形貌，以刺激审美感知的作词之法，于慢词则显得繁冗、拖沓。而慢词要能"语气贯串，不冗不复，徘徊宛转，自然成文"④，则情与景的结合、互补尤为重要。慢词审美情感层的表现，正是由"触景生情"或"缘情布景"⑤的双向结构形态而完成的。但在情与景相互关系的处置上，情感的审美创造功能发挥着更积极的作用。北宋初期，王安石、范仲淹、张先等人的慢词创作，情感的表现已不限于男女之间的离愁别恨，举凡个体的身世经历、荣辱得失、叹古伤今的种种情感因素，皆通过艺术化的审美创造，给人以强烈的美感触动。此时人们的慢词创作，虽然"上片写景，下片专叙"的结构体式还较为普遍，但情感表现仍于词中构成了有力的艺术生命力量。如王安石的《桂枝香》：

　　　　登临送目，正故国晚秋，天气初肃。千里澄江似练，翠峰如簇。征帆去棹残阳里，背西风，酒旗斜矗。彩舟云淡，星河鹭起，画图难足。　　念往昔，繁华竞逐，叹门外楼头，悲恨相续。千古凭高对此，漫嗟荣辱。六朝旧事随流水，但寒烟芳草凝绿。至今商女，时时犹唱，《后庭》遗曲。

---

① 黑格尔：《美学》，商务印书馆 1987 年版，第三卷（下）第 204 页。
② 周济：《介存斋论词杂著》。
③ 夏敬观：《手批乐章集》。
④ 彭孙遹：《金粟词话》。
⑤ 田同之：《西圃词说》。

词上片似以写外在景象为主，并未直笔叙写人情。下片由"念"而起势，人物内在情怀宣泄得淋漓酣畅，气势磅礴。此词前后笔法似有偏重，但上、下片之间的文脉线索仍有潜在串联。上片场景、物象的描写，旨在为下片词人那宏阔的胸怀、奔放的豪情拓展开时空的表现区域。故由"故国晚秋，天气初肃"，引发出"往昔"的兴叹；"澄江似练，翠峰如簇"，激起"千古凭高对此，漫嗟荣辱"的感慨。审美视点的选择，原本是决定于词人"悲恨相续"的内心积愤，故词作整体显得"清空中有意趣"①。

三　直接与间接的表情方式

词以"言情"为本色，其表现内容及艺术特性存在一定的规定性。在情感的表现形式方面，词也有着特殊的艺术规律，且产生相对稳定的美感力量。从审美感召的角度来分析，则情感表现方式大致分为直接与间接两种。

直接的表情方式，即是指情感的自然流露，中间不须有任何传递媒介。词中人物好像痴情地吐露着自我心声，给人一种"其中有人，呼之欲出"的感觉。如韦庄的《女冠子》：

> 四月十七，正是去年今日，别君时。忍泪佯低面，含羞半敛眉。　　不知魂已断，空有梦相随。除却天边月，没人知。

---

① 张炎：《词源》卷下。

上片交代时间，描述别时神态。下片"魂断""梦随"的心灵刻画，
"无人知"的惆怅之情娓娓道来，笔到情至，接受者的审美思维活动
也无须作任何停顿，直接地与"词心"息息相通。汤显祖评为"直书
情绪，怨而不怒，骚雅之遗也"①。是否存有"骚雅之意"，即美人香
草的比兴寄托，兹姑且不论。"直书情绪"，则点明了此词情感表现的
艺术特征。后人也称此词"冲口而出，不假妆砌"②；"一往情深，不
著力而胜"③。"冲口而出""一往情深"，故能"不假妆砌""不著力而
自胜"。韦庄词，前人曾以"淡妆"④ 喻之，盖此与其词情感的直接表
现有密切关系。诗歌也注重直抒情怀，如"前不见古人，后不见来
者，念天地之悠悠，独怆然而涕下"（陈子昂《登幽州台歌》）；"弃
我去者昨日之日不可留，乱我心者今日之日多烦忧……"（李白《宣
州谢朓楼饯别校书叔云》），皆为千古佳作。但诗歌由于"情志一
也"⑤，而且在一定程度上，"言志"的成分制约着作者内在心灵的畅
发，表现的重点常在某一意念上。因而诗作虽然也能给人以较为强烈
的情感触动，但人物的心灵变化往往并不能成为审美注意的中心。词
由于突出心灵的表现，词人的注意力常集中于"词心"的表现形式，
故人物心态的发展脉络在词中就显得尤为具体，人物原本无形的情感
世界表现得活灵活现，变化有序。有时，似乎"表现情感和把情感表
现好是同一件事情"⑥。

　　情感的直接表现方式，固然能使人物心灵得以充分的展现，而且

---

① 汤评《花间集》卷一。
② 徐士俊：《古今词统》卷四。
③ 陈廷焯：《闲情集》卷一。
④ 周济：《介存斋论词杂著》。
⑤ 孔颖达：《〈尚书·尧典〉疏》。
⑥ （英）罗宾·齐治·科林伍德：《艺术原理》，中国社会科学出版社 1985 年版，第 288 页。

艺术的感染力也较为迅捷而强烈，但毕竟此类表情方式仍是以平面式的笔法，横向铺展、描述词人心灵，词体的时空形式有一定的局限，词作本身也令人难以有言外之意、味外之味的感受。别林斯基曾高度肯定，"感情是诗情天性的最主要的动力之一；没有感情，就没有诗人，也没有诗歌"。但是他同时又指出，"可以拥有感情，甚至写出彻头彻尾、渗透着感情的不坏的诗，但却一点也不是诗人"①。因为，文学艺术如对"外在事物乃至内心情境的细节进行冗长的描绘，效果总比不上简练含蓄的作品"②。虽然今人对敦煌曲子集中的民间词真率明朗的言情方式也颇为称道，视之为情真意切。但此类表情方式毕竟不能适应大众的审美要求，即便是应歌合乐的填词之作，仍在感情交流的同时，对词作本身的艺术韵味也有着较高的审美要求。直接的表情方式主要出现于小令词体中，而且在入宋以后，小令词的艺术表现也趋于完美、成熟，故直接的表情方式渐为减弱，而让位于间接的表情方式。

间接的表情方式具体表现为，人物心灵世界在词中并非是唯一的表现对象，外在场景气氛也构成了较强的艺术表现力。此一表情方式与直抒情怀相比，"词心"不是呈表层化的显露方式，而是似一股潜流在词体的深层区域涌动，由内向外投放出情感力量。从创作角度看，作者在表现自我情致时，也不仅局限于单纯的内心生活，心灵表现往往须借助物象作为传递媒介，从而两者融会成不可分割的整体。"说景即是说情，非借物遣怀，即将人喻物"③。因而，当作品内在生

---

① 《爱都华·古别尔诗集》，《外国理论家作家论形象思维》（中），中国社会科学出版社 1979 年版，第 74 页。
② 黑格尔：《美学》，商务印书馆 1987 年版，第三卷（下）第 213 页。
③ 李渔：《窥词管见》。

命形式不是仅仅通过人物心声的直接倾诉，而是由心、物融合为一的整体形式所表现出来时，作品自然就能充分地调动起接受者的审美想象活动。

审美情感层的间接表现方式，大致分为两种。一是词体表象有着相对的独立自主性，其本身能给人的审美感官以较为强烈的触动，而主体所表现出的只是一些零星的观感，并不直接地在客体物象上着上主观色彩。如廖世美词《好事近·夕景》：

　　　落日水镕金，天淡暮烟凝碧。楼上谁家红袖？靠栏杆无力。
　　　鸳鸯相对浴红衣，短棹弄长笛。惊起一双飞去，听波声拍拍。

词描绘出一幅江水晚景图。落日余晖，水光涟漪，烟霭袅绕，远处红袖独倚楼栏。水面上鸳鸯成双戏水，轻舟划动，笛声悠然，水鸟惊去，波涛轻拍船舷。词中多着以实笔，物象描绘颇为生动、传神，人物情感则显得空灵、朦胧。然而如此说，也并不是否定词的心灵表现特征，因为实质上物象已纳入词人的审美视野范围，无形之中渗透进主体的情感成分，通过种种物态变化形式，也能较好地反映出人物心灵的发展动向。此时词体内部存在着情感流动的无形空间。词作视、听感较为具体，但那灌注于生气于外在形态的审美情蕴，仍构成一定力度的艺术生命力量。像上面的廖世美词，结构表象并未直接点明人物情感指向，但优美的场景，悠缓的节奏，正体现出人物那种恬淡而闲适的心境。此种艺术表现与花间词偏重于审美感知刻画有一定的相似之处，但又不完全一样。花间词词情与感知形式的联系并不十分紧密，感知区域无须作更深入地体会与感发，物象自身常常并不是作为情感的载体而存在，审美情感主要是在局部发挥着一定的审美感召作用。审美情感层的此类表现方式，外观形式也较醒目，但情感层次与感知层表现有着内在联系，场景的描绘有力地烘染了词情色调。

审美情感间接表现的第二种形式，乃为尽管物象形态具有较强的表现力，但由于此时审美情感活动强烈，故具体场景与其说是人物观照的对象，不如说是"移情"的场所。外在场景并不成为词情创造的直接触发因素，而多以偶发形式构成词体结构机制，主体情感表现出较强的投放力量。按照立普斯的"移情说"而言，在这一表现范围，创作主体与对象发生直接关系，"对象的审美生活即是移情自我的生活，而审美享受正是该对象的自我发展。所以实质上，人与对象融合了，在这种情况下的对象就意味着整个外在世界"①。处于这样一种艺术境界，情感的内聚力与外化力量皆较为显著而强盛，故主体对客体的构成也起着潜在的整合组织功能。不仅如此，由于词作情调如盐融于水，渗透到词体结构的各个部分，各类情感因子皆可成为词体结构组织的"原子核"，释放出较强的感召力量。如柳永的《八声甘州》：

> 对潇潇暮雨洒江天，一番洗清秋。渐霜风凄紧，关河冷落，残照当楼。是处红衰翠减，苒苒物华休。惟有长江水，无语东流。　　不忍登高临远，望故乡渺邈，归思难收。叹年来踪迹，何事苦淹留？想佳人妆楼颙望，误几回天际识归舟？争知我，倚栏杆处，正恁凝愁。

①　（德）玛克斯·德索：《美学和艺术理论》，中国社会科学出版社1987年版，第39页。

领头字"对"点明词人所处位置。上片着力写景：江天一色，暮雨潇潇，风紧日斜，景物凋残，滔滔江水东流而下，外在场景的铺写甚有气势。下片则词情宣泄而出，望乡思人，感怀甚切。本词从形貌而言，确合"上片泛写，下片专叙"的结构体式。但上片所未触及到的词人心怀，由下片激流般的情感浪潮回溯而上，顿然令人感受到极为博大而深广。那浩渺无垠的宇宙世界，那变化纷呈的物象气候，实为词人胸怀吐纳所造就而成的"性灵载体"。那凄风楚雨的场景正浑融着人物心境的悲凉情绪。故正如梁启超评曰，其词境有"照花前后镜，花面交相映"①之感。此类审美情感的间接方式，虽然主体意识较强，情感色彩较浓，但又与直接表情方式并不相同。因前者情感的表现仍是借助于外象的传递媒介形式，而不是如后者那般直接地、单一地将心灵世界作为表现对象，情感与表象常常构成双重的审美结构形式，观赏者的审美感知与审美想象皆能充分地调动。但尽管如此，情感的创作功能仍在词体结构内部发挥着主导作用。

四　局部与整体的美感效应

审美情感层既然在词体结构形式中占据了重要位置，那么情感的不同表现方式也能产生出相应的美感效应。

情感的局部强化在宋词中表现得较为普遍。此种情感表现形式，注重的不仅仅是情感的具体内容，而是富有特征性的刻画。"情感是心灵中的不确定的模糊隐约的部分"②。它的直接可感性确实不如审美

---

① 　梁令娴：《艺蘅馆词选》乙卷。
② 　黑格尔：《美学》，商务印书馆 1979 年版，第一卷第 41 页。

感觉具体、明确、可把握。从发展的观念来看，花间词的共性化情感类型显然是词这一文体形式早期创作所必然出现的艺术格局。共性化的情感表现，固然也易使不同时代的接受者产生共鸣。但缺乏个性化的表现特征，也使艺术本体内在情感的再创造能力相对减弱。词至柳（永）、晏（几道）、苏（轼）、秦（观）以后，由"期以自娱"的审美旨趣所诱导，个体的主观情感成分愈为加强，而在具体的表现方式方面，则情感的特征性刻画也成为词体结构组织的重要构成部分。贺方回的《青玉案》词："试问闲愁都几许？一川烟草，满城风絮，梅子黄时雨。"历来受到人们较高的评价。罗大经曰："盖以三者比愁之多也，尤为新奇，兼兴中有比，意味深长。"①沈际飞也极为赞扬："叠写三句闲愁。真绝唱。"②贺词写"愁"，以有形（物）写无形（情），使颇为抽象而又飘忽不定的内在情感，藉具体、可感的物象变化而表现出来。令人不仅感受到"愁"情的分量，而且也似见到"愁"情充塞天地、无所不在的纷乱、浓密。故沈谦《填词杂说》云：此词"不特善于喻愁，正以琐碎为妙"。这一情感的特征性描绘，在词作局部凝聚了较强的艺术力量。再进一步来看，局部的情感强化，往往也形成为词作整体生命形式的"灵魂"。李清照的《醉花阴》："人比黄花瘦"，看似写人之形貌。"黄花瘦"，表现物体的消瘦。"人比黄花瘦"，则更见出人物体态、神貌的枯槁、憔悴。这五字句，情感分量极重，由外观可体会出人物愁绪至极的心灵煎熬。审美意识的逐层深入，酝酿成艺术情感的优势兴奋中心，从而更为强烈地触动人们的审美心

---

① 《鹤林玉露》。
② 《草堂诗余正集》。

理。故易安友人陆德夫"玩之再三，曰只有'莫道不销魂'三句绝
佳"①，恐怕道理即在于此。

　　审美情感的局部强化，这取决于创作主体情感表现的审美需要。
如何将寻常之情，通过不寻常的艺术处理，而以"神光内聚"的艺术
力量作用观照者的审美接受活动，这对创作主体来说，乃关系到艺术
表现的审美效果。可以说，离愁别恨是宋词创作的主要内容之一，而
要将这众人皆已吟熟的主题生造出新的含意，给人更新的审美感受，
则情感的特征性表现，且由此而形成的词作的情感局部强化，就显得
尤为重要。如范仲淹的《苏幕遮》词上片较多写景，下片转而抒发思
乡之情。歇拍"酒入愁肠，化作相思泪"，则专力刻画"相思""愁"
情。"酒入愁肠"，已可见词人内心是何等惆怅；"化作相思泪"，则由
内及外，更体现出人物黯然神伤的心境。全词人物情感汇聚至此，似
得以极度地强化。此词和作者另外两首词《御街行》："酒未到，先成
泪。"《渔家傲》："将军白发征夫泪。""三首皆有'泪'，亦足见公之
真情流露也"②。确然，由"泪"而见"真情"，"泪"的表现也各有情
趣。但于词中所形成的局部强化情感力量，则大致还是相同的。故唐
圭璋先生认为，《渔家傲》末句，"直道将军与三军之愁苦，大笔凝重
而沉痛"。《御街行》："酒未到，先成泪"，较之《苏幕遮》末句，"情
更凄切"③。

　　局部强化只是词体审美情感的一种投放方式，与此相为对照，词
体审美情感的整体扩散，或曰情感的均衡化表现，也是词情艺术结构

①　《嫏嬛记》。
②　唐圭璋：《唐宋词简释》，上海古籍出版社 1981 年版，第 49 页。
③　同上书，第 50 页。

的主要形式。词人在作词过程中，常常是随着创作的深入、情感的发展逐渐达到高潮，从而形成局部的强化表现。但有时作者情感的触动并非由外至内、由景而情的依次递进，而是起首便以情直入，且在具体的表现过程中，笔致始终不游离人物情感的变化活动。"情"的成分散布在词体的各个部分，产生出"句句是情，字字关情"[①] 的审美效果。此类表现，尽管词作本体未必出现一次高潮，但情感的起伏跌宕，周转变化，致使所勾画出的词境笼罩在情感的色调之中。秦观词"如初日芙蓉，晓风杨柳"[②]，"如红梅作花，能以韵胜"[③]。然而，正是因为少游以"情"为主线，故即便外表上风流妩媚，人物心灵的发展脉络还是隐约可见的。词体结构层次往往深浅不一，表象与意蕴浑化融会，虚实相映。如《菩萨蛮》：

> 虫声泣露惊秋枕，罗帏泪湿鸳鸯锦。独卧玉肌凉，残更与恨长。　　阴风翻翠幔，雨涩灯花暗。毕竟不成眠，鸦啼金井寒。

词发端以虫声而触发人物惊秋心绪。"泣露"，似物似人，既描写了凄冷场景，又暗示出人物痛楚神情，故下句"泪湿"恰好照应"泣露"。"独卧玉肌凉"，此句以实写之笔，由"独""凉"的细节描写，表现人物孤独、冷漠的心境。"残更与恨长"，时短（残更）、"恨长"两相比较，"距离"悬殊，反差甚大，充分显现出妇人那忧恨难消、百般难奈之情。词上片为摹景写物，然句句关情，由外观神态（"泪"）

---

① 李渔：《窥词管见》。
② 况周颐：《蕙风词话》。
③ 《词林纪事》引楼思敬语。

而转到人物心境的表现，内外互照，深情绵邈。词人到此笔触并未收束，换头又翻转一层。阴冷的夜风吹动着翠幔，苦涩的夜雨淅淅沥沥，跳动的灯火昏黄暗淡。这里虽无明写人情，然如此冷峭阴暗的场景气氛，也折射出人物黯然心境。歇拍两句，"毕竟不成眠"，由上两句的铺垫自然道出；而"鸦啼金井寒"，则使本来已凄楚不堪之情，似雪上加霜，难以化解。"鸦啼"在幽冷的深夜，可见景色是何等地萧杀；"金井寒"是场景，抑或是心灵，恐怕兼而有之。词中情调如此铺叙蔓衍，转换深入，怎不会令人心"寒"。徐渭评此词"语少情多"①，可谓简语中的。因其"情"多，故人物心态发展轨迹较为明显。词作审美情感层未作强化表现，但各个部分情感积聚也使艺术本体充满了生命活力。

扩散式的情感表现方式，较为注重人与物、情与景的有机联系。它不如审美情感的局部强化，常给人以较为明显的情感提示，而是似山涧溪水，流淌于花草丛木之中，虽不分明，但潺潺水声依稀可闻。"情以景幽，景以情妍"，情、景的关系处理，颇为谐和、得体。

---

① 转引自《淮海居士长短句》徐培均校注，上海古籍出版社 1985 年版。

第九章　词体的审美理性层

　　我们在认识了审美感知、审美情感层的艺术表现特征以后，尚有必要对词的更深层次——审美理性层作进一步的解剖。过去，研究者习惯于把审美视角放在词的情感表现层，而对审美感知、审美理性却未给予充分的注意。似乎在词学研究领域，这两部分无足轻重，可以略而勿论。其实，人的审美认识是由多重成分所组合，各个层次相互之间也是互为融合的。弗洛伊德从心理学的角度，探讨了人格构成的三大系统，即伊特（本我）自我和超我。这三部分受制于人的生理、心理的不同需要，且在个体生命运动过程中相互作用。弗洛伊德的精神分析法，如果撇开其理论过分强调非理性作用的不合理部分，则也能令人颇受启迪。文学中的感知、情感和理性层次，尽管与弗洛伊德的三大系统并无绝对的相应关系，然从其意义涵盖的范围而言，也有着内在的联系。审美感知层是人的初级审美感受，它通常不受伦理、道德观念的约束，只是提供给审美感官以愉悦。此一思维本身，虽然也积淀着人类意识长期发展所形成的审美观念，但审美理性成分并不与现实直接地发生联系。审美情感层则主要是主、客体相互作用而形成的人的心理活动。当"本我"与自我、超我或外界产生冲突或达到和谐时，情感的审美活动就较为活跃。与此相应，为情而发，自然也成了作家创作的直接动因。审美理性则是"超我"的体现。"超我"侧重维系着现实与理想的平衡，以确保人格的发展。"超我"理性意

识的具体化，即是审美理性对现实人生的总体审视与超越，因而正如
伊特中产生自我，自我中又产生超我；审美活动往往也是由审美感知
向审美情感发展，而审美理性则是在审美情感表现的基础上，实现更
深层次的拓进。

文学创作审美理性的表现与哲理性的阐发有一定的关系，但并不
完全相同。后者往往令人体味出一种理趣，如"横看成岭侧成峰，远
近高低各不同。不认庐山真面目，只缘身在此山中"（苏轼《题西林
壁》）。审美理性注重表现的乃为个体人生长期的生活体验。而且，
这一人生体验并不只为一时一事所激发，而是涵容着人类的忧患，触
及到人生意义的底蕴。王国维曾说，李煜词"俨有释迦、基督，担荷
人类罪恶之意"[1]。此即是说，在观照、评估个体生命存在价值的同
时，人生的反省也包含了对全体人类生命形式的认识。审美理性实质
是将个体生命与外在现实的相互关系作为审视的对象，具体解悟人与
社会、生命与存在、自然与宇宙的矛盾统一。与审美情感相比较，审
美理性似乎居于更高的层次，与外在相隔一段距离，而不是如审美情
感更偏重于主体对现实更直接的感发。故审美理性层常存有主体自身
的价值观念、审美标准，主体意志的表现倾向较为自觉。在词中，审
美理性层更充分地体现出个体的人生观念、宇宙意识，人格精神的表
现也较为明显。

一　圆融通达的理性观照

词至晚唐五代，艺术表现较为侧重审美感觉的描绘。与相薄弱的

---

[1]　《人间词话》。

审美情感层相仿，词人在触感外物之际，审美思维也能透过客体表象，超越时空的限定，而感悟出虽不深刻却足以令人省悟的人生哲理。冯延巳词，常常给人以浅淡的哀愁之感，但词人表现"愁"情，并不仅限于抒发出内心的伤感，而是将"愁"视之为审美的观照对象，从人生历史的角度，发出了"为问新愁，何事年年有"（《鹧鸪天》）的咏叹。这样，其词意所指也不仅仅限定在"愁"上，"春来""惆怅""朱颜瘦""独立小桥""人归后"的感发，皆令人易产生含义极深的审美联想。冯延巳词善于结构外境，受客观物体的触发，词人常萌生朦胧而又实际的人生解悟。他时而对自然现象的变化生发出一些疑问，虽然此类形式大都是问而未答，但仍给人较为强烈的心灵触动。陈世修《阳春集序》云："观其（指冯词）思深辞丽，均律调新，真清奇飘逸之才也。""思深"，即见出了冯词不同凡响的词境构造。谭献评延巳《鹊踏枝》组词时也说："金碧山水，一片空濛。此正周氏所谓'有寄托入，无寄托出'。"[1]"金碧山水，一片空濛"，此言指出了冯词擅长结景造境的艺术特色。"有寄托入，无寄托出"，则说明冯词内蕴有词人感发意志，但由于个体胸怀并不显豁，词意较为宽泛、深远，故反倒给人以"无寄托出"的观感。南唐李后主词，王国维称之为"词至李后主而眼界始大，感慨遂深，遂变伶工之词而为士大夫之词"[2]。"眼界始大"，即脱离了词专写"昵昵儿女语"的"套路"；"感慨遂深"指个人身世之感发极为深沉。是评揭示了后主词艺术境界的表现特色。但是李后主词虽写出了人生悲哀，其词审美空间却可以说完全是沉浸在情感波浪的涌动之中，并未顾及、也难以清醒

---

① 《词辨》卷一。
② 《人间词话》。

地、理性地审视个体生命自在自为的存在价值。在李煜词中，审美意识基本上稳定在情感层次，词境与欣赏者之间较易沟通。可以说，自后主，至柳永、秦观、李清照等人创作，词体呈现出"专主情致"①的另一演变轨迹。

北宋时期，晏、欧诸人的词作，既不注重审美感觉的精细刻画，同时情感的表现也不那么浓挚、强烈，词作本体常偏重于人生自我的观照与反思，这一审美理性的艺术表现，并不是空洞、纯思辨的说教，而是在对外物圆照通观之后，获致些微而又深刻的哲理启迪。晏、欧身为台阁重臣，养尊处优，生活无多少利害牵挂。故对外在现实的直接感发，自然不似李煜、柳永、秦观那般激切。晏、欧尽可能与现实生活保持一段距离，以极为冷静的态度审视外在世界的递转变迁，从中细细体味出生活的真谛。其词作"能将理性之思致融入抒情之叙写中，在伤春怨别之情绪内，表现出一种理性之反省与操持，在柔情锐感之中，透露出一种圆融旷达之理性的观照"②。然而，晏、欧词理性层的展现，仅是对生命如水、人生苦短的感发与哀叹，人生的悲患意识并不强烈，只是生活优裕的士大夫文人在酒后茶余、观景赏春时自我心灵所流衍出的人生喟叹，词的空间形式尚开掘不深。

词发展到苏轼，审美理性的表现达到了极致。苏轼天生具备哲人的习性，对社会人生能予以自觉地思考。再加上苏轼词的创作，大都作于其中年仕途受挫之后，人生的悲患感受得已极深刻。故其词乃是作者长期生活实践体验的思想结晶，反思意识成分较重。词人常是以博大的胸怀，吞吐纳放人间是非得失，在"不思量"之中，深蕴了思

---

① 李清照：《词论》。
② 缪钺、叶嘉莹：《灵谿词说》，上海古籍出版社1987年版，第94页。

量至极的人生解悟（"不用思量今古，俯仰昔人非"《八声甘州》）。前人曾评苏词"非吃烟火食人语"①；"超然乎尘垢之外"②；"无一语著人间烟火"③，诸说含义即指苏轼以一超然的姿态，从高处俯瞰社会人生的风云变幻。作者在词中感发出的意识成分，已超出一般人所想、所感。苏轼与晏、欧不同，晏、欧词审美理性的表现，还多是个体内省意识对生命形式本身的感发；而苏轼词则融入了负重感极强的社会意识成分。个体身世跌宕的经验教训，社会时事的美丑是非，皆对其人格精神的塑造产生了潜在的影响。所以，苏轼词审美理性的感发更为深沉、厚重，词意所指也更为广博。

　　以上纵向粗略地描述了词审美理性表现的发展轨迹，述评旨在说明词这一文体形式，虽然情感的色彩较为鲜明，但在情感意识的更深层次，往往包融着词人的理性感悟。本来，中国古代文人也较注重文学创作中理性成分的表现，如刘勰言："登山则情满于山，观海则意溢于海。"④ 白居易言："诗者：根情、苗言、华声、实义。"⑤ 此处所说的"意""义"就包含了理性意识成分。的确，人的审美认识并不是处于单一的趋向流动，而是往往能穿透事物表象体察与领悟出某些生命存在之本源。因而，个体存在的各种价值形式，如社会价值、生命价值、生活价值等，皆可能通过艺术形式而表现出来。华兹华斯说过，"我记得亚里士多德曾经说过，诗是一切文章中最富有哲学意味的。的确是这样。诗的目的是在真理，不是个别的和局部的真理，而

① 黄庭坚：《山谷题跋》。
② 胡寅：《〈酒边词〉序》。
③ 俞彦：《爰园词话》。
④ 《文心雕龙·神思》。
⑤ 《与元九书》。

是普遍的和有效的真理；这种真理不是以外在的证据作为依靠，而是凭热情深入人心"①。别林斯基也认为，"想象仅仅是约束诗人的最主要的能力之一；可是仅靠这一点，还不足以构成诗人；他还必须有从事实中发现概念，从局部现象中发现一般意义的深刻智力"②。这就是说，诗人对社会生活的认识，常常具有高度的概括能力，丰富的生活材料与深邃的思想相互融合，完美创造，从而使作品闪现出诗思的火花。所以，词的艺术形式，不仅要给人以审美感知、审美情感的直接触动，而且理性成分的渗入也能深化词境，加强情感的力度。

二 意欲层深

以历时性的眼光来看，审美理性层的表现成分在各个时期会有不同内容，但理性的诗化区域仍有一定的历史沿革性，即不同时期的词人，往往吟诵着相类的题材，表现出的意识成分也颇有近似之处，尽管深浅的层次有一定的差异，表现形式也不完全一致。对此，我们可以根据词作表现对象、审美意蕴的大致类别，具体分析审美理性的诗化形式，从而确切地感知词体结构多功能创造的艺术个性。

如前所述，词的感知层、情感层，皆因其自身独特的艺术创作，构成了词体较为稳定的审美结构体系。感知与情感层的艺术形态，一般给予审美感官及心灵以直接的美感触动，词的外化性表现较为鲜明。此两类词体结构的美感形式，虽然直观感受较为强烈，但因其内涵的有限性，往往缺乏深厚的审美意味。审美理性层则显示出人的思

---

① 《抒情歌谣集·序言》，《西方文论选》（下），人民文学出版社 1964 年版。
② 《别林斯基选集》，时代出版社 1953 年版，第二卷第 124 页。

维有了更深的发展，同时也与感知、情感共同组合成词作立体式、纵深化的结构形体。毛揆曾云："词家意欲层深，语欲浑成，作词者大抵意层深者，语便刻画。语浑成者，意便肤浅，两难兼也。或欲举其似，偶拈永叔词云：'泪眼问花花不语，乱红飞过秋千去。'此可谓层深而浑成，何也？因花而有泪，此一层意也；因泪而问花，此一层意也；花竟不语，此一层意也；不但不语，且又乱落，飞过秋千，此一层意也。"① 毛氏所言，虽未直指审美理性结构体系的艺术特性，似乎是强调作词命意、遣词造句的审美规范，但是他所强调的"意欲层深"的审美创造，也正与审美理性层的表现正相吻合。"意欲层深"，即肯定了文体内在结构层次的多重性；"语欲浑成"，则是对词作语言表达的审美要求。词能"意欲层深"，含义就不肤浅，意蕴就极深厚。

　　在词中，审美感知、审美情感的艺术表现，或是通过较为具体而细腻的笔触极力描述、渲染，使纷繁的物象形式作用于人们的视、听感官；或以幽微曲折的情调变化，充分传达出人物真切的情感成分。审美理性成分在词中的出现，常常是不多加说明，只是略一点化，即撇开笔调，词体的上、下文似乎并不相互联贯。如晏殊的《采桑子》：

　　　　樱桃谢了梨花发，红白相催。燕子归来，几处风帘绣户开。　　　人生乐事知多少，且酌金杯。管咽弦哀，慢引萧娘舞袖回。

词上片详写外界物象的具体状况。下片换头，"人生乐事知多少"，以发问式句型表现出词人的理性思考。"且酌金杯"以下，则由心灵深

---

① 王又华：《古今词论》。

处的感发转换为具体生活的描写。故此词"人生乐事知多少"的点化方式，从语意表现来看似嫌孤立，但与前后的实写景象有着内在的有机联系。上文的物象变化蕴含词人对时光流逝的"无奈"之情，只是这一言外之意未予直接点明罢了。下文"人生"句后，虽多写具体事件，但也实是词人人生感叹的延伸。审美理性的深化，给表层物象、人物情感添著上更为丰富的审美意蕴，拓展了词的空间结构层次。

因此，在词中，尽管审美理性成分并不多加陈述，但理性的火花常能使词作的审美含义超越语意表层所指范围，给人以"言外之旨"的深刻感悟。清人田同之曰："词自隋炀、李白创调之后，作者多以闺词见长，合诸多家计之，不下数千万言，深情婉至，摹写殆尽，今人可以不作矣。即或变调为之，亦须别有寄托，另具性情，方不至张冠李戴。"① 此即是说，词以善写男女闺情见长，但前人作词"深情婉至"，摹写成习，已难出新。故后人作词常求翻新、"变调"，须"别有寄托"。此一"寄托"形式，在况周颐看来，表现为"身世之感，通于性灵"②。"身世之感"，是指个体长期生活实践的切身体验；"通于性灵"，即表明与主体生命意识有密切关联。在况周颐以前，曾对"寄托"说有开创之功的周济也曾说过，"夫词，非寄托不入，专寄托不出。一物一事，引而伸之，触类多通……赋情独深，逐境必寤，酝酿日久，冥发妄中，虽铺叙平淡，摹缋浅近，而万感横集……"③。此处所标举的"有寄托""无寄托"之说，着重强调的是作家创作必须从客体表现对象，引发出极为丰富的生活意旨（"一物一事，引而伸

---

① 《西圃词说》。
② 《蕙风词话》。
③ 《宋四家词选目录序论》。

之，触类多通"）。创作主体对人生如有深刻的认识，则"情境"的
创造也能深入（"赋情独深"）；词境的构造层层拓进，自然词体本身
也能诱导欣赏者产生更为丰富的联想（"逐境必寤"）。周济、况周颐
所论，虽未直接申明审美理性与词境创造的关系，但他们所强调的
"一物一事，引而伸之"；"身世之感，通于性灵"，皆可视之为言及到
审美理性的具体表现内容。词体审美理性层的艺术化创造，的确得力
于词人自身生活实践的经验积累，以及作家对社会人生的自觉反思与
观照。当审美思维能够从人类生存的角度，洞察、领悟出客体外化形
式的内在意蕴（包含有丰富的生命意念），则此一词情的艺术处理，
就能使词体语意系统结构成多层次的词境形式。如苏轼的《减字木兰
花》：

> 莺初解语，最是一年春好处。微雨如酥，草色遥看近却
> 无。　　休辞醉倒，花不看开人易老。莫待春回，颠倒红英间绿苔。

上片写明媚的春景，视、听形象表现得较为动人。下片换头，词意遂
递进一层，何为醉倒不却？乃因"花不看开人易老"，此句似为人物
对客观物态的一般感受，但内在含义却极深厚。"花不看开"，乃喻好
景难再；"人易老"是对生命短暂的伤感。词人心灵深处的苦痛不言
自明。歇拍"莫待春回"两句，从外表癫狂、迷醉的行为方式，可以
感触到词人所未予明言的生命价值观念，即惜时如金、及时尽情享受
人生。所以，此词从表层文意而言，乃与一般的伤春之词并无多少区
别，但词境的深层结构形式，却因创作主体的"以心会入"而添加了
无穷情蕴。

三　强化情感的艺术功能

词审美理性的突出表现，虽使词体结构的情感色彩有所淡化，但并不意味着削弱情感力量的强度。淡化，只是从词作表层结构而言，即词作给人的美感并不直接而明确。而审美理性所产生的艺术效果，能引发观赏者对社会人事作更深的思考，由此而激发起更为强烈的情感活动。作家的感觉常为外物所牵动，"情以物迁，辞以情发"①。当人还处在一种自在的生存阶段时，情感的促发往往是被动的。此类情感表现形式，虽能给人以较为真切的审美感受，但往往因为作品内外表意结构处于对应的关系，审美想象有一定的限定性，故词作本身缺乏令人品赏不已的审美韵味。如秦观词颇重"情致"的创造，人物内心那种离愁别绪的情感活动表现得尤为具体、细腻，词作由"情胜"而极显"伤心人"之怀抱。但由于情感活动始终制约着词人的创作思维活动，致使主体意识不能从更高层次予以总体、自觉地审视社会人生。因而，作品情感的表现较为充分，词意的开掘尚达不到一定深度；词境的内聚力较强，但广延性则显不足，"格力失之弱"②。但是到了中、晚年，秦观饱经社会磨难，熟谙人情世故，故其词的兴发感会，就不限定为一时一地的切肤之痛，而是超越特定生活境遇，有了较高层次的审察。其词既保留了"以情动人"的审美品性，同时"若隐若现，欲露不露"③ 的审美意蕴，也能促发观赏者对人生价值作更

---

① 《文心雕龙·物色》。
② 《苕溪渔隐丛话·后集》。
③ 《白雨斋词话》卷一。

深的思考。如《江城子》词：

　　　　南来飞燕北归鸿，偶相逢，惨愁容。绿鬓朱颜重见两衰翁。别后悠悠君莫问，无限事，不言中。　　　小槽春酒滴珠红，莫匆匆，满金钟。饮散落花流水各西东。后会不知何处是？烟浪远，暮云重。

此词作于北宋元符三年（1100）。其时哲宗已崩，徽宗即位，五月下诏令，抚恤元祐难臣。因而贬谪外地远域的臣子多内迁。六月，苏轼也量移廉州。他在北上途经雷州时，专门探访了落难于此地的秦观。久别重逢，两人自然百感交集，饮酒相慰。秦观拿出以前所作的自挽词呈给苏轼，挽词感愤社会污浊险恶，痛悼身世遭际，情调凄楚哀伤，强烈地表白了词人意与世辞的情怀。此时想想挚友良师将远别，后会又难以预计，秦观不禁感慨万千，悲从中来，遂举杯吟唱，作词一首《江城子》。词起首以"南来燕""北归鸿"形容双方各自处境，且直接坦露出词人哀痛欲绝的心境。接下"绿鬓"句，表层文意乃为人物外观的描写。然由"重见"而联结"绿鬓朱颜"与"衰翁"的鲜明对比，这种强烈的反差，实是采用了写实就虚的表现形式，内在蕴含了词人深重的人生悲患：光阴易逝，人生短暂；生不逢辰，命运多舛，生命的旅程就在种种人事纠葛、社会风波中，倏忽走到了尽头。下句"别后悠悠君莫问"，"别后"，当指上次分别；"悠悠"，悠悠人生路。君无须再详问，生活道路几忧愁。"无限事，不言中"，真是"无声胜有声"，这一"不言中"，包容了词人几十年风风雨雨的人生体验与感受：人生所遇的种种磨难、厄运，已是一言难尽，说又怎

样？抑或是词人此时已悟透生活哲理，释解消极、悲观情绪，转而以
一洒脱、超旷的胸怀面对人生？恐怕兼而有之。故此词上片虽未予明
说自我具体身世苦难，但词中所流露出的无限幽愤之情，却能令人感
受到其词格调尤为"沉郁"，也极易引发出丰富的联想于人生的反省
中。总之，审美理性的艺术表现取决于人的自觉意识对自身存在形式
的反思。对外在事物的感发往往也能体现出主体自身的价值观念与自
主意识。在词境构造的具体过程中，表现材料"在我发挥"，自我意
识既能"入乎其内"，又能"出乎其外"①，理性的点化致使词作结构
幽渺深远，也极易产生"意在笔先，神余言外"的美感效果。质的升
华，必然使审美情感在量上也有可能加强。

蒋捷有词云：

> 少年听雨歌楼上，红烛昏罗帐。壮年听雨客舟中，江开云低
> 断雁叫西风。　　而今听雨僧庐下，鬓已星星也！悲欢离合总无
> 情，一任阶前点滴到天明。（《虞美人》）

蒋词主要描述了人生不同时期的心理情态。作一并不十分确切的比
喻，词体审美感知、审美情感、审美理性的不同结构层次，犹如人生
成长的童年、青年、成年的三个阶段。当稚气未脱、总是以新奇的目
光观察外在事物时，外界的色、声、形的各种具体表现形态，常能在
心底泛起阵阵涟漪，产生出美好的遐想。步入青年，则心旌摇荡，情
性萌动，多情的心灵极为锐敏，对外界的认识常携带浓郁的主观色

————————————
① 《人间词话》。

彩。进入成年期，人的思想深沉许多，对客观现象也能以较为冷静的头脑去看待，常自觉不自觉地凭借一定的价值观念，"以我观物"，究极自然、生命之本源。虽然成人的情感外露并不十分明显，但却更为深沉、含蓄、执着。所以，词体审美理性的表现，实是词人心态趋向成熟的标志，是词境向纵深发展的必备条件。

第十章　唐宋词物象分析

　　我们将词视之为抒情性极强的文体，但也必须明确，注重主体性的艺术创造，并不是说就可以舍弃外界事物的触发媒介，取消对客观事物的完美塑造。黑格尔曾说："抒情诗也不排除对外界对象的鲜明描绘。真正具体的抒情作品，要求把主体摆在他的外在情境里，因而也要把自然界和地方色彩之类采纳进来，甚至有些抒情诗也只是在这方面下功夫。"[①] 黑氏所语，肯定了客体对象的"鲜明描绘"对诗歌抒情性的辅助作用。中国古代文人对文学创作中人物情感与客观物体相互影响的重要性也有很深刻的认识。如刘勰言道："诗人感物，联类无穷。流连万象之际，沉吟视听之区。写气图貌，既随物以宛转；属采附声，亦与心而徘徊。"[②] 人物情感借助于外象形式而投射、释放出去；同样，对客体的审美创造，也能结构成完整、美感力极强的艺术境界，给人以鲜明的审美感知。由"词心"所规定，词体物象形式也具有独特的艺术风貌，这既反映出时人共同的审美取向，而且于词中也创造出精美的艺术境界。因而，分析与认识词体物象的表现形态与其审美意味，这对了解艺术结构的本质特征无疑是很重要的。

[①] 《美学》，商务印书馆 1986 年版，第三卷（下）第 213 页。
[②] 《文心雕龙·物色》。

一　物象特征

与表现对象、审美情调较为统一相协调，唐宋词物象形式也有着明显的类型化倾向，即同类物象在词中有较高的使用频率。据精确统计①，以下与物象相关的字种出现的次数较多：

风：12867　　　　花：11432　　　　云：7590

水：5156　　　　雨：4998　　　　江：4263

烟：3834　　　　梅：2952　　　　柳：2861

雪：2718　　　　草：2167

此类物象在许多作家作品中反复出现，常常给人以似曾相识的印象。这虽然使词体外观显得相对单一，但如细细地体味，其实并不影响某一作品的艺术表现力。同类物象在不同作品中所处的位置、所起的作用并不完全等同。而且，物象与物象之间铺陈排列的相异组合形式，也往往能极好地适应情感表现的需要。如同是写明月，苏轼的"明月几时有"（《水调歌头》），晏几道的"当时明月在，曾照彩云归"（《临江仙》），两者所构成的意境、所产生的艺术情趣显然不同。苏轼词借客观物象的交替变化，隐蕴了人生无常、好事难再的内心感慨。而晏几道词，则藉明月这个意象，抒发自己对美好往事的思恋、追慕之情。再比如晏殊《踏落行》："春风不解禁杨花，濛濛乱扑行人

---

① 据南京师范大学《全宋词》计算机检索。

面。"王雱《眼儿媚》："杨柳丝丝弄轻柔,烟缕织成愁。"同写杨花,前者注重场景气氛的渲染,写出了景象的迷离状态;后者以实写虚,显得极为轻灵、细微,且渗透进缕缕情思("愁")。类型化的表现形式,致使词人有着较为自觉的艺术追求。词人要凭借寻常事物构造出新颖的词境,传达出幽渺的生活情趣,自然就必须在技巧上下功夫。唐宋词之所以给人以较为强烈的审美感受,这在一定程度上与它们对物象的精心创造是分不开的。

　　词较为注重抒发个体的生活感受,因而词中物象形态也洋溢着浓郁的生活气息。物象种类大多为生活中惯常所见的具体事物,这正如缪钺先生所提示的那样:"言天象,则'微雨''断云''疏星''淡月';言地理,则'远峰''曲岸''烟渚''渔汀';言鸟兽,则'海燕''流莺''凉蝉''新雁';言草木,则'残红''飞絮''芳草''垂杨';言居室,则'藻井''画堂''绮疏''雕栏';言器物,则'银缸''金鸭''凤屏''玉钟';言衣物,则'彩袖''罗衣''瑶簪''翠钿'……"① 生活类物象,往往令人感到较为亲切,很易激发起人们的审美想象活动,产生相应的情感共鸣。因而在词中像唐代边塞诗极力描绘塞外荒漠的粗犷、壮丽,以及李白《蜀道难》《梦游天姥吟留别》之类展现地域自然山水奇观的作品可以说极为少见。如范仲淹的《渔家傲》("塞下秋来风景异"),人们常称之为宋词反映边塞生活的代表作。但此词并未极力铺张边塞场景的荒凉,也未具体描写异域的自然景观。场面景色只是略作交代,稍为点化,着重"述边镇之劳苦"②,从而传达出主人公那种思家难归的心灵苦痛。词很注重人物

① 《诗词散论》,上海古籍出版社1982年版,第56页。
② 魏泰:《东轩笔录》卷十一。

心态的具体写照，情感色彩浓烈，所以相对而言，词之"移情"作用较为明显。词人不是将审美思维倾心于外观景物的自在情趣上，而是将自然景物作为"移情"对象；外在物象本身的审美意义并不十分重要，关键是要能适应情感的抒发。这样，词人要眇深微的心灵脉动，自我观照的生活情趣，自然就将审美视界转到斗转星移、花谢叶落等客观物象微妙变化的发现、感触方面。

与诗不同，词不是一句一境，而是通首构成完整的场面。物象形式作为画面的构成部分，本身并不作过于详尽的描述，只起到局部的点缀作用。物象的组合以及与情感的交融，往往结构成声情并茂、形神俱备的词境形式。如晏殊的《诉衷情》：

> 芙蓉金菊斗馨香，天气欲重阳。远村秋色如画，红树间疏黄。　　流水淡，碧天长，路茫茫。凭高目断，鸿雁来时，无限思量。

词中芙蓉、金菊、远村、红树、疏黄、流水、碧天、鸿雁等多处物象，既有近景的局部描写，又有远景的整体勾勒。词作借助物象所描绘出的江村山水图，给人的审美感官如视觉、听觉、嗅觉以一定的触动。再比如张先的《浣溪沙》：

> 水满池塘花满枝，乱香深里语黄鹂。东风轻软弄帘帏。
> 日正长时春梦短，燕交飞处柳烟低。玉窗红子斗棋时。

词作侧重客观景象的描绘，人物之情含而不露。"水""池塘""花"

"黄""东风""帘帏""燕""柳烟""玉窗"等众多物象，组合成视听
感极强的画面，景象显得极为优雅。正如俞陛云先生之所云："'日
长'二句写春景，辞妍而笔轻；'玉窗'句丽不伤雅，情味在含
蓄中。"①

二　物象类型

对客体对象与审美主体的关系，古代词论家也有明确的识见。刘
熙载说："昔人咏古咏物，隐然只是咏怀，盖其中有我在也。"② 词中
有"我"在，物象、景观不单是客观描写，而是内在于其中的"我"
起着主导作用，这就肯定了主体性艺术创造的必要性。沈祥龙也有相
类论述："咏物之作，在借物以寓性情，凡身世之感，君国之忧，隐
然蕴于其内，斯寄托遥深，非沾沾焉咏一物矣。"③ 咏物与寓情，两不
分离，而更为侧重的是"情"——主体意志的艺术化实现。故词的文
本尽管表层结构是以写景咏物为主要对象，但是"隐然蕴于其内"的
寄托意志，却构成了作品的艺术生命。上节已言，词中所出现的物象
多取自日常生活中所见，而这在很大程度上取决于作家本身的生活实
践。但是，作家创作虽然是以现实生活为主要内容，创作的结果毕竟
是不能等同于客观自然的"第二自然"。人物心态的创造，乃为艺术
区别于自然而又高于自然的关键所在。因而，作家创作如能具备"在
我发挥"④ 的审美意识，那么就能自觉地投注自我生命于艺术本体中，

---

① 《唐五代两宋词选释》，上海古籍出版社 1985 年版，第 151 页。
② 《艺概·词曲概》。
③ 《论词随笔》。
④ 张炎：《词源》卷下。

使物象皆著上"我"之色彩。在词中，物象的审美结构并不是艺术创造的终极旨趣，它只是作为情感传达的中介形式，起着传递与再创造功能。"在艺术里，感性的东西是经过心灵化了，而心灵的东西也借感性化而显现出来。"① 所以词中物象的色调变化，往往与人物心灵的发展脉络不可分离。与人物心境相为关联，物象类型可以从大体上划分为以下几类。

艳丽型　此类物象形式，与人物的相思爱恋之情相关，尤其适合以女性为主人公的"代言体"创作形式。唐宋词在表现男女相思之类的题材时，人物的生活场所处于庭院闺房之中，所见物象大多为室内器物、人物服饰以及花草虫鱼。由于词中主人公大多为丽人贵妇，装饰华贵，格调高雅，所以物象色彩较为鲜明、艳丽，人物情调委婉含蓄。如韦庄的《酒泉子》：

> 月落星沉，楼上美人春睡。绿云敧，金枕腻，画屏深。
> 子规啼破相思梦。曙色东方才动。柳烟轻，花露重，思难任。

此词写"美人"春梦乍醒的神态，笔致细腻。"绿云""金枕""画屏"，色彩感极强；"月落""星沉""柳烟""花露"，笔调轻灵；"梦破""思难任"的心绪描述，也显得极为优雅。再比如顾敻的《浣溪沙》：

> 红藕香寒翠渚平，月笼虚阁夜蛩清，塞鸿惊梦两牵情。

---

① 黑格尔：《美学》，商务印书馆1982年版，第一卷第49页。

　　　　宝帐玉炉残麝冷，罗衣金缕暗尘生，小窗孤烛泪纵横。

　　此词也是写女性空闺独守的思念愁绪，情调较为忧郁，但词中物象色调却极为艳丽。如"红藕""翠渚""宝帐""玉炉""罗衣""金缕"等，"皆以丽之笔，寓宛转之思"①，词作颇有雍容华贵之气。

　　清淡型　与词人恬淡的心境相仿，词中物象形式往往多以实写笔法描摹形体，不刻意修饰，物象本身的表现力相对较弱。词作主要给人以整体美感，局部的感染力并不强烈。如苏轼的《鹧鸪天》：

　　　　林断山明竹隐墙，乱蝉衰草小池塘。翻空白鸟时时见，照水红蕖细细香。　　村舍外，古城旁，杖藜徐步转斜阳。殷勤昨夜三更雨，又得浮生一日凉。

　　词中"林""山""竹""蝉""草""鸟""红蕖""斜阳"等处物象，只是作为视觉形象作用于人们的审美感官，色彩感并不炫目。因而，词作境界清静，格调悠缓，正好贴近词人那由外象而触发的超然胸怀。这正如郑文焯所评："渊明诗'啸傲东轩下，聊复得此生。'此从陶诗中得来，逾觉清异。"再比如张孝祥的《西江月》：

　　　　问讯湖边春色，重来又是三年。东风吹我过湖船，杨柳丝丝拂面。　　世路如今已惯，此心到处悠然。寒光亭下水如天，飞起沙鸥一片。

---

① 《唐五代两宋词选释》，上海古籍出版社 1985 年版，第 78 页。

词作尽管是写春色，但并未着意刻画，而是以"东风""柳丝""湖水""沙鸥"几种物象略作点缀，借以映衬词人"世路已惯""此心悠然"的心怀。因而清淡型物象，其本身的情感色彩并不鲜明，多是通过众多物象组合成完整的生活画面，为词人超然、自在的心灵表现提供场所。

　　雄浑型　当词人视野拓开，激情充沛，感发深远时，外界景物常以其雄浑、壮观的景象而切合词人的心境需要。因而词中物象阔大，且运动感极强，气势较盛。此类物象的艺术表现，常常不注重细节的描写，而是粗线条的勾勒，着重场面的铺展，以求与词人豪放、旷达之胸怀相为合拍。如苏轼的《念奴娇》起首："大江东去"，大笔挥洒，写滔滔江水东流而下，视界极为开阔。再递进"浪淘尽，千古风流人物"，由物象的动态变化，包蕴了极为厚重的人世忧患，语气雄放。接下，"故垒西边，人道是，三国周郎赤壁"。笔法疏宕，但"赤壁""故垒"两处地名的交代，也足以促发人们想象古战场之悲壮。"乱石崩云，惊涛骇岸，卷起千堆雪"，极力渲染场景气氛：山崖交错林立，云雾剧烈翻腾，涛声阵阵，浪花飞溅，令人惊心骇目。结拍两句，统括上文，由外象表现自然过渡到人事。此词上片物象未予详尽铺陈，只是粗笔点化。但山水之磅礴气象，还是为词人深沉的人生感慨作了极好的铺垫，这从中也能见出作者非凡的胸怀。再比如周邦彦的《西河》（金陵怀古）：

　　　　佳丽地，南朝盛事谁记？山围故国绕清江，髻鬟对起。怒涛寂寞打孤城，风樯遥度天际。　　断崖树，犹倒倚，莫愁艇子曾系。空余旧迹郁苍苍，雾沉半垒。夜深月过女墙来，赏心东望淮水。　　酒旗戏鼓甚处市？想依稀、王谢邻里。燕子不知何世。入寻常、巷陌人家，相对如说兴亡，斜阳里。

此词乃为咏古之作。唐圭璋先生曰："'山围'四句，写山川形胜，气象巍峨。第二片，仍写莫愁与淮水之景象，一片空旷，令人生哀。第三片，藉斜阳、燕子，写出古今兴亡之感。全篇疏荡而悲壮，足以方驾东坡。"[1] 沉际飞曾云，此首使"介甫《桂枝香》，独步不得"[2]。即是说清真词足以媲美王安石《桂枝香》词，而这显然得力于词中巍峨气象的表现。

　　阴冷型　唐宋词人多言"愁"，这其中既有相思无据、愁情难遣的诉说，又有怀古伤今、感怀人事的嗟叹。这样，当词人以极为黯然的心境看待外界事物变化，或由"物"而引发主人公百感断肠时，物象为人"情"所染就，也添著上昏暗、阴冷的色调。此类物象，由于受情感的内驱作用，情与物紧密交融，物体的情态化特征也较为突出。而且，物象的表现也很注重贴近人物深细微妙的心理变化，细节描写较为得体。如秦观的《浣溪沙》：

　　　　漠漠轻寒上小楼，晓阴无赖似穷秋，淡烟流水画屏幽。
　　　　自在飞花轻似梦，无边丝雨细如愁，宝帘闲挂小银钩。

此词写妇人别离之愁绪。词中"轻寒""淡烟""流水""画屏""飞花""丝雨""宝帘"等场景物象的铺写，烘托出迷离、清冷的气氛，

---

① 《唐宋词简释》，上海古籍出版社 1981 年版，第 138 页。
② 《草堂诗余正集》。

人物愁绪也犹如淡烟薄雾般弥漫于词境空间，给外物景观平添了几分情意。词中"漠漠轻寒""晓阴无赖""淡烟流水""飞花似梦""丝雨如愁""宝帘闲挂"等处的精细刻画，也足以反衬出人物极为敏感而多情的心理。姜白石词，意境如"瘦石孤花，清笙幽磬"[①]。其词《湘月》："暗柳萧萧，飞星冉冉，夜久知秋信。"以秋夜深静、飞星流动的昏暗色调，勾画出幽静、冷艳之境。再如柳永的《玉蝴蝶》：

> 望处雨收云断，凭栏悄悄，目送秋光。晚景萧疏，堪动宋玉悲凉。水风轻，苹花渐老，月露冷，梧叶飘黄。遣情伤，故人何在？烟水茫茫。　　难忘，文期酒会，几孤风月，屡变星霜。海阔山遥，未知何处是潇湘？念双燕，难凭远信；指暮天，空识归航。黯相望，断鸿声里，立尽斜阳。

上片"雨收""云断""秋光""水风""花""月露""梧叶""烟水"等物象形态，较好地描绘出"秋雨乍歇""晚景萧索"的秋夜景色。下片词人则着力抒发"黯相望"，却"念双燕，难凭远信；指暮天，空识归航"的凄楚心情。词作色调灰暗，格调低沉，景与情妙合无间，声情凄婉。

以上所论只是示其大概，唐宋词物象类型当不止上述四种。总之，物象的审美创造并不只是客体形式的机械摹写，其自身所蕴含的情感成分，也大大增强了词体的艺术感染力。

---

① 郭麐：《灵芬馆词话》。

三　物象结构

物象的结构形式，往往也会根据审美需要形成不同的组合关系。一般而言，词体结构偏重审美感知的艺术创造，物象出现的频率就较高。而情感表现突出，主体意识活动较为强烈时，物象在词体中就呈疏放的结构形态。密集型物象，整体画面感较强，如李煜的《应天长》：

> 一钩初月临妆镜，蝉鬓凤钗慵不整。重帘静，层楼迥，惆怅落花风不定。　　柳堤芳草径，梦断辘轳金井。昨夜更阑酒醒，春愁过却病。

此词写春夜愁绪。词中"初月""妆镜""蝉鬓""凤钗"等处描写，暗示了人物的慵懒无绪。"重帘""层楼""落花"，则通过外物状况的刻画，衬托出人物孤苦冷寂的心境。下片"柳堤""芳草""辘轳""金井"，皆暗示昔日与情人相游的一段往事。歇拍点明题意：愁病交加，思恋甚痴极苦。此词人物"愁"情虽已沉积甚重，但并不是采取激流奔放式的倾诉方式，而是借助于物象的调和功能，以外象感知进而触动心灵，引发想象。此类词体结构形式，笔法较实，词作的表情效果较为含蓄。吴文英词，谭献评为"有五季遗响"①，此即是说，梦窗词承五代词创作风气，着力于外象形态的描绘。如《风如松》：

———————————

① 《词辨》卷一。

　　听风听雨过清明，愁草瘗花铭。楼前绿暗分携路，一丝柳、一寸柔情。料峭春寒中酒，交加晓梦啼莺。　　西园日日扫林亭，依旧赏新晴。黄蜂频扑秋千索，有当时、纤手香凝。惆怅双鸳不到，幽阶一夜苔生。

词中"风""雨""花""柳""莺""西园""林亭""黄蜂""秋千""双鸳""幽阶""苔"等物象形式，声色感极强。密集的物象，使人的审美意识始终不脱离感官形式。

　　当作者笔触着力于人物心境、情感的流动构成艺术表现的主线时，物象往往只是在局部发挥着作用，显示出较为疏放的词体结构形式。如苏轼的《江城子》：

　　十年生死两茫茫，不思量，自难忘。千里孤坟，无处话凄凉。纵使相逢应不识，尘满面，鬓如霜。　　夜来幽梦忽还乡，小轩窗，正梳妆。相顾无言，惟有泪千行。料得年年肠断处，明月夜，短松冈。

词为悼亡之作。"词心"稳定在怀念亡妻这一审美情感层次。故作品中词人的思绪处于不间断的流动状态，情调的转换较为显明。"真情郁勃，句句沉痛，而音响凄厉，诚后人所谓'有声当彻天，有泪当彻泉'也"①。词中"孤坟""明月""松冈"只是略着几笔，勾勒出场景的粗线条轮廓，给人的审美想象提供了有限的空间。物象作为情感投

———————————

① 《宋四家词选》。

射的对象形式，自身的表现力相对弱化。再如秦观的《江城子》：

> 西城杨柳弄春柔。动离忧，泪难收。犹记多情、曾为系归舟。碧野朱桥当日事，人不见，水空流。　　韶华不为少年留。恨悠悠，几时休？飞絮落花时候，一登楼。便做春江都是泪，流不尽，许多愁。

此词物象类型，从表层来看似乎较多，有"杨柳""朱桥""碧野""归舟""飞絮""落花""春江"等。然而由于词作上、下片人物情感的流露皆极为激切，外象遮上了浓郁的主观色调，所以物象的构景能力并不强，很容易见出人物心态的发展轨迹。

物象的疏、密，既然与词作情感的表现有密切联系，那么由此产生的审美效应也会有一定差异。通常，密集型物象，艺术效果较为含蓄；而疏放型，则给人以较为直接的审美感受。这主要是因为，物象形式在词体结构中也起着调节、强化功能。物象密集则外形化特征较为突出，情感的表现含而不露，时隐时现。如韦庄的《清平乐》：

> 野花芳草，寂寞关山道。柳吐金丝语早，惆怅香闺暗老。　　罗带悔结同心，独凭朱栏思深。梦觉半床斜月，小窗风触鸣琴。

词中"野花""芳草""山道""柳丝""罗带""朱栏""斜月""小窗""琴"等处物象，构成密集的物象群。而散见于其间的"惆怅""悔""思""梦觉"等情感成分，具体所指并不十分明确。因而词作中的视听感觉大大强化，而情感的艺术力量只是随词境的深入渐为加强。再如周邦彦的《尉迟杯》：

> 隋堤路，渐日晚，密霭生深树。阴阴淡月笼沙，还宿河桥深处。无情画舸，都不管、烟波隔前浦。等行人、醉拥重衾，载将离恨归去。　　因思旧客京华，长偎傍疏林，小槛欢聚。冶叶倡条俱相识，仍惯见、珠歌翠舞。如今向、渔村水驿，夜如岁、焚香独自语。有何人、念我无聊，梦魂凝想鸳侣。

词中"隋堤日晚""密霭深树""淡月笼沙""河桥深处""无情画舸""烟波翠舞""渔村水驿"等处场景的描绘，景象气氛极为朦胧凄迷，词中"离恨"似花丛暗流不经意地从写景状物中款款溢出。周济评曰："南宋诸公所断不能到者，出之平实，故胜。"[1]"出之平实"，即词境多着以实写之笔，通过寻常生活的写照，隐蕴了词人的人生感触。

物象疏放，词人主观意念、自身情感的艺术表现则相应充实，笔调随心态的运动而起承转合，词情的表露较为直接而强烈。如柳永的《忆帝京》：

> 薄衾小枕凉天气，乍觉别离滋味。展转数寒更，起了还重睡。毕竟不成眠，一夜长如岁。　　也拟待、却回征辔，又争奈、已成行计。万种思量，多方开解，只恁寂寞厌厌地。系我一

---

① 俞陛云：《唐五代两宋词选释》，上海古籍出版社 1985 年版，第 316 页。

生心，负你千行泪。

词起首"薄衾小枕凉天气"，写物实已包含了词人悲凉处境的感受。
故下句"乍觉"，笔触很自然地过渡到人物心灵的表现。"展转数更"
"起了重睡"，以动态化的行为细节描写，写出了人物的百端忧思。
"毕竟不成眠，一夜长如岁"，心理感受极为深切。下片词情落到实
处，"也拟待回""又争奈成行计"，心情显得十分矛盾。"万种""多
方"的解脱方式，仍无法消除"寂寞"的痛苦。歇拍发一感慨，直接
点明心声。此词基本上是人物心境的叙述，起首物象的交代，并未能
让人产生更多的联想，词作情感色彩较浓，语言表现畅直、明快。

当然说物象密集，意旨含蓄，也并不是证明词情感染力不强。物
象与情感密不可分，物象勾画的场景，渲染出的气氛，常常也能增强
情感力度。因而，有时虽非直接言情，但情蕴含在其中。如周邦彦的
《拜星月慢》：

> 夜色催更，清尘收露，小曲幽坊月暗。竹槛灯窗，识秋娘庭
> 院。笑相遇，似觉琼枝玉树相倚，暖日明霞光烂。水眄兰情，总
> 平生稀见。　　画图中，旧识春风面。谁知道，自到瑶台畔。眷
> 恋雨润云温，苦惊风吹散。念荒寒，寄宿无人馆。重门闭，败壁
> 秋虫叹。怎奈向，一缕相思，隔溪山不断。

此词物象较密，"清尘收露，小曲幽坊月暗"，写出了场景之深静、清
幽；"琼枝玉树相倚，暖日明霞光烂"，衬映出昔时"相遇"的热烈气
氛。下阕笔调一转，俞陛云先生云："'雨润云温'，何等旖旎；'秋虫

空馆'，何等荒寒，两相写照，情孰能堪！人与寒蛩，同声叹息矣。"①
再比如柳永的"念去去，千里烟波，暮霭沉沉楚天阔"；"今宵酒醒何
处？杨柳岸，晓风残月"，历来为人们所称道。此两句乃为场景之实
写，然对整首词的情感表现起到重要的烘托作用。李攀龙云："'千里
烟波'，惜别之情已骋。"② 刘熙载云："词有点染，柳永'念去去'三
句，点出离别冷落；'今宵'二句，乃就上三句染之。"③ 以上两说，
实道出了词体情与景相互作用的真谛。同样说物象疏放，言情畅达，
也并不是说词情就一定浅明、平直。词人之情的表现，有时尽管可以
不藉物象托衬，但人之心灵本身也是极为复杂、微妙的。深沉的人生
思考，强烈的忧患意识，也使词情内涵极为丰厚。此点无须再详细
分析。

　　总之，物象在词体结构中占据着重要的位置，且生发出含义极丰
富的审美意味。对词体物象形式的审美观照，将有助于我们更确切地
把握词的审美特性。

---

① 俞陛云：《唐五代两宋词选释》，上海古籍出版社 1985 年版，第 316 页。
② 《草堂诗余隽》。
③ 《艺概·词曲概》。

第十一章　唐宋词风格的实质分析

词学界官司打得最大、时间最长的恐怕莫过于豪放、婉约之争了。豪放、婉约的明确划分，始于明代的张綖①。依人们的审美定势，婉约词多侧重男女恋情的表现，格调柔婉，语言艳丽，代表作家有晏殊、欧阳修、柳永、秦观、李清照等人；豪放词是指苏轼、辛弃疾等人所创作的反映现实、风格高亢的词作。在词的发展历史过程中，人们或是崇婉贬豪，或是倒转过来扬豪抑婉，据理力争，莫衷一是。

一　观念的释义

笔者以为，此一论争貌以针锋相对，但两种观点的实质却依据了不同的审美标准。崇婉贬豪，其理论倾向主要是维护词"别是一家"的地位，认为婉约词代表了词体的本色风格，体现出词区别于诗的主要审美属性。扬豪抑婉，则侧重以文学的政治道德观念为评判标准，认为词唯有广泛地反映现实生活，表现出民生疾苦，呼出时代的最强音，方能充分发挥文学的社会功能，与诗文争得一席之文学地位。故从理论的审美意向来看，前者是以"美"为标准，后者则更注重的是"善"。的确，评价某一作品或流派，"美"与"善"的价值要素是不

---

① 《诗余图谱·凡例》曰："词体大略有二，一体婉约，一体豪放。"

能强行割裂的。但在具体评价某一文学现象时，人们的审美观念也可能根据时代、个体的主客观需要有所偏重，这本来也是由文学社会功能多项内质所规定的。如再进一步分析还可见出，崇婉派多以词体的发生形态为主要的批评对象，崇豪派更强调词体的历史发展。所以，既然评判的立足点不同，自然两说也自有长短之分了。实际上，前人也意识到崇一派而抑另一派，并不符合文学发展的实际情况。如毛稚黄曰："词句参差，本便旖旎，然雄放磊落，亦属伟观。"[①] 田同之曰："填词亦各见其性情。性情豪放者，强作婉约语，毕竟豪气未除；性情婉约者，强作豪放语，不觉婉态自露。故婉约自是本色，豪放亦未尝非本色也。"[②] 顾咸三曰："宋名家词最盛，体非一格，辛苏之雄放豪宕，秦柳之妩媚风流，判然分途，各极其妙。"[③] 以上数人评语，对豪放、婉约两种词风的文学价值分别给予了充分的肯定。今人所关注的问题倒是，豪放、婉约这一风格划分的方法本身是否科学。詹安泰先生曾提出将词风细分为"真率明朗，高旷清雄，婉约清新，奇艳俊秀，典丽精工，豪迈奔放，骚雅清劲，密丽险涩"[④] 等。詹先生的文学主张，虽然在当时以至以后相当长的一段时间内，由于历史原因未能得到人们的充分响应。但近几年人们的思维方式有了根本的改变，也习惯于多方位、多角度地看待客观事物，审美情趣也趋向多样。因而，学术界有一股强烈的思想倾向，认为豪放、婉约的划分有机械、笼统之嫌，忽略了创作品格的复杂性、多样性，不利于对两宋词风作深入、具体的分析。确实，文学创作作为一项个性化的创造活动，强

---

① 《与沈去矜论填词书》，王又华《古今词论》引。
② 《西圃词说》。
③ 高佑钯：《陈其年湖海楼词序》。
④ 《宋词散论》，广东人民出版社 1980 年版，第 53 页。

调风格的多样化也极为符合艺术的发展规律。但是，人们对"两分法"即便提出了种种批评意见，豪放、婉约的内在含义仍无明确、统一的认识，研究者新立的艺术评判标准，似乎与豪放、或婉约也未能完全割断联系。如飘逸、冲淡、绮丽、雅媚等词语，其本身的定义就很难确定，令人只可意会难以言传。如再作具体解释，则绮丽、雅媚与婉约、飘逸，冲淡与豪放，亦很难说无必然的联系。对此有学者将词风重新归纳为两体，只是名词不同，分为刚美与柔美。刚美与柔美，这便与中国传统的美学观念有机地结合起来。中国古代文人较为注重以天地阴阳之气来审定人事。如《易经·系辞上》传云："一阴一阳之谓道。"一阴一阳对立共存，乃自然变化之常规。又云："乾，阳物也；坤，阴物也"（《系辞下》传）。"乾刚坤柔"（《杂卦》传）。故阳刚与阳柔也为男女性别的区分属性。对文学的风格表现，曹丕曾言道："文以气为主，气之清浊有体，不可力强而致。"①清、浊分为两体，各有性分，"不可力强而致"。以后的刘勰更为明确而辩证地论述了刚、柔风格的关系。他认为，"渊乎文者，并总群势；奇正虽反，必兼解以俱通；刚柔虽殊；必随时而适用"②。这就强调了文学创作要善于把握各类风格的长处，刚、柔皆须运用自如。对刚、柔的美学特征，清代姚鼐作了更为集中的概括。他在《复鲁洁非书》一文中从自然而论述人文之精义："天地之道，阴阳刚柔而已。文者，天地之精英，而阴阳刚柔之发也。惟圣人之言，统二气之会而弗偏，然而《易》《诗》《书》《论语》所载，亦间有可以刚柔分矣。"接下他详细列举了文学作品刚与柔复杂而丰富的审美形态。

---

① 《典论·论文》。
② 《文心雕龙·定势》。

　　对于以上诸说的理论价值，本文不拟细评。笔者只想强调的是，刚柔确为人之气质及审美品格两大重要的表现特征。西方美学界流行的优美与崇高，其内涵也是可与柔、刚相为贯通的。将词风定为刚美与柔美，本质上与豪放、婉约也并无矛盾之处。前者不过是后者的具体表现形式，或曰主要的审美属性。这纯属大概念与小概念的问题。总之，"两分法"自提出后，由于缺乏必要的定性、定量的归纳与抽绎，概念的具体指称较为宽泛。的确，苏轼的豪放与辛弃疾不同，秦观的婉约词风也同李清照有很大差异，但这些相异之处完全可以通过细致地剖析认识清楚，大可不必划地为牢，严格将词风限定在某一方面。将豪放、婉约视作与刚、柔为对应的美学概念，既然已形成约定俗成的审美定势，自然也有其理论的合理内核。当然在考察、评价作家作品时，我们仍必须注意到两个方面：一是豪放、婉约本身也应有多种表现成分。二是豪放、婉约并不能概括尽词风总貌，肯定会有一些介于两者之间或超越两者的表现形态。明乎此，我们对词的生成与发展才可能有客观而历史的把握。

二　"各极其妙"的创作风格

　　纵观唐宋词的历史轨迹，我们能深切地感受到，确乎存在着两股势力消长的创作潮流。词自晚唐五代形成自觉的创作习气，即将男女情爱生活列为创作主题。而且，词中人物多以女性为主人公，场景的描绘由于人物的关系，大都弥漫着脂香粉气。人物心灵的刻画，虽然在此时词人的笔下尚嫌单薄，但也较为明显地展露出女性那孤单冷寂、百般无奈的心态。入宋以后，词的艺术天地有所拓宽，咏怀历史，表现生活情趣，以及抒发人生慨叹等题材相继进入词的表现区域，而情爱主题也并未因此受到削弱。相反，在柳永、晏几道、秦观、李清照等人词作中，人性极美好的精神成分——情爱，得到了更为完美的艺术创造。就此点而言，词也足以领骚千年文坛。男女情爱本来就是充满了甜蜜、温馨，爱使青年男女之间保持着谐和美满的生活气氛，是两性关系平等互重的结晶。唐宋词在写情爱生活时，词中格调有所不一，哀怨、欢悦、悲伤、惘然等复杂的人物心绪变化，皆有程度不同的表现。从总体来看，情爱生活在唐宋词人眼中带有一定的理想化色彩，自觉不自觉地构成了人们重要的生活寄托形式。所以，情爱意识的艺术化创造构成了唐宋词柔美的词情格调。实际上恐怕不只是唐宋词，中外古今的文学作品大凡是以写情爱为主题的，皆能多少体现出"柔美"的审美品性。只不过"情爱"在唐宋词中作为"第一主题"，形成整整一个时代的创作风尚，显得尤为突出罢了。后人也曾指出，"词以写情，须意致缠绵，方为合作"①。"意致缠绵"，即情调柔婉而多情。对此，顾宋梅曾稍加纠正地言道："词虽贵于情柔声曼，然第宜于小令。若长调亦喁喁细语，失之约矣。必慷慨淋漓，沉雄悲壮，乃为合作。"② 顾言小令品格，大致符合词之实际情况，但也不能一概而论。如辛弃疾的小令词《破阵子》（壮岁旌旗拥万夫），即非"情柔声曼"所能限定。顾氏所举示的慢词格调，也只能属其中一种表现，不可以一概全。实则慢词中"情柔声曼"的作品也并不少见。如柳永的《雨霖铃》（寒蝉凄切）、秦观的《满庭芳》（山抹微云）。但顾氏能看到"情柔声曼"为词重要的艺术特色之一，

---

① 李佳：《左庵词话》。
② 王又华：《古今词论》。

还是极有眼光的。

任何一种文体皆是在继承中求其变化，从而得以生存、发展的。"变则其久，通则不乏"①。在词坛充斥着"昵昵儿女语"时，苏轼"登高望远，举首高歌"，其创作"一洗绮罗香泽之态，摆脱绸缪宛转之度"②，"新天下人耳目"③。虽然"男子作闺音"④ 的创作习气还未完全消除，但伟岸、刚健的男子形象也大踏步地跨入词林。东坡词多注重个体的人生思考，从日常生活的观照与体味之中，词人常感发出某些千古永恒的人生哲理。"在表现方面则也具备极为精确的描写和男性的强有力性，而这格外地扩大了词这种样式的内涵世界"。⑤ 深邃的思理，豪迈的气魄，鲜明的个性，疏放的语调，这与"雌声学语"式的柔情曼语之作相较，明显地呈现出颇有力度的阳刚之美。本来在苏轼以前或同时，一些作家如范仲淹、柳永、王安石等人的词作，也确实存有一些刚美风格较为鲜明的词作。如范仲淹的《渔家傲》（塞下秋来风景异），柳永的《双声子》（晚天萧索），王安石的《桂枝香》（登临送目）等。但是以上诸人创作，个性尚不够突出，还未能形成独特而稳定的艺术品格。故"伶工之词"向"士大夫之词"的转换，毕竟还是由苏轼彻底实现的。

如果说苏轼词还疏于对现实的直接感发，偏重于自我身心的反省，人格精神的塑造的话，那么在南渡词人的作品中，强烈的现实参与精神，则给词坛输入了更显粗犷而奔放的阳刚之气。靖康巨

---

① 刘勰：《文心雕龙·通变》。
② 胡寅：《〈酒边〉序》。
③ 王灼：《碧鸡漫志》。
④ 《西圃词说》。
⑤ （日）村上哲见：《唐五代北宋词研究》，陕西人民出版社1987年版，第262页。

变，江山分裂为二；国耻家恨，犹如刀割一般刺痛了众多爱国人士的心灵。面对如此惨痛的历史现实，人们也难以一味地言情说爱、轻歌曼舞。颂扬民族精神，激发爱国热情，也形成一股势头极盛的创作浪潮，其时的代表人物首推辛弃疾。明人毛晋曰："词家争斗秾纤，而稼轩率多抚时感世之作，磊落英杰，不作妮子态。"① 在《稼轩集》中，集中表现了词人对国事的忧虑，对北方失土的思念，对壮志未酬的幽愤等复杂情感意绪。尽管其集中也偶有情调缠绵之作，但绝非如一些论者所认为的婉约为辛弃疾创作的主导风格。除了以上表现，稼轩词更多的是秉承了东坡词的创作旨趣，将自我人生列入观照、审视的对象，从人类生命的角度予以价值衡定，从而寻求合理的生存方式。后人所言：词至"苏轼而又一变，如诗家之有韩愈，遂开南宋辛弃疾一派。"② 对词风流变，言之甚明。当然，稼轩词不仅有着东坡的"旷"，而且由其个人身世、理想抱负等主观因素所决定，也具有"豪"的风格特色。"豪"与"旷"，正是中国古代文人主体精神的韧劲与骨气。除稼轩外，张孝祥、张元干、刘克庄等人也有一些"淋漓慷慨，笔饱墨酣，读之令人起舞"③ 的作品。总之，词"至南宋诸名家倍极变化"④，风格的表现已趋向多样化，但时代精神的感召，则使词体阳刚之气更为强盛，北宋时那种"阴盛阳衰"的一统局面已完全打破。

① 《稼轩词跋》。
② 王世贞：《弇州山人词评》。
③ 陈廷焯：《白雨斋词话》。
④ 《西圃词说》。

三　词风的审美特征

辨清婉约、豪放两种词风的生成与发展，恐怕还不是问题的关键所在。两者的构成要素、审美形态，似乎更有必要作具体、深入的剖析。如果只知其然，不知其所以然，那么人们的审美认识并不能补充新的内容。概念的模糊，本身就意味着思维的混乱。

张綖在揭橥婉约、豪放两种词风的同时，又进一步阐明了各自表现特征："婉约者欲其辞情蕴藉，豪放者欲其气象恢弘。"这一区分的依据，较为注重文体的审美属性。此点和后人常强调文学的社会现实功能有明显区别。

词的婉约风格，与文体偏重人物心灵的精心写照有密切关联。婉约词一般不着重大场面的铺写，所咏情调也大都是对个体生活的感发。而且词作通常不是采取直抒胸臆的表情方式，而是通过外在场景、物象的交替出现，致使词情若隐若现、委婉曲折地表现出来。词人之情常常不是与词的表层文意完全等同，"将身世之感，打并入艳情"①的艺术形式，也形成"词外有词"的审美效果。因而，"诗显而词隐，诗直而词婉；诗有时质言而词更多比兴，诗尚能敷畅而词尤贵蕴藉"②，就成为人们分辨诗词不同艺术个性的重要标准。柔婉风格的词作，给人的感受是构景优雅，语言艳丽工巧，节奏悠缓，词境形式时常弥漫着浅淡、朦胧的忧伤情调。这正如陈子龙所言："词为境也

---

① 周济：《宋四家词选》。
② 缪钺：《诗词散论》，上海古籍出版社 1982 年版，第 56 页。

婉媚，虽以惊露取妍，实贵含蓄不尽，时在低回唱叹之际。"① 如 "温
飞卿词，精妙绝人，然类不出乎绮怨。韦端己、冯正中诸家词，流连
光景，惆怅自怜，盖亦易飘扬于风雨者，若第论其吐属之美，又何加
焉"②。"吐属之美"，则为完美精巧的语言表现形态。被张缏称之为婉
约代表作家的秦观，其词 "体制淡雅，气骨不衰，清丽中不断意脉，
咀嚼无滓，久而知味"③。如《满庭芳》：

> 山抹微云，天连衰草，画角声断谯门。暂停征棹，聊共引离
> 尊。多少蓬莱旧事，空回首，烟霭纷纷。斜阳外，寒鸦万点，流
> 水绕孤村。　　销魂！当此际，香囊暗解，罗带轻分，漫赢得青
> 楼，薄幸名存。此去何时见也！襟袖上，空惹啼痕。伤情处，高
> 城望断，灯火已黄昏。

词作上片写别时触景生悲，外在场景凄迷恼恍，且浑融着淡淡的感伤
情调。下片写别情，"离怀万种，愈思愈悲。'销魂'二字一顿。'香
囊'一句，叹分别之易。'漫赢得'句，叹负人之深。'此去'句一
开，'襟袖'句一结，回应'谯门'，伤情无限"④。词作情调委婉含
蓄，脉络清晰，层次井然，足可谓 "清丽婉约，辞情相称，诵之回肠
荡气"⑤。

　　以 "气象恢弘" 状刚美词风，实是与 "以诗为词" 的创作革新努

---

① 沈雄：《古今词话·词话》卷上。
② 刘熙载：《艺概·词曲概》。
③ 张炎：《词源》卷下。
④ 唐圭璋：《唐宋词简释》，上海古籍出版社 1981 年版，第 103 页。
⑤ 夏敬观：《淮海词跋》。

力密切相关的。诗与词在表现方式（即"选词以配乐"与"由乐以定
词"① ）、艺术形态（"诗庄词媚"）方面有一定差异。但是，既然同
是注重抒情性的韵体文学，诗歌的创作经验对词的创作发展无疑也产
生了很大的影响。晚唐五代小令词与其时的短诗创作风格颇为接近。
今人已作详细考辨，自然无须赘言。即便是入宋以后的慢词创作，也
或多或少、自觉不自觉地依循着诗歌创作的基本法则。黄庭坚《序小
山词》称晏几道"乃独嬉弄于乐府之余，而寓以诗人之句法。清壮顿
挫，能动摇人心，士大夫传之以为有临淄（指晏殊）之风耳，罕能味
其言也"。小山词是否如山谷所评，有"清壮顿挫"之气兹不详论。
但"寓以诗人句法"，便能达到"清壮顿挫，动摇人心"的审美效果，
这在一定程度上揭示了"以诗为词"的实质所在。黄氏所言，也反映
出时人自觉的审美追求。对苏轼词，在宋代人们多有争议，争议的要
点主要在诗与词关系的处理方面。贬之者认为，"子瞻以诗为词，虽
极天下之工，要非本色"②。"晏元献、欧阳永叔、子瞻，学际天人，
作为小歌词，直如酌蠡水于大海，然皆句读不葺之诗耳。"③ 苏轼门下
学士晁补之，对苏轼词略作辩护，"东坡词，人谓多不谐音律，然居
士词横放杰出，自是曲子中缚不住者"。但他对黄庭坚词创作的批评
却甚为严厉："黄鲁直间作小词，固高妙，然不是当家行语自是着腔
子唱好诗"④。"不是当家行语"，即是以诗法作词，从而失却词体本色
风貌。而极力倡扬苏轼变革词风的人，却对"以诗为词"予以高度肯

---

① 　元稹：《〈乐府古题〉序》。

② 　陈师道：《后山诗话》。

③ 　李清照：《词论》。

④ 　胡仔：《苕溪渔隐丛话》后集卷三十三。

定。如王灼曰："东坡先生以文章余事作诗，溢而作词曲，高处出神入天，平处尚临镜笑春，不顾侪辈。或曰：'长短句中诗也。'为此论者，乃是遭柳永野狐诞之毒。诗与乐府同出，岂当分异？若以柳氏家法，正自分异耳。"① 王灼强调"诗与乐府同出"，论旨正是提倡诗词创作本为一体，不允异观。胡寅所论虽未明确表明诗与词的相互关系，但他对苏轼词创作的评价，也涉及两种词风的实质。词"唐人为之最工者。柳耆卿后出，掩众制而尽其妙。好之者以为不可复加。及眉山苏氏，一洗绮罗香泽之态，摆脱绸缪宛转之度，使人登高望远，举首高歌，而逸怀浩气，超然乎尘垢之外。于是《花间》为皂隶，而柳氏为舆台矣"②。"绮罗香泽之态，绸缪宛转之度"，此即是词体"香软"风气的具体表现形态。而"逸怀浩气，超然乎尘垢之外"，又可视之为豪放词的审美特征。对宋南渡词人创作的沿革本质，宋人汤衡在《张紫微雅词序》中作了极好的阐述："昔东坡见少游《上巳游金明池》诗，有'帘幕千家锦绣垂'之句，曰：'学士又入小石调矣'。世人不察，便谓其诗似词，不知坡之所言，盖有深意。夫镂玉雕琼，裁花剪叶，唐末词人非不美也。然粉泽之工，反累正气。东坡虑其不幸而溺乎彼，故援而止之，惟恐不及。其后之元祐诸公，嬉弄乐府，寓以诗人句法，无一毫浮靡之气，实自东坡发之也。于湖紫微张公之词……未尝著稿，笔酣兴健，顷刻而成。初若不经意，反复究观，未有一字无来处，如《歌头》《凯歌》《登无尽藏》《岳阳楼》诸曲，所谓骏发踔厉，寓以诗人句法者也。"汤序首先剖析了苏轼变革词风的缘由。唐末词人创作多"镂玉雕琼，裁花剪叶"，因而虽美，然"粉

---

① 王灼：《碧鸡漫志》。
② 胡寅：《〈酒边词〉序》。

泽之工，反累正气"。而东坡元祐诸公，"则寓以诗人句法，无一字无来处"。此风沿及南宋，至张孝祥等人创作，大都能"骏发踔厉，寓以诗人句法者也"。由此可见，"寓以诗人句法"，乃为词风变革的关键所在。能将"诗人句法"运用到词的创作中去，则词风"骏发踔厉"，豪放清雄。反之，词风就多为"镂玉雕琼，裁花剪叶"，"香软"之气甚浓。以上评述，并非是要比较各家论词态度之是非，而是旨在说明词体豪放风气的形成，与对诗歌创作经验的借鉴有着一定联系。但是"寓以诗人句法"，如果不是从文体创作的精神实质，而只是在句式、格调方面求变革与发展，则此一努力很可能要失败，最终导致人们所批评的那样"自是著腔子唱好诗"。词沿袭诗歌创作风气所形成的艺术特征，恐怕要属"气象恢弘"最为醒目。苏轼对柳永的《八声甘州》（对潇潇暮雨洒江天）曾有一段评语，"世言耆卿曲俗，非也。如《八声甘州》云：'霜风凄紧，关河冷落，残照当楼。'此语于诗句不减唐人高处"[1]。今人叶嘉莹先生分析苏轼所评"唐人高处"的含意所指时认为，"盛唐之诗则颇重景物之点染，其感发力量往往得之于情景相和之一种触引。而且盛唐时代又具有一种恢弘博大之气象。故唐人所写之景物，亦往往多有开阔高远之意境与沉雄矫健之音节"[2]。因而，词承诗风而显"气象恢弘"，其主要的表现内容就是场景雄阔深远，气势浑重奔放。如柳永的《八声甘州》，词作上片，以景物勾勒为主。起首一"对"领头字，振起全篇文气，直贯及"潇潇暮雨洒江天"与"一番洗清秋"两句。江天一色，暮雨潇潇，秋色衰败，场景极为阔大。"渐霜风"三句，以"渐"字领起，着以重笔渲

---

[1]　赵令畤：《侯鲭录》卷七。
[2]　《灵谿词说》，上海古籍出版社1987年版，第135页。

染，令人感到景象甚为萧瑟、凄冷。如此，词作开头几句就铺展开极为壮阔的场面，且色调也极为浓重。此词虽是写男女离别之情，但显然与婉约词红楼香阁、落花残红的情趣相异。"气象恢弘"的词作表现在语言形式方面，则音节紧促、亢健，结构转换较快，故词作情调也有所变化。与表现情爱而又注重温柔缠绵心绪描述的词作不同，"气象恢弘"之作，情感的抒发一般较为奔放，如是咏古叹今，感怀人事，则词情格调就尤为沉郁。如柳永的《双声子》：

> 晚天萧索，断蓬踪迹，乘兴兰棹东游。三吴风景，姑苏台榭，牢落暮霭初收。夫差旧国，香径没、徒有荒丘、繁华处，悄无睹，惟闻麋鹿呦呦。　　想当年，空运筹决战。图王取霸无休。江山如画，云涛烟浪，翻输范蠡扁舟。验前经旧史，嗟漫载、当日风流。斜阳暮草茫茫，尽成万古遗愁。

词作意境深远，联想丰富，既有故地重游的触感，古人功业的遥思，又有对人生的回顾与反省，气势浑重，感怀沉痛，颇具豪放词人的气质、风度。"气象恢弘"词作，与被后人颇有微词的"豪气"词在境象方面不可等同齐观。张炎在《词源》中曾说："辛稼轩、刘改之作豪气词，非雅词也。于文章余暇，戏弄笔墨为长短句之诗。"前面已言及，宋南渡以降，严酷的现实迫使人们"直面惨淡的人生"。因而"悲歌慷慨，抑郁无聊之气，一寄之于其词"[1]。词坛指陈时事，抒发豪情的创作风尚，一方面使词体更贴近了生活；但另一方面此种"慷

---

[1] 徐釚：《词苑丛谈》卷四引黄梨庄语。

慨以任气"的创作是否符合艺术法则，又使人们颇生疑虑，如张炎提
出"骚雅"的文学主张，实质并非要人们取消情感的艺术表现，而是
强调词体须"情景交炼"，必须给人以美的享受。其时如张孝祥、张
元干等人词作，确实饱含着较为奔放、幽咽的"迈往凌云之气"①，
"抑塞磊落之气"②，艺术感召力较为强烈。然而，如果词作只是注重
情感的宣泄，而忽略了词境"气象"的审美构成，则也可能导致粗豪
叫嚣，"露而直突而无浑长之味"③。此一欠缺在刘过、刘克庄甚而辛
弃疾词中皆有所表现。周济曾云："稼轩不平之鸣，随处辄发，有英
雄语，无学问语。故往往锋颖太露。"④ 因而，词仅有"真情""豪
气"，还不能称为"刚美"之作。词作整体须"立意高远"⑤，"气象恢
弘"，语意浑成，方能结构成醇厚、深远的艺术境界。

　　总之，文学创作风格是复杂多样的。各种风格的形成与发展，皆
与时代精神、民族文化传统、创作个性有着密切联系。对风格的探讨
与评价，也必须放置在"美学和历史"的观照系统中予以审定。"豪
放""婉约"词风的艺术价值，既决定于文学创作的历史规律，同时，
与其自身的审美特性也不无关联。所以，从词风的本质特征去认识与
把握，无疑将有助于我们更确切而客观地探寻出唐宋词的审美魅力。

---

① 《四库全书总目提要》。
② 陈应行：《于湖词序》。
③ 沈义父：《乐府指迷》。
④ 周济：《介存斋论词杂著》。
⑤ 张炎：《词源》卷下。

主要参考书目

《马克思恩格斯选集》　　　人民出版社 1972 年版

《周易大传今注》　高亨　齐鲁书社 1979 年版

《庄子集解》　王先谦　中华书局 1987 年版

《四书章句集注》　朱熹　中华书局 1987 年版

《宋史》　脱脱等著　中华书局 1977 年版

《建炎以来系年要录》　李心传　中华书局 1988 年版

《宋史纪实本末》　陈邦瞻　中华书局 1977 年版

《东轩笔录》　魏泰　中华书局 1983 年版

《能改斋漫录》　吴曾　上海古籍出版社 1979 年版

《老学庵笔记》　陆游　中华书局 1979 年版

《鹤林玉露》　罗大经　中华书局 1983 年版

《直斋书录解题》　陈振孙　上海古籍出版社 1987 年版

《四库全书总目提要》　永瑢等　中华书局 1965 年版

《敦煌歌辞总编》　任半塘　上海古籍出版社 1987 年版

《全唐五代词》　张璋　黄畲　上海古籍出版社 1986 年版

《全宋词》　唐圭璋　中华书局 1965 年版

《唐五代四大家词选》　丁寿田等　商务印书馆排印本

《宋府雅词》　曾慥　四部丛刊本

《唐宋诸贤绝妙词选》　黄昇　四部丛刊本

《唐宋名家词选》   龙榆生   上海古籍出版社 1981 年版

《唐宋词简释》   唐圭璋   上海古籍出版社 1980 年版

《唐五代两宋词选释》   俞陛云   上海古籍出版社 1985 年版

《宋词选》   胡云翼   上海古籍出版社 1982 年版

《宋词赏析》   沈祖棻   上海古籍出版社 1980 年版

《温韦冯词新校》   曾昭岷   上海古籍出版社 1988 年版

《乐章集》   柳永   《彊村丛书》本

《珠玉词》   晏殊   《宋名家词》本

《小山词》   晏几道   《彊村丛书》本

《东坡乐府》   苏轼   《彊村丛书》本

《山谷琴趣外编》   黄庭坚   《彊村丛书》本

《淮海居士长短句》   秦观   《彊村丛书》本

《晁氏琴趣外编》   晁补之   双照楼影刻宋本

《片玉词》   周邦彦   《彊村丛书》本

《石林词》   叶梦得   汲古阁刻本

《李清照集校注》   王仲闻   人民文学出版社 1979 年版

《于湖词》   张孝祥   汲古阁刻本

《白石道人歌曲》   姜夔   《彊村丛书》本

《断肠词》   朱淑真   汲古阁刻本

《梦窗词》   吴文英   《彊村丛书》本

《竹山词》   蒋捷   《彊村丛书》本

《山中白云》   张炎   《彊村丛书》本

《词林纪事》   张宗橚   成都古籍书店 1982 年版

《宋词纪事》   唐圭璋   上海古籍出版社 1982 年版

《唐宋词通论》   吴熊和   浙江古籍出版社 1985 年版

《唐宋词史》   杨海明   江苏古籍出版社 1987 年版

《宋词研究》   胡云翼   巴蜀书社 1989 年版

《词论》   刘永济   上海古籍出版社 1981 年版

《月轮山词论集》   夏承焘   中华书局 1979 年版

《詹安泰词学论稿》   詹安泰   广东人民出版社 1984 年版

《词学论丛》   唐圭璋   上海古籍出版社 1986 年版

《诗词散论》   缪钺   上海古籍出版社 1981 年版

《灵谿词说》   缪钺   叶嘉莹   上海古籍出版社 1987 年版

《迦陵论词丛稿》   叶嘉莹   上海古籍出版社 1980 年版

《词与音乐》   刘尧民   云南人民出版社 1982 年版

《词与音乐的关系研究》   施议对   中国社会科学出版社
1987 年版

《词学概论》   宛敏灏   上海古籍出版社 1987 年版

《唐宋词人年谱》   夏承焘   上海古籍出版社 1979 年版

《苏轼评传》   曾枣庄   四川人民出版社 1981 年版

《清真先生遗事》   王国维   中华书局 1981 年版

《古今词话》   杨湜   《词话丛编》本   唐圭璋编,中华
书局 1986 年版（下同）

《碧鸡漫志》   王灼   《词话丛编》本

《苕溪渔隐丛话》   胡仔   《词话丛编》本

《词源》   张炎   《词话丛编》本

《乐府指迷》   沈义父   《词话丛编》本

《词旨》   陆辅之   《词话丛编》本

《渚山堂词话》　　陈霆　　明嘉靖刊本

《艺苑卮言》　　王世贞　　《词话丛编）本

《爰园词话》　　俞彦　　《词话丛编》本

《词品》　　杨慎　　《词话丛编》本

《窥词管见》　　李渔　　《词话丛编》本

《西河词话》　　毛奇龄　　《词话丛编》本

《古今词论》　　王又华　　《词话丛编》本

《七颂堂词绎》　　刘体仁　　《词话丛编》本

《填词杂说》　　沈谦　　《词话丛编》本

《远志斋词衷》　　邹祗谟　　《词话丛编》本

《花草蒙拾》　　王士禛　　《词话丛编》本

《皱水轩词筌》　　贺裳　　《词话丛编》本

《金粟词话》　　彭孙遹　　《词话丛编》本

《古今词话》　　沈雄　　《词话丛编》本

《历代词话》　　王奕清　　《词话丛编》本

《词洁》　　先著等著　　《词话丛编》本

《雨村词话》　　李调元　　《词话丛编》本

《西圃词说》　　田同之　　《词话丛编》本

《铜鼓书堂词话》　　查礼　　《词话丛编》本

《雕菰楼词话〉　　焦循　　《词话丛编》本

《灵芬馆词话》　　郭麐　　《词话丛编》本

《张惠言论词》　　张惠言　　《词话丛编》本

《介存斋论词杂著》　　周济　　《词话丛编》本

《宋四家词选目录序论》　　周济　　《词话丛编》本

《词苑萃编》　　冯金伯　　《词话丛编）本

《莲子居词话》　　吴衡照　　《词话丛编》本

《乐府余论》　　宋翔凤　　《词话丛编》本

《填词浅说》　　谢元淮　　《词话丛编》本

《问花楼词话》　　陆蓥　　《词话丛编》本

《词迳》　　孙麟趾　　《词话丛编》本

《听秋声馆词话》　　丁绍仪　　《词话丛编》本

《憩园词话》　　杜文澜　　《词话丛编》本

《蓼园词评》　　黄氏　　《词话丛编》本

《左庵词话》　　李佳　　《词话丛编》本

《词学集成》　　江顺治　　《词话丛编》本

《赌棋山庄词话》　　谢章铤　　《词话丛编》本

《蒿庵词话》　　冯煦　　《词话丛编》本

《芬陀利室词话》　　蒋敦复　　《词话丛编》本

《艺概·词曲概》　　刘熙载　　《词话丛编》本

《白雨斋词话》　　陈廷焯　　《词话丛编》本

《复堂词话》　　谭献　　《词话丛编》本

《论词随笔》　　沈祥龙　　《词话丛编》本

《人间词话》　　王国维　　《词话丛编》本

《饮冰室评词》　　梁启超　　《词话丛编》本

《蕙风词话》　　况周颐　　《词话丛编》本

《词说》　　蒋兆兰　　《词话丛编》本

《海绡翁说词稿》　　陈洵　　《词话丛编》本

《文赋》　　陆机　　《中国历代文论选》郭绍虞主编，上海古

籍出版社 1979 年版

　　《文心雕龙注》　　范文澜　　人民文学出版社 1958 年版

　　《诗品》　　钟嵘　　《历代诗话》本

　　《诗式》　　皎然　　《历代诗话》本

　　《二十四诗品》　　司空图　　《历代诗话》本

　　《沧浪诗话》　　严羽　　《历代诗话》本

　　《后村诗话》　　刘克庄　　中华书局 1983 年版

　　《诗人玉屑》　　魏克庄　　上海古籍出版社 1989 年版

　　《苕溪渔隐丛话》　　胡仔　　人民文学出版社 1962 年版

　　《历代名画记》　　张彦远　　丛书集成初编本

　　《中国历代文论选》　　郭绍虞等　　上海古籍出版社 1979 年版

　　《中古文学史论集》　　王瑶　　上海古籍出版社 1982 年版

　　《中国艺术精神》　　徐复观　　春风文艺出版社 1988 年版

　　《唐五代北宋词研究》　　村上哲见　　陕西人民出版社 1986
年版

　　《中国诗歌原理》　　松浦友久　　辽宁教育出版社 1990 年版

　　《朱光潜美学文集》　　朱光潜　　上海古籍出版社 1982 年版

　　《诗论》　　朱光潜　　三联书店 1984 年版

　　《谈艺录》　　钱钟书　　中华书局 1984 年版

　　《西方文论选》　　伍蠡甫　　人民文学出版社 1964 年版

　　《西方美学史》　　朱光潜　　人民文学出版社 1979 年版

　　《外国理论家、作家论形象思维》　　中国社会科学出版社 1979
年版

　　《现代西方心理学主要派别》　　杨清　　辽宁人民出版社 1980

年版

《艺术心理学》 高楠 辽宁人民出版社 1988 年版

《美学》 黑格尔 商务印书馆 1979 年版

《歌德谈话录》 人民文学出版社 1978 年版

《拉奥孔》 莱辛 人民文学出版社 1979 年版

《艺术哲学》 丹纳 人民文学出版社 1983 年版

《作家的个性与文学的发展》 赫拉普钦科 上海译文出版社 1982 年版

《艺术原理》 罗宾·乔治·科林伍德 中国社会科学出版社 1985 年版

《艺术问题》 苏珊·朗格 中国社会科学出版社 1985 年版

《情感与形式》 苏珊·朗格 中国社会科学出版社 1986 年版

《文学原理》 波斯彼洛夫 三联书店 1985 年版

《十九世纪文学主流》 勃兰兑斯 人民文学出版社 1984 年版

《人论》 恩斯特·卡西尔 上海译文出版社 1985 年版

《艺术风格学》 H·沃尔夫林 辽宁人民出版社 1987 年版

《文学理论》 韦勒克等 三联书店 1984 年版

《自我论》 科恩 三联书店 1986 年版

附　录

"厚"：词境创造的审美规范

一

在中国古代诗词美学中，意境论可以说构成了审美体系的核心部分。过去人们对意境论的历史沿革及美学特征颇为关注，所发文章较多涉及，然对诗词意境创造本身的审美规范，却未给予应有的重视。人们常将陆机、钟嵘、司空图所提出的"味"作为诗词意境的审美要素，然而"味"的具体内涵更为侧重的是一种泛指的艺术情趣，而不是文学本体严格的审美规范。对此，我认为古代词论中提出的"厚"的审美范畴，其内在的界定与所具有的美学价值，对诗词创作的情景构成、气韵格调、语言形态给予了较为明确充分的审美规定。

古代诗词论中，况周颐是推崇"厚"较为着力的词论家。在其名著《蕙风词话》中明确地以"厚"作为其审美批评的核心。他认为："填词厚为要旨。"① 明白无误地将追求"厚"的艺术表现规定为词的创作的根本法则。他在提到词的"穆"（即静）境构成时，也强调须

_____
① 以下况周颐语皆引自《蕙风词话》。

"厚""重""大"。对具体作品，况氏极力推崇清真词，"元人沈伯时作《乐府指迷》，于清真词推许甚至。唯以'天便教人，霎时厮见何妨'，'梦魂凝想鸳侣'等句为不可学，则非真能知词者也。清真又有词云：'多少暗愁密意，唯有天知''最重梦魂，今宵不到伊行''伴今生，对花对酒，为伊泪落'。此等语愈朴愈厚，愈厚愈雅。"申言清真词朴而能厚，厚而能雅，"厚"构成了词体艺术精神外化的力量。不仅评述清真词，即便在谈到其他词人作品时，况氏也常标举出"厚"作为具体的审美要求。如他说元遗山词，"亦浑雅，亦博大，有骨干，有气象，以比坡公，得其厚矣"。况周颐所提出的"厚"，主要是对词体内在结构形式的一种审美要求，是词境所显现出的一种审美特性。

清人陈廷焯词也提到"厚"，然他所论要旨与况氏有所不同。陈廷焯在《白雨斋词话》中极力推崇王沂孙词，"王碧山词，品最高，味最厚。意境最深，力量最重"①。"味最厚"，对古代审美理论中的"味"予以了明确的审美确定，使"味"的审美含义有了具体的落实。陈廷焯在比较周邦彦和姜夔词时说："白石《扬州慢》一阕，从此（周邦彦《夜飞鹊》）脱胎，超外或过之，而厚意略逊。"言白石词得美成创作之法，然虽在清空飘逸处见功力，而在词体的内在结构上，却缺少美成词的厚实。陈廷焯在论述词人时说："熟读温韦词，则意境自厚。"将"厚"视为判别意境高下的审美标准。总体上说，陈氏所说偏重于从审美接受方面，强调艺术作品给人的审美感受的程度。因而"厚"这一审美范畴，不仅是指词的境界构成的审美具体表现，而且也是针对欣赏者而言的"味之者无极"的美感程度。词体结构本

---

① 以下陈廷焯语皆引自《白雨斋词话》。

身所体现出的"厚"，是词体内在的语意构成、时空形态的审美创造表现，是词的审美意"味"的具体规定；而"味厚"，则是审美接受主体在具体感受过程中，对词体结构"厚"的体验。

由此可见，以"厚"为词的审美特性、美感标准，已成为古代词学家的自觉要求。对"厚"的审美创造的强调，表明古代文人对艺术审美功能有了进一步的认识。同时，这一艺术规律的倡导与总结，无疑对词的创作实践、审美欣赏有着不可忽视的指导意义。

二

以"厚"评词，可以说是人们对词的整体构成——境界的组合形式内质的关注。一首词一旦形成，便为生命形体的存在，如只以外在的表象而呈现魅力，那么就必然会浅薄、无味，而惟有以内充的神韵、灵气浑凝成厚博的结构形式，才能表现出勃勃生气，散发神奇光彩。

对"厚"的审美特性的实现，有着多方面的规定性。首先，从情态的表现来看，情感的内蕴是词境美感构成之"厚"的主要内质因素。词这一文体，以言情为表现要求，所以情感的艺术化实现对词境的艺术构成有着重要的作用。陈廷焯认为，"系以感慨，意境便厚"。"系以感慨"，即是要求由身世之感构成为词体的寄托形式，能如此便易熔铸起"厚"实的意境。陈廷焯极力赞扬王沂孙词，认为碧山词"无限怨情，出以浑厚之笔"；"碧山《齐天乐》诸阕，哀怨无穷，都归忠厚，是词中最上乘"；"词味之厚，无过碧山"。皆以"厚"字冠碧山词，就是因为碧山词是"感时伤世之言"。陈氏所论，固然有过于推崇碧山词之嫌。但陈氏能清醒地认识到词境之"厚"，须有赖于作者深远的寄托，还是颇有见地的。情感、意绪作为文学创作的具体内容，是词体结构本身主要的传递信息。"厚"给人的美感主要是深刻而含蓄的"意味"，而这"文本"意味的构成，则主要是创作主体审美情趣、意旨、理念的对象化实现。所以，没有深刻而丰富的主体意志的艺术化创造，词体的"厚"境也难以建构。陈廷焯在评冯延巳《蝶恋花》词中"泪眼问花花不语，乱红飞过秋千去"时说："词意殊怨，然怨之深，亦厚之至。""怨之深"，即内在的情感于词体中得到强烈的表现，由这也构成了词体极"厚"的意味。

其次，词境之"厚"，也必须由内中气势所致。文学作品因为有情，有寄托，所以，创作主体艺术意志的对象化实现，往往也能在文学对象本身形成一股由情与辞凝合而就的"文气"。台湾学者徐复观认为，"若就文学艺术而言气，则指的只是一个人的生理化综合作用所及于作品上的影响……一个人的观念、感情、想象力，必须通过他的气而始能表现于其作品之上"①。因而，他将文学之气的表现，称之为"生理地生命力"。徐先生强调"生命力的表现"，即是重视主体自身生命意志的对象投射所构成的艺术力量。陈廷焯在比较陆游与辛弃疾词的长短时也见出"气"之作用："放翁词《蝶恋花》云：'早信此生终不遇，当年悔草《长物赋》。'情见乎词，更无一毫含蓄处。稼轩《鹧鸪天》云：'却将万字平戎策，换得东家种树书。'亦即放翁之意，而气格迥然不同。彼浅而直，此郁而厚也。"放翁词内中也蕴情，略嫌浅露，稼轩词却沉郁与深厚，其原因即在"气格"之不同。读两人

---

① 《中国艺术精神》，春风文艺出版社 1987 年版，第 140 页。

词，我们也实能深感在气势上的差异。陆游在诗歌中有较多感愤国事、吐露心迹之作，其情调也显得沉郁而悲凉。然而在词中却难见得诗中深广内容，内在精神的投射也欠缺一定的力量，故词中也难有诗中所充溢的郁勃、不平之气。而稼轩却不同，稼轩词所以能"大声镗鞳，小声铿锵，横绝六合，扫空万古"①，有较为厚实的意境构成，这是因为稼轩以全身心的精神力量投注于词的艺术表现中。作者自身丰富的精神、气质、情感在词中强烈而激切，自然形成了气势强盛而极富韵致的词境。稼轩词如《水龙吟》（楚天千里清秋），谭献评为"裂竹之声，何尝不潜气内转"②。就是因为辛词于使事用典、写景状物中那种对岁月嬗变、身世跌宕的反省所激发起的惆怅、忧伤、企盼，激荡起一股叩击人们心扉的气势，而这一气势格调又使词境产生"郁而厚"的审美效果。黑格尔说："艺术作品真正优于自然界实在事物的并不单靠它的永久性，而且还要靠心灵所灌注给它的生气。"③ 江顺诒在《词品·敛气》中用诗化的语言表述了词体由"气"所构成的"厚"："游丝初起，微风萦绊。轻烟袅空，浮云潋滟。吹之兰芳，凝之露泫。云龙盘旋，倏隐倏现。若决江河，若掣雷电。一往无前，神岂能炼。"所指气之变化多端，表现如隐如现，反对泄露无遗、缺欠神韵的旨意，反映出江氏对气的审美特性的自我认识。也正是须"层次多端，姿态百出"，使其"风情神韵，正自悠长"，才有可能构成词体"澹而艳、浅而深、近而远"④ 的"厚"境的美感特征。这就是"气"为"厚"境所应具有，同时也显示出词体美感意韵的审美价值。

---

① 刘克庄：《后村诗话》。
② 《复堂词语》。
③ 《美学》第一卷第 37 页。
④ 冯金伯《词苑萃编》卷二。

词之境厚、味厚，也与词的整体结构的形态表现有关联。作为欣赏者的审美对象——艺术本体整体结构的创造，对艺术文本产生更为复杂、更为丰富的审美意味有着重要的意义。

亚里士多德说过："美与不美，艺术作品与现实事物，分别就在于美的东西和艺术作品里，原来零散的因素结合成为统一体。"① 亚氏所指，乃是区分为生活材料与艺术作品诸因素构成的差别。生活材料不是整一而是零碎的，而艺术整体则为一生命活体，内容与形式，材料与底蕴，皆在这一大系统中融合整一，相互作用，从而构成为能量较大的信息载体。在中国词学理论中，人们对词的整体要求也提出"浑化"一词。周济在论及咏物词时说："咏物最争托意隶事处，以意贯串，浑化无痕。"② 认为咏物词用事用典，必须有意注入，而表意又贵在"浑化无痕"。"浑化"，即相融和谐，既不枯涩，又不浅露；既贴近自然，又不露斧凿之痕。沈祥龙也说："章法贵浑成"③，即强调词的整体的和谐统一。强调浑成、浑化，这是对艺术生命整体性审美形态的追求。词体内部各个层次、不同成分的撞击与凝聚，就使作品内在层次的结构功能的审美力量要大于个别意象。况周颐说："《玉楼春》换头云：'凭君莫问情多少，门外江流罗带绕'，此等句便佳，浑成而意味厚。"词能"浑成"，则易构成词体"厚"的美感意味。周济一反浙西词派偏崇姜（夔）、张（炎），而抬出周邦彦与之抗衡，而崇清真词的重要标准，即是"浑化"："要问涂碧山，历梦窗、稼轩，以还清真之深化。"④ 推崇清真，使之居稼轩之上固有不妥，然清真词严

① 《西方美学家论美和美感》，商务印书馆 1980 年版，第 39 页。
② 《宋四家词选目录序论》。
③ 《论词随笔》。
④ 《宋四家词选目录序论》。

密、通融，浑化合一，则确也有其他大家不能及处。这也正如张炎所说："美成负一代词名，所作之词，浑厚和雅，善于融化诗句。"① "浑厚"是对清真词整体结构的审美判断；"和雅"则是对词体格调的界说。张炎特别推崇前者："美成词只当看他浑成处，于软媚中有气魄。""于软媚中有气魄"，即是强调要注重从词的深层意蕴中寻觅到那融合于其间的艺术生命力量。而这种力量所能达到的浑成境界，就能使词体实现"厚"的艺术构成。日本学者村上哲见认为，周邦彦"从耆卿继承了慢词特有手法的基本内容，更加上典雅的古典表现技巧，同时将不明白表露感情而将其深深包藏起来的富于含蓄的表现糅合在一起，成功地塑造了一种更加幽深的境界，这种境界被评为'浑厚'，这表明他的词虽然精心雕琢、却不停留在技巧上，而是酝酿成浑然的境界，具备着某种庄重的深刻性"②。故"浑厚"之境的构成，是词体内外一致整体化的体现，能"浑厚"则有"气魄"。

从语言的表现来看，词体的"厚"并不仅是追求字面之工就能获得，而必须使形式与内容的统一达到出神入化的状态。清人蒋敦复说："加渲染、添意思，正欲其厚也。若入李氏、晏氏父子手中，则不期厚而自厚，此种当于神味别之。"③ 词的艺术表现，离不开渲染、强调等艺术手法，然更重要的是出自于自然，不露痕迹，使人于不知不觉之中为其境"厚"而感动。而这"不期厚而自厚"，关键在于内有充实的神韵。因此，惟有此种"不期厚而自厚"之境，乃为至境。陈廷焯说："信笔写去，格调自然苍劲，意味自深厚，不必剑拔弩张，

---

① 《词源》。
② 《唐五代北宋词研究》，陕西人民出版社1987年版，第165页。
③ 《荣陀利室词语》。

洞穿已过七札，斯为绝技。"况周颐也说，作词"至不求深而自深，信手拈来，令人神味俱厚"。布局结构，炼字造句，声韵格调，皆信笔写就，是以自然韵致而胜，不关人力者，并非不求艺术加工与处理，而是主张不雕琢文辞，不强求文情。故词体的"厚"，并不是说内蕴文情即可，艺术表现手法的完美与妥帖，也是相当重要的。王国维在评姜夔词时说："古今词人格调之高，无如白石。惜不于意境上用力，故觉无言外之味，弦外之响，终不能与于第一流之作者也。"白石词格致高绝，"幽韵冷香"，然令人感到缺乏一定力度。究其原因为白石词常喜用事求典，再加上在情景的构成上过求深晦，使其词在境界构造上既不像秦观词清丽婉转而富有神韵，又不像东坡、稼轩词疏宕豪放、格调苍劲。

总之，从词体的审美构成要素来看，"情"的表现为"厚"的内质构成，而"气"形成了"厚"的内在生命血脉的涌动；语言表现为"厚"的外化形态，而"浑成"构成了"厚"的整体组合结构的极高典范。这种内外一体合成凝结所达到的"厚"，就体现出艺术美感既有赖部分构成因素，又有超越部分而形成整体艺术感召的内在张力。

三

词的艺术形式所显示出的"厚"，这本身即是词的一种审美属性，而由这一审美属性所带来的美感效应，也有着极为丰实的内容。"厚"乃为词整体的审美构成，而这美感形态的表现特征，则为凝合词的各部分汇成了一股内在运动、外在投射的艺术力量。"厚"的审美构成分析，主要是横向的把握；而对其美感效应，则须作纵的思考与分析，这尤能从"厚"与其他审美范畴的构成比较中见出。

词曲"厚"所实现的审美效果，是意蕴深远。陈廷焯说："言近旨远，其味乃厚。""言近"，即语言明丽、清新；"旨远"是作品内蕴丰富而深远。这种"厚"境是作品丰富内容与完美艺术形式统一。刘熙载说："词之大要，不外厚而清。厚，包诸所有；清，空诸所有也。"[①]"包诸所有"，是作品涵容有深广的意旨；"空诸所有"，即艺术表现既非直接袒露又无斧凿痕迹，仿佛不经意自然流出。

词"厚"，则内容博大，意蕴深远，其所构成的美感力量就会促动欣赏者充分调动审美想象，不断地从审美对象本身探求出新颖的意味。具有较为丰厚意蕴的词境，其内在的艺术精神不是直率、明白地表现出来，而与作品"含蓄"的艺术表现有密切关联。"厚"给人的审美接受不是一览无余，浅薄无味，而是"沉则不浮，郁则不薄"[②]，词体的内在含义常常因其丰富的艺术表现具有很大的模糊性，所生成的审美意味则是"不妨说尽而愈无尽"[③]。但"厚"不仅是表达的含蓄，陈廷焯认为，"渔洋词含蓄有味，但不能沉厚。盖含蓄之意境浅，沉厚之根柢深也。"含蓄常常是摄取神灵而以清新、明快之笔点化空间，使词境造成一种"轻而不浮，浅而不露，美面不艳，动而不流，字外盘旋，句中含吐"[④]的特殊审美效果。但含蓄毕竟不能和沉厚划等号。含蓄如无充实的内蕴包容其中，则也易流于轻浅、空疏而失之于虚幻。王渔洋美学旨趣崇尚"神韵"，一味求其虚无缥缈，空灵迷漫，而不求词的内中气格所蕴，故表现在诗词中往往是含蓄有余，内

---

① 《艺概·词曲概》。
② 《白雨斋词话》。
③ 《蕙风词话》。
④ 冯金伯：《词苑萃编》卷二。

蕴不足。

"厚"与淡初看起来似乎不相关联，但在创作中，往往有很密切的关系。孙麟趾以比喻论述创作中厚与淡的关系说："花之淡者，其香足清；友之淡者，其情厚，耐人寻绎，正在于此，故贵淡。"① 他强调词作淡中见情"厚"。张炎在《词源》中也说："秦少游词，体制淡雅，气骨不衰，清丽中不断意脉，咀嚼无滓，久而知味。"在词体的审美表现上，以"淡"而显其"厚"。清人冯煦亦云："淮南小山，古之伤心人也，其淡语皆有味，浅语皆有致。"② "淡"往往是指作品的文本表现风格，而"厚"则是词充实的意味所组织而成的内在形体结构。以淡而求远致，这种美感往往易造成审美感受距离上的反差，即初感淡、浅、明白，然再悟却感受到其中有神韵，有意味。这样，使审美主体被审美对象勾摄心灵，始终保持着较为强烈的审美情趣。因而，这种"淡"只是词体形态上的表现特征，而其内质构成、意味所蕴却是以"厚"为旨归的。

总之，"厚"于词的文本中具有一股内聚的凝合力。形式的建构，美感的意味，情态的呈露，皆在词体的"厚"境中得到较为自由而充分的实现。正如唐圭璋先生所指出的："谭复堂所标柔厚之旨，陈亦峰所标沉郁之旨，冯梦华所标浑成之旨，况蕙风所标重、拙、大之旨，实皆特重厚字。惟拙故厚，惟厚故重、故大，若纤巧、轻浮、琐碎，皆词之弊也。"③

---

① 《词迳》。
② 《宋六十一家词选序列》。
③ 《词学论丛》，上海古籍出版社 1986 年版，第 864 页。

试论词体风格特色 "沉郁"①

　　艺术作品以其内在的风情神韵，给审美的接受以一种特殊的感受。美感情味的生成与作品本身的风格往往能达到同构相通的地步。词之风格有诸多变化，它的构成是形成词的情韵的主要因素。在诸多的风格中，古代词论家尤重"沉郁"。有的把"沉郁"作为词的最基本的风格和审美标准，陈廷焯说："作词之法，首贵沉郁，沉则不浮，郁则不薄……十三国变风，二十五篇楚词，忠厚之至，亦沉郁之至，词之至也。"② 况周颐也说："婉曲而近沉著，新颖而不穿凿，于词为正宗之上乘。"③ 也有人虽未明确地意识到这一点，但在其批评实践中，"沉郁"仍被看作是词的一种基本风格和审美标准。沈祥龙说："小令贵工整、贵超脱，长调贵动宕、贵沉郁。"④ 刘熙载也认为词的创作须"妥溜中有奇创，清空中有沉厚"⑤。王国维在《人间词话》中把"沉郁"作为衡量词之境界高下的重要标准。他认为欧阳修的词是"豪放之中有沉著之致，所以尤高"。吴梅评周邦彦词："词至美成乃有大宗……究其实，亦不外沉郁顿挫四字而已"⑥，亦把"沉郁"作为评判词的重要标准。

---

① 本文与毛宣国合作。
② 陈廷焯：《白雨斋词话》。下引陈廷焯语均见此书，不再注明。
③ 况周颐：《蕙风词话》。
④ 沈祥龙：《论词随笔》。
⑤ 刘熙载：《艺概》。
⑥ 吴梅：《词学通论》。

谈"沉郁"，这不是词家独创。本来诗歌中早就有"沉郁顿挫"之说，前人谈诗，标举"沉郁"，有两层含义：一是作为表现手法和技巧，讲究诗的炼字炼句和篇章结构，层次变化，常与"顿挫"相对应；二是指感情的深沉和内容的浑厚。不管是哪一种理解，"沉郁"都未能作为一种具有普遍意义的诗的风格和评价标准。词则不同。陈廷焯说："诗词一理，然亦有不尽同者。诗之高境，亦在沉郁，然或以古朴胜，或以冲淡胜，或以巨丽胜，或以雄苍胜；纳沉郁于四者之中，固是化境；即不是沉郁，如五七言大篇，畅所欲言者，亦别有可观。若词则舍沉郁之外，更无以为词。盖篇幅狭小，倘一直说去，不留余地，虽极工巧之致，识者终笑其浅矣。"陈廷焯以沉郁而定词风格和价值评判之尊，有不完全之处。但是，陈氏所言"沉郁"却超越了一般从某种风格流派来把握词的风格特质的做法。他企图以具有普遍意义的范畴，究及词体风格的审美特质，这便使词人所言"沉郁"具有了完全不同诗家所言的内涵。我们觉得，"沉郁"确是一个体现了词体风格内质和审美特征的范畴，深入剖析这一范畴的内涵，对于把握词的内在精神和风格特质极有意义。

陈廷焯在解释沉郁时，有一段关键的话："所谓沉郁者，意在笔先、神余言外。写怨夫思妇之怀，寓孽子孤臣之感。凡交情之冷淡、身世之飘零，皆可于一草一木发之。而发之又必若隐若现，欲露不露，反复缠绵，终不许一语道破，匪独体格之高，亦见性情之厚。"这段话，包含三层意思；一是指词在风格形式上具有含蓄沉著特点；二是指词应突出创作者个人的情感；三是说"沉郁"这种风格境界所表现的美感特色，是悲剧型的，忧怨型的。这三层意思说明陈氏以"沉郁"论词，基本把握了词的风格特质和审美意义，下面我们作一些详细分析。

首先，是指词在风格形式上的特色，即含蓄沉著的特色。陈氏所谓"意在笔先、神余言外""若隐若现、欲露不露、反复缠绵，终不许一语道破"，便是此意。陈氏言"沉郁"，强调风格形式表现的含蓄，但我们切不可将沉郁等同于含蓄。这种艺术表现的含蓄须和艺术境界的深厚结合起来，才形成"沉郁"的风格特色。沉郁在陈廷焯那里，与深厚是统一的。他说："沉郁则极深厚"，认为以沉郁之笔著力，就必以深厚之境出之。陈氏所言"沉郁"，继承了常州词派的"寄托"说，主张词中寓有寄托怀抱，然后达到"沉则不浮，郁则不薄"的艺术境界。不仅是陈廷焯，很多强调"沉郁"风格的艺术理论家都注意到这一点。况周颐《蕙风词话》谈词境的沉著，也强调词境应厚实而不浅薄，所谓"沉著，厚之发见于外者也"，厚为其质，沉著则为厚的外现。沉郁作为词追求的一种境界和风格，它具有一种内聚于词性、切合于词体的力量，它"深美闳约""酝酿最深"，于委婉曲折、含蓄悱恻中见出情感的深沉和意境的深厚。由此而延伸，对"沉郁"的探讨，就不能只停留在一般的风格形式意义上，不能只看到其表现方法的特色，尤其应进入这种艺术表现和风格形式所凝聚的精神实质和情感意蕴中。过去人们谈沉郁，常只注意其表现方法的特色，认为沉郁就是"将欲吐露的意思强自按捺住，使之蕴藏心底，所表达的内容含蓄于内而不张扬于外"①。这样理解沉郁，就易把沉郁与含蓄混淆起来，把沉郁风格意境追求视为一种表现技巧的东西。若讲沉郁，就必讲"顿挫"，讲词的炼字、命意和行文构思。其实，"沉

---

① 　村上哲见：《唐五代北宋词研究》，陕西人民出版社 1987 年版，第 33 页。

郁"作为一个词学审美范畴提出，其意义并不在表现手法上，而在于它确立了一种具有普遍意义、切合词体特性的风格境界和审美标准。谈沉郁，我们不能只看到其表现形式的含蓄沉著，技巧上的沉郁顿挫，更应看到这种形式和技巧后面所隐含的审美意趣和情感意识。陈廷焯推崇周邦彦词，说"美成词，极其感慨，而无处不郁，令人不能遽窥其旨"。又言："张绠云：少游多婉约，子瞻多豪放，当以婉约为主，此亦似是而非，不关痛痒语也。诚能本诸忠厚，而出以沉郁。豪放亦可，婉约亦可。否则豪放嫌其粗鲁，婉约又病其纤弱矣。"陈氏谈词，强调寄托感慨，摒弃豪放婉约之分，以沉郁统揽，就是因为他看见了词所蕴含的审美意识和情感内容远不同于其他艺术种类。自从词有婉约、豪放之说以后，历来评词或豪放，或婉约，常有标一端贬一端之弊，这实在不符合词的创作，也不符合词这一文学形式的自身存在之规律。究其弊端，在于持此说的人常只是从风格流派角度出发，或者只从词的外在形式特征入手，较少涉及词的风格内质、词与其他艺术形式的美学差异。陈氏倡沉郁，与上述主张不同。他从词与诗的文类差异比较入手，抓住词的本质特征，从而见出词的风格表现特征。这种比较，重点不在风格技巧、手法方面，而在风格表现所包含和凝聚的艺术内容、审美意识方面。陈氏认为："温柔和平，诗教之正，亦词人之根本也。然必须以沉郁顿挫出之，方是佳境，否则不失之浅露，即难免平庸。"陈氏言风格的内容，还未能摆脱传统儒学影响，把"沉郁"与"忠厚"相联。但是，陈氏标举"沉郁"又在最大限度上冲破了传统儒学的束缚，他认为词不同于诗，词所写是"怨夫思妇之怀，寓孽子孤臣之感"，"凡交情之冷淡，身世之飘零，皆可于一草一木发之"。这实际上说，词的沉郁风格形式，是由词所表现的特定内容、特定的情感意识所决定的。这也就是陈氏"沉郁说"所包含的第二层含义，即"沉郁"作为一种风格和审美标准在词的表现内容方面的规定：词主要是一种涉及个人的词体，词应突出个人的情感。关于这一点，陈氏在理论上有着明确的认识："情有所感，不能无所寄；意有所郁，不能无所泄。古之为词者，自抒其性情，所以悦己也。"

　　说词主要是一种涉及个体的词体，词应突出个人的情感，刘若愚先生曾通过比较诗境词境差异，予以说明。他说："第一，词似乎未曾被当作探索社会现实和政治现状的工具。没有一首词可以和杜甫的咏战诗和白居易'新乐府'相比……第二，词中没有像李贺和李商隐的许多探索仙境的作品。第三，词中也没有像陶潜和王维的佳作那样忘我于自然的作品。诚然有不少词作歌咏自然美，但笔者认为，它们从未泯灭诗人个性而以表现自然为鹄的……简而言之，词主要是一种涉及个人的词体，是探索情感与知觉世界的一种工具，而不是社会诗、宗教诗、说教诗或伦理诗。即使在写历史和哲学主题的苏辛词中，吸引我们注意力的，也是那一瞬间诗人的觉识，而非客观现实。"①　刘若愚先生认为词主要是一种涉及个人的词体，是探索个体情感与知觉世界的工具，这种看法实际上也是历代词论家的普遍看法。清先著言："诗之道广，而词之体轻。道广则穷天际地、体物状变……体轻则转喉应拍，倾耳赏心而足矣。"②　朱彝尊说词"有诗所难言者，委曲倚于声"③，刘体仁说"词中境界，有非诗之所能至者"④，都是如

---

① 刘若愚：《词的若干文学特质》，《古典文学知识》1988 年第 1 期。
② 先著《词洁》。
③ 朱彝尊：《曝书亭集》卷四十。
④ 刘体仁：《七颂堂词绎》。

此。这里所谓"道广""体轻"之别，"难言""难至"之境，便是指词境与诗境差别，指词描摹个体心绪，突出个体情感，有诗不能达到的境界。不少词论家言词，均强调词"狭而深""狭而细"的特色，认为词不面向广阔的世界，而是内敛于幽细的内心世界，写惝恍惆怅之情，如王国维云："词之为体，要眇宜修，能言诗之所不能言，而不能尽言诗之所能言，诗之境阔，词之言长。"① 这样言词，正说明词抒发个人情感的丰富性，描摹个人心绪的细腻性。也正是由于此，才使词的艺术表现思深力厚、委曲动人，形成沉郁的艺术风格和境界。

陈廷焯所言"沉郁"的第三层含义，是说"沉郁"这种风格境界所体现的美感特色是悲剧型的，忧怨型的，这也正是词这一文体风格的一个本质规定。我们需要辨明的是词所表现的个人情感和心绪是什么？认为词所突出体现的是一种含蓄、细腻、女性化的"心曲"，是一种复杂曲折而范围又很狭隘的心绪，这种看法显然不妥。词所表现的情感，不只是女性化的、闺房内的情思，也可以寄寓于戎马倥偬的战场。在南宋爱国词中，个人的对人生忧患的咀嚼总嵌合着某种时代精神。"千古兴亡，百年悲笑"（辛弃疾语），这种时代意识和个人情感契合达到了水乳交融的境界。词境比诗境细腻，同时也比诗境深沉执着。它贯注着个人对人生的深挚哀怨、眷念和感喟，同时又在这个人的复杂情感中隐含着进入封建社会后期沉淀在民族心理、时代心理的忧患意识和感伤意识。我们知道，词作为一种新兴文体的兴起，正值中国封建社会由盛向衰转变之际，它的兴盛，与国力衰退和社会转化密切相关，正是由于封建社会上升时期的气象逐渐消失，才出现了

① 王国维：《人间词话》。

以词代诗的艺术转化。艺术和美学的主题，不再是"对人世的征服进
取，而是从人世的逃遁退避；不是人物或人格，更不是人的活动、事
业，而是人的心情意绪。"①"夕阳无限好，只是近黄昏"，词所体现正
是一种黄昏日落的闲暇、欢乐和哀愁，是一种"凄凉日暮，无可奈
何"的伤感。况周颐说，"吾听风雨，吾览江山，常觉风雨江山外有
万不得已者在，此万不得已者，即词心也。"② 词人们感受的正是这样
一种风雨如晦的时代哀怨，一种处于封建社会衰败期的惆怅和忧伤。
只有把握于此，才真正把握住词体风格的美感特质。陈廷焯倡"沉
郁"，正把握了这一点，比如，他评温飞卿词是"无限伤心，溢于言
表"；周美成词是"哀怨之深，亦忠爱之至"；辛稼轩词是"悲愤慷
慨，郁结于中"；王碧山词是"无限怨情，出以浑厚之笔"，等等，均
是如此。词以悲为美，以怨为美，陈廷焯在理论上还有更明确的表
述。他说："夫人心不能无所感，有感不能无所寄……伊古词章，不
外比兴，谷风阴雨，犹自期以同心，攘诟忍尤，卒不改乎此度，为一
室之悲歌，下千年之血泪，所感者深且远也。"然而，"后人之感，感
于文不若感于诗，感于诗不若感于词。"陈氏意思是说，自古以来，
任何文学创作都是有感而发，有情而抒，有怨而寄的，都是一种忧愤
和悲怨文学，但这种忧愤和悲怨之感，在词的创作中表现得尤其突出
和浓烈，词是真正以悲以怨为特色的文学。虽然，中国古典文学素有
抒愤发怨的传统，但在绝大多数文学创作中，是在表现悲怨和忧伤后
总现出某种旷达和超脱。"穷则兼济天下，达则独善其身""乐而不
淫，哀而不伤"，已成为士大夫文人的艺术信条。唯有词，才最大限

① 李泽厚：《美的历程》，文物出版社 1981 年版，第 155 页。
② 况周颐：《蕙风词话》。

度地冲破这道幡幛，真正做到抒忧发怨。朱彝尊说："善言词者，假闺房儿女之言，通之于《离骚》变雅之义，此尤不得志于时者所宜寄情焉耳。"① 沈雄说："诗以温厚含蓄，怨不怒，哀不伤，乐不淫为旨，词则欲其极怒、极伤、极淫而后已。"② 谢章铤认为词"多发于临远送归，故不胜其缠绵悱恻。"③ 张惠言称词"意内言外""文小声哀"，善达"贤人君子幽约怨悱不能自言之情"④。诸位都强调词以悲为美，以怨为美的风格特色。有人说"诗庄词媚"，词为艳科，这种看法只是在外在形式上涉及到词的某些特点，远未抓住词的根本。词的感人力量，不在于它的"媚""艳"，而在于它深沉的哀思和忧怨，在于它痴情于个人情感、心态的惆怅、迷惘、痛苦和忧愤。即使是媚艳风格十分明显的词，它最动人之处，也不在表现形式的媚与艳，而在于它的媚艳包裹着无穷的哀怨。温飞卿词，可称媚艳之词代表。"似带如丝柳，团酥握雪花，帘卷玉钩斜。九衢生欲暮，逐香车。"（《南歌子》）"无言匀睡脸，枕上屏山掩。时节欲黄昏，无聊独倚门。"（《菩萨蛮》）温词多是反映这类艳情生活。但是，温词的力量不在于表面描写艳情，而在于这种艳情之中隐含着人生中无限悲欢哀怨。刘熙载说："温飞卿词，精妙绝伦，然类不出绮怨。"⑤ 唯绮与怨、艳与哀的结合，才是温词真正令人动情和具有感染力的所在。日本学者村上哲见曾用"纤丽精致"来概括词的整体特色。但是，他认为这只是"从外观来捕捉表达风格的说法。"他说："如果抽出其内在世界，即词中

---

① 朱彝尊：《曝书亭集》卷四十。
② 沈雄：《古今词话》。
③ 谢章铤：《赌棋山庄词话》卷十。
④ 张惠言：《词选序》。
⑤ 刘熙载：《艺概》。

所咏'情'而武断地加以概括的话，我想举出'悲伤'和'忧愁'二语。"① 这种看法，正是把词的外在形式的绮艳与内在情感的哀怨统一起来了。总之，词是以悲为美，以怨为美，只有把握了词这一风格美感特色，我们才能把握词的审美个性。"人生愁恨何能免！销魂独我情何限"，李后主这两句名词不仅道出他自己的创作秘密，也道出词人创作的共同秘密，即词人创作总是于人生愁恨中"销魂独我"，把词作为一种抒愤发忧、寓哀寄怨的个体情感知觉表现的工具。

---

① 村上哲见：《唐五代北宋词研究》第 34 页。

"寄托"说美学要旨评述

近年来，人们对常州词派的"寄托"说颇为关注，有关这方面的文章也发表了不少。总体上说，论者大都以文学思想作为标准，具体评价"寄托"说在艺术创作经验总结方面的贡献与不足，而对其内在的美学要义则阐发不够。文学作为一种社会意识形态，自然具有认识功能，但它主要是为满足人们的审美需求而产生、发展的。对文学本体的艺术评判，常常融合了审美对象的表现内容、接受主体自身的美学标准。因而，对文学创作、艺术批评进行充分的美学分析与估价是非常必要的。对词之"寄托"同样也应从审美的角度，以具体、透彻的内涵剖析，来深入把握这一艺术表现形式的美学价值。惟有如此，我们在对词体作艺术观照时，审美感受才易契入艺术世界，审美情感活动方能得到较为自由的展开。

一

词作为情感艺术，从艺术本体角度考察，它有着特定的表现形式，具有一定的审美规范，"寄托"说在相当程度上论及这一问题。张惠言在词论中虽未明言寄托，然其在《词选序》中所阐发的意旨，实为后代人认识"寄托"一词实质的主要依据。张惠言认为，优秀的词作，"莫不恻隐盱愉，感物而发，触类条鬯，各有所归"。"触类条

邑，各有所归"，即是说主体情感的艺术表现，适应于不同的表现对
象，而有各种不同的寄托形式。这也就是周济所说的"一物一事，引
而伸之，触类多通"①。周济在《介存斋论词杂著》中明言以"有寄
托""无寄托"作为两种不同的艺术表现形式，来衡定词作的美感高
下："初学词求有寄托，有寄托，则表里相宣，斐然成章。既成格调，
求无寄托，无寄托，则指事类情，仁者见仁，智者见智。""有寄托"，
即是创作主体自觉与直接地将自我情感于词体中表现出来，作品的表
层结构与内在意识基本上处在相互对等的位置，主体的意旨表现较为
显豁。由这种艺术表现所构成的词境，也可以看作是"有我之境"。
而"无寄托"则是主体性的表现已极为圆熟与精到，词之文本，"指
事类情，仁者见仁，智者见智"，词境构成也显现出物我同化、融为
一体，主体意志表现达到出神入化的地步，所实现的境界类似王国维
所说的"无我之境"。的确，文学作为一种艺术符号，是由多重结构
层次所组成的，其具体的表现形式也有一定差异性。有时艺术符号的
表层结构具有较强的表现力，艺术符号的意义指向较为鲜明，但"文
体"内部难以为审美欣赏提供较为充分的想象空间。此即是"有寄
托"的具体表现内容。但艺术符号因其有隐喻、象征作用存在，因而
其艺术的"所指"与"能指"常常不是处于一对一的对等关系，往往
超出表层意义的指示而包含着丰富、深沉的意蕴。"无寄托"，即是以
内在意蕴的艺术力量给艺术本体以较为充实的结构空间，使创作主体
的艺术意志并不是以直接显露的方式直通接受者的感知区域而是潜在
地触击着人们的心灵。因而词由"无寄托"所形成的审美感染力，尽

———————————

① 《宋四家词选目录序论》。

管不能一下子给欣赏者以强烈的触动，然文本自身耐久的艺术魅力，也会使欣赏者从审美对象中领悟出丰富而深刻的意旨情趣。所以，周济认为"无寄托"较之"有寄托"要高超，词的情趣魅力就在于它从"有寄托"进入"无寄托"境界，"以其能实"，并达到"浑涵之旨"。

　　常州词派所倡导的"寄托"说，对词的创作实践及其审美观照皆有重要意义。过去人们常把诗歌视为"感于哀乐，缘事而发"，内中蕴含了较深广的意旨。而对词则只是从表面的结构形态去作简单化的分析，将其规定为"不无清绝之辞，用助妖娆之态"①。正是受这一思想的影响，词应具有的文学地位长久未被人们所承认，不是视之为"艳情"，就是被贬为"小道"。常州词派提倡寄托，强调注重词的"意内言外"的表现特征，揭示了词的文本表层结构与内在意蕴之间的关系，给词的创作拓开了更为深广的境地，同时也引导审美欣赏对词的情感内蕴作多层次、多向性的体味与寻思。

　　　　二

　　在中国古代诗词中，写物与言情可以说是创作的主要内容，如何处理好这两者之间的关系，往往决定着艺术作品的成败。简单地说，"寄托"的表现法则，就重在情与物关系的艺术处理上。关于表现对象的情与物，早在宋代就已有较为辩证而具体的论述，表达最清楚的是张炎的《词源》。张炎不满作词只求对外物的刻板描绘，他认为"体认稍真，则拘而不畅；模写差远，则晦而不明"。这即是说，刻板

---

① 欧阳炯：《花间集序》。

写物，以为求实，然则凝滞于物而欠缺寄托怀抱。但如果写景离形走态，则非驴非马，也使人难观其相，意亦难明。那么如何解决这一矛盾？对此，他提出了艺术创作的极高典范："情景交炼。""情景交炼"就是强调了物与情需融合无间，浑为一体。我们说，张炎这一审美理论，还是符合中国古代诗词的创作规律的，但"寄托"的内在要义更为侧重的是从创作主体这一角度来摆正外物为主体移情的位置。所以，从重视主体性表现这一点上看，寄托与一般的情景关系的论述又有不同。宋人刘辰翁在评稼轩词时说：稼轩"陷绝失望，花时中酒，托之陶写，淋漓慷慨，此意便可复道，而或者以流连光景，志业之终恨之，岂可向痴人说梦哉"①。虽未明说寄托，然也实寓寄托之意，刘氏所说，已清楚表明词的文本乃为创作主体内在意志投射之场所。沈祥龙对写景状物中主体意识渗透的表现也作了精到的论述："咏物之作，在借物以寓情，凡身世之感，君国之忧，隐然于其内，斯寄托遥深，非沾沾焉泳一物矣。"② 词之咏景写物，非失却创作主体而为"自然的奴隶"。景物的择取与表现皆隐然存有创作主体的情感、意蕴。所以，山水草木，花鸟虫鱼，皆常常脱离了自然生活属性的限定，内在情性的交融与渗透，使意象的构成常孕动着一股强盛的艺术力量。况周颐说："词贵有寄托，所贵者流露于不自知，触发于弗克自己，身世之感，通于性灵。即性灵，即寄托，非二物相比附也。"③ 强调"身世之感，通于性灵"，则是对个体性情艺术表现的肯定，而由这情感表现的艺术化渗透构成为寄托形式。正是由于主体性情与艺术表现

---

① 《辛稼轩词序》。
② 《论词随笔》。
③ 《蕙风词话》。

通过寄托而在作品中得到强化，故在词中作者常以柳条表示恋人离别，以江水长流暗示愁绪满怀，以芳草象征男女恋情，以斜阳表现岁月即逝，等等。写景状物均旨在人化自然，以景物的描写，为情感表露的中介。

由上我们可以看出，词的寄托的情景处理，不仅是对创作主体情感艺术表现的重视，同时也是对情感表现所借取的中介形式——物的艺术处理必要性的强调。我们知道，情感的表现主要是直接抒发和托物言情两种。西方早期的抒情诗歌，一般较多地注重感情的直接陈述，似乎是力求摆脱中间的一切阻碍，直通接受者的心灵。而中国的古典诗歌以直接抒发感情的表现方式创作的作品并不是很多，像陈子昂的"前不见古人，后不见来者，念天地之悠悠，独怆然而涕下"、李白的"人生在世不称意，明朝散发弄扁舟"这类抒情诗，即使在其本人诗集中也不为多数。中国古典诗歌更注重借以物象、托之陶写、以情贯之、情景双绘，从而构成独特而新颖的意境，令人回味无穷。这一创作方法正如卡西尔对艺术情感的表现方式所认为的那样："艺术家不仅必须感受事物的内在的意义和它们的道德生命，他还必须给他的感情以外形。"① 词论中对寄托的强调，也正是照顾到词中写景状物对情感创造所具的"接合功能"（苏珊朗格语）②。清人吴衡照曰："言情之词，必借景色映托，乃具深沉流美之致……。"③ 情借景而相助，两者达到融合无间之境，故使词体也能实现"深沉流美之致"的美感效应。周济曰："耆卿熔情入景，故淡远；方回熔景入情，故浓

---

① 《人论》，上海译文出版社 1985 年版，第 196 页。
② 《艺术问题》，中国社会科学出版社 1983 年版，第 128 页。
③ 《莲子居词话》。

丽。"① 以情化入景物的描写中，则情调显得较为清淡，悠远，体味尤深，这点也正如况周颐所说："融情景中，旨淡而远。"② 而以景渲染情感的表现，则使词中情味更浓，感受更为强烈，这也即是况周颐所说："融景入情，力量甚大。"③ 一淡，一浓，对景给予情的强化、调和功能有较大的肯定。所以说，词的"寄托"，一方面肯定了主体意旨在艺术创作中的地位与表现价值，另一方面也实际上强调了物象对词境的构成的必不可少性。

　　然而，词的寄托本身仍存有审美要求问题。寄托因为注重的是主体意志的对象显现，主客体的关系调节，因而主体意志投射的强度与具体表现形态的变化就必须有较高的审美规定。况周颐认为："词，贵有寄托，所贵者流露于不自知，触发于弗克自己。身世之感，通于心灵。"④ 况氏反对强自为情，矫揉造作，强调出语自然，吐心无迹，以无寄托而存有寄托，这就给词体构造以更为深广、丰富的内蕴。刘熙载也说过："词之妙莫妙以不言言之，非不言也，寄言也。"⑤ 这即是强调暗示、象征构成一定的审美距离，使词体中性灵的寄托浑化无迹，隐然其中；使接受者初读有所感，细味渐悟神情，词体的本体结构内似有一股内力在暗中引导，牵动着欣赏者的感官与心灵。如陆游的《卜算子》："驿外断桥边，寂寞开无主。已是黄昏独自愁，更著风和雨。　　无意苦争春，一任群芳妒。零落成泥碾作尘，只有香如故。"此词通首写梅，中间偶露的情感也时时与写梅相融，并未作主

① 《宋四家词选目录序论》。
② 《蕙风词话》。
③ 同上。
④ 同上。
⑤ 《艺概·词曲概》。

观的抒发。然吟诵玩味，稍有心计的读者很难停留在仅对梅花同情这一点上，而总是能寻绎出作者寄之于内、见之于外的胸怀，作者之人格、胸襟已化而为梅，构成了整体的象征意象。辛弃疾的《青玉案》（东风夜放花千树），通篇写市井夜景的繁盛，歇拍三句："蓦然回首，那人却在，灯火阑珊处"，也只是客观表现，未见明确的爱憎。而梁启超却独具慧眼地评为："自怜幽独。伤心人别有怀抱。"① 实际上，辛弃疾也正是以状景的表现，暗托内在心绪，使词体所勾化出的景观也流溢着情调的变化。

那么，如何实现寄托美感的言外之旨、味外之味的审美效果，这仍需要归结为词境的意象构成即景与情关系的处理上。以景累情，以情废景，这都难以使"寄托"的审美效应得到充分的发挥。实际上，词人或是登高望远，一片夕阳西下、大江东去的晚景描写；或是独守空楼，柳条苔藓、红烛冷衾的事物刻画，皆从中寄寓了作者复杂的情怀。清人宋征璧对情与景关系的辩证合一所构成的美感效果有一较好说明："情景者，文章之辅车也，故情以景幽，单情则露；景以情妍，独景则滞。今人景少情多，当是写及月露，虑鲜真意。然善述情者，多寓诸景，梨花、榆火、金井、玉钩，一经染翰，使人百思，哀乐移神，不在歌恸也。"② 单情而发，在词中也偶有出现，成功的表现，也不乏动人之作。然词仅为抒情，终不免令人感到直露、单调、粗率，如情籍景而蕴，则"使人百思，哀乐移神"，含蓄委婉，味之无穷。同样，如只刻板写景状物，缺少主体意识的渗透，则景、物的表现也缺乏神韵、活力，难以折射出五色光彩。所以，情与景是互相依存而

---

① 《艺蘅馆词选》丙卷。
② 沈雄：《古今词话·词品》。

互增光色。只求一方而废另一方，是不易形成完美的意境的。沈祥龙也说："词虽浓丽而乏趣味者，以其但知作情、景两分语，不知作景中有情，情中有景耳。'雨打梨花深闭门，落红万点愁如海'，皆情景双绘，故称好句，而趣味无穷。"①"景中有情""情中有景""情景双绘"，乃为"趣味无穷"。像沈氏所列举的"雨打梨花深闭门"，既写出了实景，同时通过具体的写物表现，也使人能感受到一股孤寂、冷漠的情调。"落红万点愁如海"，既表现了落红点点的萧瑟秋景，同时又生动刻画出主人公愁绪至极的心态。这也即是张惠言所说的"触类条鬯，各有所归"。唯有如此，寄托的审美功能才能得到充分发挥。

三

词有寄托，其美感表现就能呈以多元化的形态。内在心灵细微、复杂的变化，糅合进艺术形式的组合结构之中，就能形成持久而旺盛的生命力。因而，尽管人们常说词为艳科，将词的创作范围严格地划定为表现男女恋情，然而，实际上词的创作正是由于以寄托为方式，从中籍丰富的心态表现而显示其艺术生命的力量，在词中由"寄托"所体现出的人的深层意识区域，并不是呈单轨的走向，而是众多意念、情欲的交织、浑融。张炎就说过："燕酣之乐，别离之愁，回文，题叶之思，岘首西州之泪，一寓于词。"② 对词表现能力的范围有较为宽泛的规定。常州词派认为，词的创作"应极命风谣里巷男女哀乐，

---

① 《论词随笔》。
② 《词源·卷下》。

以道贤人君子幽约怨悱不能自言之情，低回要眇，以喻其致"①。唯有
"以用心为主，迥一事，见一物，能沉思独往，冥然终日，出乎自然
不平"②。所以，词之"感慨所寄，不过盛衰，或绸缪未雨，或太息厝
薪，或己溺己饥，或独清独醒，随其人之性情学问境地，莫不有由衷
之言"③。常州派评词喜探颐索隐，寻求微言大义，故常失之穿凿比
附，然其对词由寄托所构成的创作范围还是以博大而深厚来界定的，
这也符合词的创作实际。因而，对词境的内在把握，并不可只是以表
层语意构成形态作浅尝辄止的认识，"不能以一时一境尽之"④。唯有
如此，我们才有可能感受到潜藏在词体内部艺术化心声丰富多样的表
现。实则，从词的最初创作开始，人们在深情绵邈的言情写事之中，
已夹杂了浓郁的对人生的困惑、对幸福的追求、对生活的反思的情绪
意脉。众多达官、大夫、文人、闺秀、将士，或是分散在亭院、宫
廷，或是长期栖居山野、边塞，各自从内心深处弹出了一曲跌宕不平
的人生之歌。丰富的表现皆从不同的角度、不同的层次展现出人们心
灵世界的深层奥秘，诱引观赏者更多地沉醉于内在感官的享受，更多
地反思人生，从而实现精神世界高层次的净化。当然，诗歌也表现人
的内在世界的各种纷扰、喜怒，黑格尔称抒情诗是"个别主体的自我
表现"，它"所特有的内容就是心灵本身，单纯的主体性格，重点不
在当前的对象而在发生情感的灵魂"⑤。从总体上说，中国古典记事诗
不为多数，然真正的抒情诗"发乎情，止乎礼义"的理性规定较为突

① 《词选序》。
② 周济：《且存斋论词杂著》。
③ 同上。
④ 《艺概·词曲概》。
⑤ 《美学》，商务印书馆1981年版，第三卷（下）第191—192页。

出，再加上受到形式的限制，因而心灵的袒露常遮上一层纱幔，情调的表现显得雍容不迫。而词的情感艺术表现则显得更为集中而突出，情调也尤为深沉。这正如前面所说，词的表现是侧重于内在意识的深层剖析，由这种深层意识的多向投射所呈现出来的人情物状，自然聚合成细微而复杂的变化色调。再说，人们在词的艺术表现中，也摒弃了道德化的顾忌，内在意欲的倾诉也较为充分而具体。故词体的情感艺术表现，在表层艳情的衣装下，却潜动着生命意志的力量流，像五代、北宋时期出现的一些所谓闺怨词，从词的表层结构的艺术表现来看，大都为一些花、鸟、山、水，并无较为深广的意境构成。然透过那绚丽而华美的外壳，我们却能从词的深层底蕴感受到作者那种对于人生和对于时代的深切绝望感和孤独感，这正如周济所言，"神理超越，不可以迹象求矣"。

从上所言我们可以明了，"寄托"乃为作者的主体意识在词中的非直接表现，因而，"寄托"的审美要求就不尽是词中情感的自然流露与表现，不是率情而发、富有戏剧化表现的西方抒情诗式的畅露与表达，也有别于中国古典诗歌感物而动的外向性表现，而是以外界的物象作为审美中介，实现"艺术意志"的创造与发现。所以，词中"寄托"所负载的"意味"即是文本的表层结构与深层结构，文内信息与文外信息的相互交合所构成的复杂而充实的信息流。词的美感价值，往往是词的文情表露同时又超出这一层次实现更为深广境域的观照。陈廷焯认为："词外有词，方是好词。"① 词外有词，是作者所寄托之意，非以词中文字表层的陈述所能穷尽，而是通过文字构造所组

———————————

① 《白雨斋词话》。

合成的特殊形式，感发出无限的审美情趣。故"词外有词"，即也是寄托所构成的"超以象外，得其环中"的艺术审美再创造功能。美国美学家桑塔耶那对艺术的表现功能曾有双项性的界定："在一切表现中，人们可以区别出两项：第一项是实际呈现出的事物，一个字一个形象，一件富于表现力的东西；第二项是所暗示的事物，更深远的思想、感情，被唤起的形象，被表现的东西。"① 词由寄托所获得的"词外有词"的审美效应，即体现出桑塔耶那所提示的艺术功能第二项的内在含义。词有寄托，其美感就以多种色彩的折射表现而超越词的表象形态；内在性灵细微复杂的变化糅合进艺术形式的组织结构之中，便能形成持久而旺盛的艺术生命力。周济说："寄意题外，包蕴无穷。"② 就指明了词有寄托的审美特性。"寄意题外"即不为所咏物态滞留，而寓有题外之意；"包蕴无穷"，则是指词这一艺术形式其内在浓缩着极为丰富的信息。这样，"词不显言直言，而隐然能感动人心，乃有关系"③。

　　卡西尔认为："艺术确实是符号体系，但是艺术的符号体系必须以内在的而不是超验的意义来理解。"④ 这即是说，艺术欣赏并不是只为艺术外在的形象表现所感即可了结，而必须在形象所感的同时，对作品内在意蕴的艺术感染力量也能感而动之。为此，欣赏活动才可能正常进行。既然词之寄托深微幽远，非为表层形态、语义所能涵容，因而要体味出词的寄托，则欣赏者须先领悟文本自身的"触类多通"，才能深得其所寄托，而这要求欣赏者必须具有足够的鉴赏能力方能感

① 《美感》中国社会科学出版社 1982 年版，第 132 页。
② 周济：《且存斋论词杂著》。
③ 《论词随笔》。
④ 《人论》，上海译文出版社 1985 年版，第 200 页。

受。陈廷焯说:"读碧山词须息心静气,沉吟数过,其味乃出。心粗气浮者,必不须读碧山词。"① 王沂孙词常借助于景物的描写,含而不露地寄托着内在的身世之意,君国之恨,因而其词"幽情苦绪,味之弥永"。粗浅过目,不细细揣摩、领悟,是难得其情的,这也类似于西方新批评派所提倡的"细读"。艺术作品能有"细读"的必要,也足见其意蕴寄托之遥深。有时因欣赏者与艺术"文本"的构成意义难以形成同构感应,往往欣赏者以先入我见的主观要求而偏离审美对象本身所具备的寄托意向。如张惠言因极力推崇词的"寄托""比兴",故常常喜从词中寻觅出一些微言大义,有时就超越了文本本身疆域的覆盖,而作过为牵强的引申。如他评温庭筠词《菩萨蛮》(小山重叠金明灭)为"感士不遇也"。冯延巳的《蝶恋花》(六曲栏干偎碧树)为"以排间异己者"②,这显然不合文本自身之意。这种偏误,失就失在以传统的君臣忠孝、经世致用的观念去诠释,而不知词的形态表现因人的内在气质、性格、旨趣的差异而染著复杂的色调。清人黄蓼园评词亦喜寻微探幽,以思想判断替代艺术分析,然对苏轼《卜算子》(缺月挂疏桐)所论倒还颇有艺术眼光。他称苏轼词为"此东坡自写在黄州之寂寞耳。初从人说起,言如孤鸿之冷落;下专就孤鸿说,语语双关,格奇而语隽,斯如超诣神品"③。"黄州之寂寞",这实则直接点出了作者创作的心态,把握得较为贴近,而这对我们感受此词的底蕴从而激发起相应的审美想象活动无疑大有裨益。"语语双关",点到了词作语态的特征,说明了本词的表现对象"孤鸿",乃作为一种意

① 《白雨斋词话》。
② 《词话丛编》第二册,第1609页、第1612页。
③ 《蓼园词选》。

象，而非仅仅物象，起着艺术的感召作用。"超诣神品"，这属于艺术风格的集中概括。黄氏之评，既能较为准确把握苏词所可能有的特殊的情态（寂寞感），同时对词作审美认识的分析，也保留了想象创造的余地。的确，《卜算子》词情调低沉，境界色调凄冷、昏暗，内外一色的浑和凝成，不能不看到作者那种于词中无明说、然而寄情于词外的感时伤世之情。

总之，"寄托"作为词体创作的基本范畴提出是切合词的情感表现的。词体形式由"寄托"而萌发了不息的生命，而"寄托"也通过艺术化的处理于词的结构整体中，呈现出丰富而复杂的形态。

张炎词学理论的美学意义

　　长期以来，词学研究极崇豪放，故为豪放词风大力张扬的王灼、胡寅等人的理论观点也被人们反复引用，高度肯定。相较而言，南宋末年张炎的《词源》由于偏重艺术形式创作规律的探寻，则受到相当冷落。我们认为，艺术研究囿于门户之见，是不利于客观地认识某种艺术形态及审美价值的。文学有着多元化的表现形式，人们的审美认识也不可划为一律。因而，对前人文学观念的评价，如脱离文化历史现象、时代审美观念的实际情况，则很难获得公允的结论，审美思维本身也不可能有深入的拓展。对张炎的词学观念，我们理应从文学发展的角度，依据词这一文体内在的艺术规律，予以整体而具体的审美考察与判定。

一

　　历来人们评价张炎的《词源》，皆要言及雅正、清空。确实，雅正、清空作为词学理论独有的美学范畴，其揭橥之功非张炎莫属。对这一审美范畴如何看待，关系到张炎文学观念的审美价值。

　　张炎论词，尤重"雅正"，下卷发端便云："古之乐章、乐府、乐歌、乐曲，皆出于雅正。"这是从文体发展的渊源，论证词之归雅的基本依据。的确，自孔子提出"恶紫之夺朱也，恶郑声之乱雅乐也"

（《论语·阳货》），崇雅贬俗，便成为士文化发展较为普遍的审美趣尚。在北宋词坛，词体的雅俗分流，虽然从晏、欧与柳永时代起始就呈较为明显的发展趋向，然实际上，由词合乐性质之限定，"士大夫之词"仍有着"伶工之词"的表现痕迹。南渡以降，以"雅"名词集竞尚成风，如总集有曾慥《乐府雅词》、鲖阳居士《复雅歌词》；别集则有张安国《紫微雅词》、程垓《书舟雅词》等。李清照在《词论》中，也"尚文雅"，排诋"词语尘下"。张炎对雅正本身之含义未作详解，然而通过其前后论述，我们不难见出其理论内涵大致分为三个方面。首先重"浑厚和雅，融化诗句""软媚中有气魄"，反对"失之软媚而无所取"。照张炎之意，前者乃周邦彦词之所得，后者则是学周邦彦词之所失。清真词注重精雕细琢，讲究音律严整，语言雅丽，然其词于清丽完美的艺术境界中，也暗寓抑郁幽闷之情，因而"软媚中有气魄"。而后人效其体制，仅在文字、音韵上用力，故乏清真词之劲气内充，"失之软媚而无所取"了。张炎推崇清真词，即是要求作词必须通体妥溜，意蕴醇厚而又不见痕迹，外表柔媚而又内蕴生气。这即是对由清真至格律派词创作的较好的经验总结。

其次，张炎又说："词欲雅而正，志之所之，一为情所役，则失雅正之音。"如果说前面所论，是由表及内，即从文体外在形态，透视内在艺术生命力量的话，那么，此处却是由内及外，辨正艺术表现的失误。"为情所役"，照张炎之意，主要为率情而发，不藉于物，不重寄托，明白浅俗。他认为"耆卿、伯可不必论，唯美成亦有所不免"。因而，"为情所役"实归因于宋代"伶工之词"的影响。当然，率情而发，如"要约而写真"，也不失创作之法，而且用得巧妙，也能感发情意，给人较为直接的审美触动。然文学作品即为艺术化创作，其创作材料必然与生活原型有一定的差异。情感的抒发，往往须通过"变形"的艺术创造构成为独特的情感艺术形式。否则，必因浅露而失却美感韵致，也就是张炎所言"淳厚而日益浇风耳"。由此可见，张炎反对"为情所役"，也正是欲以文学作品的精美创造、深厚意蕴来纠正作词肤浅、粗鄙之习。

其三，由以上正反两方面较之短长，张炎论词美学主旨则在对少游、白石等人词作的评价中见出。他认为，少游、白石等人"俱能特立清新之意，删削靡曼之词，自成一家，各名于世"。欲立新意，精炼辞句，"自成一家"，就须"体制淡雅，气骨不衰，清丽中不断意脉，咀嚼无滓，久而知味"。有"气骨"，则词体能立，构架坚固；"意脉"融贯其间，则文本内充艺术生命力量，有生机、有情味。词体"淡雅""清丽"，为艺术作品外在审美形貌、神态。"气骨不衰""不断意脉"，旨在药"软媚"之病；"体制淡雅"，为的是补正"为情所役"之偏。这种艺术形式不同层次的有机结构，正是"雅正"的内在意蕴。这正如清人沈祥龙所云："俗俚固非雅，即过于秾艳，亦与雅远。雅者，其意正大，其气和平，其趣渊深也。"① 当然，张炎过崇姜白石词而贬辛稼轩词，认为稼轩"作豪气词，非雅词也"。他且揶揄稼轩作词只是"于文章余暇，戏言笔墨为长短句之诗"，这也非公允。然张炎所指，乃是更重在针对南宋末年一些爱国文人承袭辛派词风，专力于直陈胸怀，抒展豪情，故词虽质实，然未免含意浅露、旨趣浅薄。张炎反对豪气词，亦并不是要尽废情感表现，如他在评元遗山词时，就指出"妙在模写情态，立意高远"。所以强调"雅正"，并

_____

① 《论词随笔》。

不是如一些评论者所认为的只重形式舍弃内容。张炎所言对词学创作
审美特性的把握，还是有其合理性的。

张炎词论，最为人所关注、也是影响后世最为深远的是"清空"
之说。然对"清空"一说的诠释，又众说不一。有人认为是摄取神理
而遗其外貌。有人认为，主要是指词的语言素朴自然，疏快挺拔。这
种从意趣、从言辞的分别规定，实则各有所得，然又有偏执于一端之
弊。依笔者所见，"清空"之论，乃重在词作本体美学意义上的界定。
张炎说："词要清空，不要质实。清空则古雅峭拔，质实则凝涩晦
昧。""清空"所形成的美感意味，为"野云孤飞，去留无迹"。"质
实"，则是"七宝楼台，炫人眼目，碎折下来，不成片段"。"古雅峭
拔"，既涉及到字面，也关系到神理，而其审美效应"神观飞越"，则
体现出审美想象活动的具体特征。审美想象的"神观飞越"，不仅仅
为作品的语言、神理所能调动，而更主要的是由艺术形式的整体形
象——即词境感发而生。故"清空"之说，我认为乃是对艺术境界表
现形态朦胧感受的直觉概括。且看后人怎样解说，张炎弟子陆辅之作
《词旨》，极力倡扬"清空"之说。他说："'清空'二字，亦一生受用
不尽。指迷之妙，尽在是矣。学者必在心传耳。传以心会意，当有悟
入处。然须跳出窠白处，时出新意，自成一家。若屋下架屋，则为人
之贱仆耳。"陆言所指，当为作词之功力。然于"清空"，未多详说，
大意指"清空"须个人悟解，可以意会难以言传。沈祥龙曰："词宜
清空，然须才华，富藻采缛，而能清空一气者为贵。清者，不染一尘
之谓；空者，不著色相之谓。清则丽，空则灵。如月之曙，如气之
秋，表圣品诗，可移之词。"[①] 沈氏所论，较为切中肯綮。从中也可见

———————

① 《论词随笔》。

出"清空"之说，源于中国古代诗论中有关"意境"的美学理论。"意境"之说，从唐初开始繁盛。皎然的"诗情缘境发"，刘禹锡"境生于象外"，皆突出"境"——文艺作品独特的艺术构造。到了司空图、严羽，这一理论得到了更进一步的发展，司空图强调"思与境偕"，其所列"二十四诗品"，实为二十四种境界，尽管这其中也有概说不准之处。严羽《沧浪诗话》所言："透彻玲珑，不可凑泊，如空中之音，相中之色，水中之月，镜中之像，言有尽而意无穷"，则是对诗境美学形态较为精确的描述。诗词有别，然相通之理也颇为显豁。格律派代表姜夔词作，意境"幽韵冷香""如闲云野鹤，超然物外"。陈廷焯认为，玉田词"沉郁以清超出，飘飘有凌云之意"①。"以清超出"，即"清"而脱俗；"凌云之意"，则指词境中存有空灵之气。由此可见，张炎拈出"清空"一词来予以概括词学的美学意义，是有其历史渊源与创作实践的经验积累的。那么，"清空"的内在含义究竟如何界定？

"清"，据《词源》的总体概说来看，是指词境的清新明净，具体就是写景须"了然在目"，用字须淡雅疏快，言情须徐缓委婉。清人孙麟趾《词迳》曰："清则眉目显，如水之鉴物无遁影，故贵清。""清"是对艺术境界的审美要求。惟有"清"，词体意境才易在审美主体的感知区域形成完整的形式。词之能"清"，不假雕饰，出语自然，"如出水芙蓉，亭亭可爱"。比如白石词"暗抑萧萧，飞星冉冉，夜久知秋信"（《湘月》）。以秋夜深静、飞星流动的昏暗色调，点化出清幽、冷艳之境。如果说"清"赋予艺术形式以外貌，那么，"空"则

---

① 《白雨斋词话》。

是注入神韵于词体。词境能"空",方能提供给欣赏主体以充分的想象空间,致使审美主体联想纷呈,"神观飞越"。清人冯金伯以诗化的语言概括"清空"之境的美学特征,颇为形象而传神:"轻而不浮,浅而不露,美而不艳,动而不流,字外盘旋,句中含吐。"① 轻、浅、美、动所形成的"字外盘旋,句中含吐"的美学效果,正是迷蒙飘忽、似静却动的"清空"之境的具体表现。所以,"清空"审美范畴的提出,无论从艺术处理,还是从文学本体的审美观照,皆给人以深刻的审美启示。

然仅言"清空",似嫌空泛,缺乏具体的审美规范。故张炎又强调"不惟清空,又且骚雅";"清空中有意趣",则"无笔力者未易到"。有"清空"无"意趣",则虚空无据,缺乏血肉难以构成有生命的形体。周邦彦词虽"负一代词名",然"意趣却不高远",所以难以深化词境,终觉浅薄。正如王国维所言:"美成深远之致,不及欧秦。"② 有"骚雅"之肌理,有意趣之寄托,则词体灵气荡悠,精力弥漫,境地高远,取近而求远,以浅而见深,既有神韵勾摄心灵,又能出以清新之形貌悦人耳目。此亦即后人所言:"清空中有沉厚,才见本领。"③ 如为张炎所释例的东坡词《水调歌头》(明月几时有),作者以天上人间的空间距离勾勒出清新、空濛的境界,而内蕴的人间纷扰,生存意志,理想寻求,则以其丰富情趣,激发人充分的想象。故刘熙载称之为"尤觉空灵蕴藉"④。

与"清空"相对的为"质实"。"质实"非为只求写意,不重写

---

① 《词洁》。
② 《人间词话》。
③ 刘熙载:《艺概》。
④ 同上。

景，而是指创作刻意语言的典雅奥博，构景的机械呆板。词中的审美空间难以表现充实、丰厚，审美欣赏也难以随词境层层展开，融会流贯。诗词艺术缺少意境的完整构成，往往就无法调动起读者的审美想象；艺术作品本身也因缺少一种内在的联系而失之散乱。像张炎所举吴文英的词作"檀栾金碧，婀娜蓬莱，游云不蘸芳洲"，前八字就因指称不明，字意晦涩，致使词体结构显得极为板滞。词中质实之弊，往往也因作品中用事太多。本来用事巧妙，也能达到含蕴无垠、妙趣横生的美感效果。然词作之中，用事太多，且过于生僻，则不免令观赏者审美活动受到一定阻隔。而且，过于罗列故实，也易造成艺术形式本身缺少脉理衔接。张炎自己提出的美学要求，主张用事需"体认著题，融化不涩"，既要切合词意，又要不着痕迹，不隔断词情。他称赞周邦彦词，能"采唐诗融化如自己耳"，就是说周邦彦词"用事不为事所使"，能以"己心"化入。

　　总之，"雅正""清空"作为词学创作重要的审美范畴，对词境理论的多元化探讨起了良好作用。如果不作片面理解的话，这一理论的倡导，对文学创作无疑还是极有审美价值的。

　　二

　　"雅正""清空"主要为词体艺术形态的具体表现。文学作品作为完整的结构系统，其形式的各个部分皆在这一符号体系中，以自身的形式表现投射出不同力度的能量。艺术给人审美感知往往是由字、词、韵律、句法等所构成的形、色、声、节奏、对称、和谐等形式美。这些形式要素往往因本身的情感渗透，而成为"有意味的形式"，给人较丰富的审美感受。张炎论词，既求结构形式的精心构制，又重作品内在意蕴的审美创造，词体的和谐、完美是他美学思想的主旨。

文学创作的构思活动，首先须解决的就是创作素材处理问题。一首小令，通篇不过四五十字；一首慢词，也不过百字左右，因而要完美地展现作家的心灵，合理地结构体制，这要求精心择取、提炼创作材料。张炎辩证地认为："大词之料，可以敛为小词；小词之料，不可展为大词，若为大词，必是一句之意引而为两三句，或引他意入来捏合成章，必无一唱三叹。"这段话，着重强调结构的高度凝练，选材的谨严。"大词之料"，缩为小词，这是要求词家提炼情意，简化字词，以小见大，以少蕴多。而小词之料，衍为大词，则必芜杂繁冗，零碎拖沓，而无深长隽永之意味。像少游"小楼连苑横空，下窥绣毂雕鞍骤"（《水龙吟》），构景也可说鲜明。雕栏楼阁凌空，主人公倚栏俯瞰，楼下车水马龙，绮罗触目。然"十三个字，只说得一个人骑马楼前过"①，则也不免铺陈过繁。因而材料处理得当，这是作词的关键起步。

结构设置，往往也是与素材提炼同时进行的，词的结构妥帖是实现词的艺术魅力的重要条件。词，尤其是慢词，结构的变化较为复杂。对此，张炎归纳总结为："作慢词，看是甚题目，先择曲名，然而命意，命意既了，思量头如何起，尾如何结，方始选韵，而后述曲，最是过片不要断了曲意，须要承上接下。"作词不外是选词配曲，或是依曲填词。张炎所指，乃为后者。这一作法较易为人所认定为"为文而造情"，内容受形式所牵肘。然而，实际也非如此，宋人许多词作皆是依曲名而作。由于词人能较为熟练掌握曲调与文辞之间的关

---

① 俞文豹：《吹剑三录》引苏轼语。

系，故文情的表达也并不感到有人为的阻碍。再说，张炎所指"题目"也实指题材，以材料择曲名，这本身已显示了主观积极的创造思维。值得注意的是，张炎尤其突出了过片，强调"不要断了曲意，须要承上接下"。词体一般分为上下两片，对上下片的关系，张炎以后，人们开始较为注意。但有的人强调上片言景，下片抒情；有的人则主张下片须另意换出。这些持论自有一定的道理，然并不全面。一首词，须通体浑融，意贯全体，方能前后衔接，整体合一，欣赏者的审美感受也可随作者笔法层层深入。然"前后之意不相应"，或有"重叠句意"，则不利于欣赏者充分调动想象，投入情感活动。故换头处的文情承续，尤为紧要。

结构既成，则须组织文辞。文辞之妙，在张炎看来，关键是做到"融化字面，语意新奇"。选字就意，往往须从全体考虑。一字之意，单独看来，或许极为平常，然而如能融入词作整体妥帖、精当，则能生发出无限情趣。张炎在《词源》中十分注重用字之法。他强调"一字不苟作"，"一个生字用不得"，须"字字敲打得响，歌须妥溜，方为本色语"。词作本身篇幅短小，如一个字运用不当，则会败坏全体。惟须字字经得起锤炼、"敲打得响"。但此一作法，只是就总体而言，如落实到具体仍有轻重之分。因而，张炎还认为："于发挥笔力处极要用工，不可轻易放过，读之使人击节可也。"这"发挥笔力处"，即是"用功著一字眼"，这就是后来陆辅之所提出"词眼"的依据。词体结构，往往某一局部的强化表现，便能给人以较为强烈的情感刺激，同时也贯注生气、神韵于词作整体。如欧阳修的"绿杨楼外出秋千"（《浣溪沙》），晁补之谓"只一'出'字，自是后人道不到处"①。

---

① 　吴曾：《能改斋漫录》卷十六。

另外，王国维所称谓的"'红杏枝头春意闹'，著一'闹'字而境界全出，'云破月来花弄影'，著一'弄'字而境界全出矣"①。一"闹"、一"弄"，便构成了词中"神光所聚"的"词眼"。不惟"字眼"，有时"著一句工致者，便觉精粹"。如贺铸的"一川烟草，满城风絮，梅子黄时雨"（《青玉案》），李煜的"一江春水向东流"（《虞美人》），李清照的"莫道不销魂，帘卷西风，人比黄花瘦"（《醉花阴》），皆以名句称誉后世。其妙处就以局部的情感强化表现，调动词作艺术生命的运动变化，融贯生气于其中，含不尽之意于言外。因而，张炎所说字眼、工句，为"词中之关键"，也确实道出作词之真谛。

词为韵体文学，因而依声合律自为作词之重要法则。在宋代，李清照倡导词"别是一家"，十分重视诗词之别，而所依据的重要标准，即为"诗文分平侧，而歌词分五音，又分五声，又分六律，又分清浊轻重"②。张炎作为南宋末格律词派一大家，当然也极为关注词的合韵问题。他评周邦彦"于音谱且间有未谐"。周邦彦精研曲律，长于审音度曲。然即便如此，仍为张炎所不满，则可见协律"其难矣"。那么，如何悟得作词合律之道，张炎认为："词之作必须合律，然律易学，得之指授方可。"这就表明作词要合乎音律，必须有赖学力之功。然"著词人方始作词，必欲合律，恐无是理"。作词者一味求合律，而不顾词情、文辞的酝酿构思，结构布局，只能像张炎所类比的那样"方得欲俗为僧，便要坐禅守律，未曾见道，而病已矣，岂能进于道哉？"道之未解，却要坐禅悟入空门，不仅劳肌损体，道也难得。所

---

① 《人间词话》。
② 《词论》。

以，张炎强调"音律所当参究，词章先宜精思"。合律理应考虑，然须先"精思词章"，注意安排好词作整体的构思布局。如此，既不影响词情的表达，又能合乎韵律要求。正是因为持有这一信念，他对不恰当地依韵倡和的作词之法颇有微词："倘韵险又为人所先，则必牵强赓和，句意安能融贯？"只求合韵，迁就文辞，则词意势必矫揉造作，即使"徒费苦思，未见有全章妥溜者"。

限于篇幅，张炎的其他文学思想不予细说。总之，张炎在其《词源》不长的篇幅中，较为得体地从审美的角度，对词的艺术特征作了客观、具体的总结，并相应形成了完整的审美体系。从词学理论的历史发展来看，张炎的文学观念尽管有一定的局限性，然其理论的合理价值还是应予充分肯定的。

后　记

情之所钟，必有缘由。与宋词结下不解之缘，即是如此。如今我年近古稀，重拾旧作《词的审美特性》，不禁百感交集。古人修订《春秋》，感喟知我罪我，其惟《春秋》。旧作不敢类比，但无碍人生抱有如此期待。

20世纪80年代初，亦即我大学期间，国内美学热正酣，诸多流派百家争鸣，各擅胜场，尤其是李泽厚先生的《美的历程》甫一问世，顿时洛阳纸贵。我亦如获至宝，爱不释手，日夜研习。受当时美学思潮影响，我广泛阅读中西方文学理论经典，遥望殿宇，渐入堂奥，探秘文学奥义，体味理论本味。

记得刚跨入大学校门，初步接触到唐宋词时，我便为其精美的语汇、精细的描写、精彩的抒情格式所陶醉。那是刚刚告别文化荒漠的特殊时期，接触到如此美妙、深情的艺术世界，我的脑海中，犹如辟开一处崭新的天地。以后，在做文艺理论硕士论文时，我便自觉地将词论研究作为专题，三年中专研词论，把中国从宋至清的重要著作梳理了一遍，为宋词研究积累了扎实的理论素养。

读博期间，从吾师唐圭璋先生学词时，先生每每谈及词之韵味格调，尤其是提到李煜、李清照、辛弃疾等人词作时，总是情绪激昂，深怀崇敬。这位终身以词学研究为业的前辈，能有如此持久的热情，足令我等后辈敬佩不已。唐老的训导也促使我思考，词作为一种美的文学样式，其自身的艺术魅力何在、具备哪些要素、又如何表现，在唐师的精心点拨下，我方不揣浅陋，欲启山林，着手词的本体研究。

词的本体研究，是一古老而又新兴的学科。

说其老，是因为古代学者在众多的词论专著中，对词之艺术本质已有许多精辟的见解；谓其新，是此类专门从美学角度对唐宋词作系统研究的专著，当时在国内尚未见到。因而，对前人的研究成果做一番梳理与总结，是写作本书的前提；而探讨与挖掘词之本质内涵，则是本书的意义所在。

"成一家之言"是学人普遍的追求，我亦然。写作过程中，我深深体会到具备文学理论素养的重要。审美观念的深化，孕育了新的研究框架，新的研究角度，新的研究境界。在认识论和方法论两方面，提供了极为称手的武器，对词体的感悟与解读帮助极大。论文《词的审美特性》完成后，曾得到多位著名学者的好评，并顺利地通过博士论文答辩。1996 年，拙著经师兄王兆鹏教授推荐，在台湾文津出版社正式出版。

1992 年，离开学校，从事出版行业。如今三十多年过去了，回望走过的道路，则不免怅然若失。的确，人生的每一次选择，有其客观因素，也有历史的宿命。我的青年时期，亲历了时代的苦难，人生的坎坷，尤其是下放十年，更是感受到生活的艰辛，命运的飘忽，前景的茫然，由此渴望有一种安宁平和的生活。一路跌跌撞撞，几经颠沛，来到出版社，已近不惑之年，自此与学术研究渐行渐远。

此次承蒙江苏人民出版社垂爱，得以重印，不免心中惶惶。当初筚路蓝缕，同行者寥寥，虽难而亦成矣，侥幸有一时之誉。现在词学研究已今非昔比，拙著所阐发的价值观念，恐非时人所能完全接受。

好在一个时代有一个时代的思想情怀与研究方法，此番重印，证宋词研究之历程，证人生波澜之一段，亦为欣慰。

出版在即，我深切怀念恩师唐圭璋先生。唐老仙逝多年，但我难忘他的耳提面命，对未能完全实现他的期望而深感惭愧。同时，感谢导师郁贤皓教授、钟振振教授的亲炙传授。学兄阮忠教授拨冗为本书作序，谨致谢忱。感谢江苏人民出版社王保顶、张惠玲为本书出版付出的心血。感谢好友许文菲为本书做了精美的装帧设计。最后，本人意为抛砖引玉，本书错讹之处，尚祈各位方家宽宥指正，余情难尽，不复一一。

2024 年初于南京